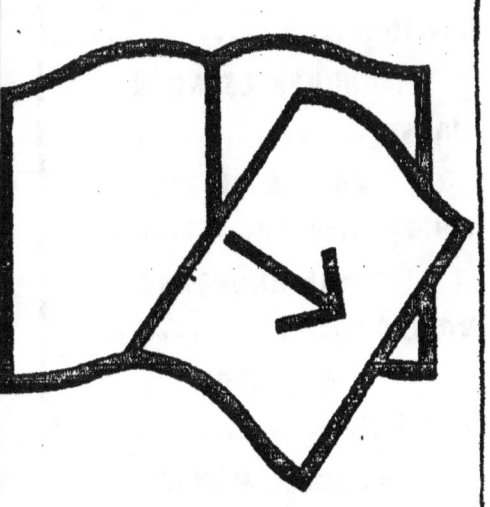

Couverture supérieure manquante

Original en couleur

NF Z 43-120-8

DERNIÈRES PUBLICATIONS

Format grand in-18, à 3 fr. 50 le volume

Paris. — Imprimerie A. DELAPOY. 3. rue Auber.

LE LYS ROUGE

CALMANN LÉVY, ÉDITEUR

DU MÊME AUTEUR

Format grand in-18

PARIS. — IMPRIMERIE CHAIX. — 16200-8-94. — (Encre Lorilleux).

LE

LYS ROUGE

PAR

ANATOLE FRANCE

QUATORZIÈME ÉDITION

PARIS

CALMANN LÉVY, ÉDITEUR

ANCIENNE MAISON MICHEL LÉVY FRÈRES

3, RUE AUBER 3

1894

LE LYS ROUGE

I

Elle donna un coup d'œil aux fauteuils assemblés devant la cheminée, à la table à thé, qui brillait dans l'ombre, et aux grandes gerbes pâles des fleurs, montant au-dessus des vases de Chine. Elle enfonça la main dans les branches fleuries des obiers pour faire jouer leurs boules argentées. Puis elle se regarda dans une glace avec une attention sérieuse. Elle se tenait de côté, le cou sur l'épaule, pour suivre le jet de sa forme fine dans le fourreau de satin noir autour duquel flottait une tunique légère, semée de perles où tremblaient des feux sombres. Elle s'approcha, curieuse de connaître son visage de ce jour-là. La glace lui rendit son regard avec tranquillité, comme si cette aimable femme, qu'elle examinait et qui ne lui déplaisait pas, vivait sans joie aiguë et sans tristesse profonde.

Aux murs du grand salon vide et muet, les figures des tapisseries, vagues comme des ombres, pâlissaient parmi leurs jeux antiques, en leurs grâces mourantes. Comme elles, les statuettes de terre cuite élevées sur des colonnettes, les groupes de vieux Saxe et les peintures de Sèvres, étagées dans les vitrines, disaient des choses passées. Sur un socle garni de bronzes précieux, le buste de marbre de quelque princesse royale, déguisée en Diane, le visage chiffonné, la poitrine audacieuse, s'échappait de sa draperie tourmentée, tandis qu'au plafond une Nuit, poudrée comme une marquise et environnée d'Amours, semait des fleurs. Tout sommeillait et l'on n'entendait que le pétillement du feu et le bruissement léger des perles dans la gaze.

S'étant détournée de la glace, elle alla soulever le coin d'un rideau et vit par la fenêtre, à travers les arbres noirs du quai, sous un jour blême, la Seine traîner ses moires jaunes. L'ennui du ciel et de l'eau se réfléchissaient dans ses prunelles d'un gris fin. Le bateau passa, l'« Hirondelle », débouchant d'une arche du pont de l'Alma et portant d'humbles voyageurs vers Grenelle et Billancourt. Elle le suivit du regard tandis qu'il dérivait dans le courant fangeux, puis elle laissa retomber le rideau et, s'étant assise à son coin accoutumé du canapé, sous les buissons de fleurs, elle prit un livre jeté sur la table, à portée de sa main. Sur la couverture de toile paille brillait ce titre en or : *Yseult la Blonde*, par Vivian Bell. C'était un recueil de vers français composés par une Anglaise et imprimés à Londres. Elle l'ouvrit et lut au hasard :

Quand la cloche, faisant comme qui chante et prie,
Dit dans le ciel ému : « Je vous salue, Marie, »
La vierge, en visitant les pommiers du verger,
Frissonne d'avoir vu venir le messager
Qui lui présente un lys rouge et tel qu'on désire
Mourir de son parfum sitôt qu'on le respire.

La vierge au jardin clos, dans la douceur du soir,
Sent l'âme lui monter aux lèvres, et croit voir
Couler sa vie ainsi qu'un ruisseau qui s'épanche
En limpide filet de sa poitrine blanche.

Elle lisait, indifférente, distraite, attendant ses visites et songeant moins à la poésie qu'à la poétesse, cette miss Bell qui était peut-être son amie la plus agréable et qu'elle ne voyait presque jamais, qui, à chacune de leurs rencontres si rares, l'embrassait en l'appelant « darling », lui donnait brusquement du bec sur la joue, et gazouillait ; qui, laide et séduisante, presque un peu ridicule et tout à fait exquise, vivait à Fiesole en esthète et en philosophe, cependant que l'Angleterre la célébrait comme sa poétesse la plus aimée. Ainsi que Vernon Lee et que Mary Robinson, elle s'était éprise de la vie et de l'art toscans ; et, sans même achever son *Tristan*, dont la première partie avait inspiré à Burne Jones de rêveuses aquarelles, elle faisait des vers provençaux et des vers français sur des pensées italiennes. Elle avait envoyé son *Yseult la Blonde* à « darling » avec une lettre pour l'inviter à passer un mois chez elle à Fiesole. Elle avait écrit : « Venez, vous verrez les plus belles choses du monde et vous les embellirez. »

Et « darling » se disait qu'elle n'irait pas, qu'elle était retenue à Paris. Mais l'idée de revoir miss Bell et l'Italie ne lui était pas indifférente. En feuilletant le livre, elle s'arrêta par hasard à ce vers :

Amour et gentil cœur sont une même chose.

Et elle se demanda, avec une ironie légère et très douce, si miss Bell avait aimé et ce que pouvaient bien être les amours de miss Bell. La poétesse avait à Fiesole un sigisbée, le prince Albertinelli. Très beau, il semblait bien épais et vulgaire pour plaire à une esthète qui mettait dans le désir d'aimer le mysticisme d'une Annonciation.

— Bonjour, Thérèse ! Je suis vannée.

C'était la princesse Seniavine, souple dans ses fourrures qui semblaient tenir à sa chair brune et sauvage. Elle s'assit brusquement et, de sa voix rude, pourtant caressante, où il y avait de l'homme et de l'oiseau :

— Ce matin, j'ai traversé tout le Bois à pied avec le général Larivière. Je l'ai rencontré dans l'allée des Potins et je l'ai mené jusqu'au pont d'Argenteuil, où il voulait absolument acheter au gardien du Bois, pour me la donner, une pie savante, qui fait l'exercice avec un petit fusil. Je suis moulue.

— Mais pourquoi donc avez-vous entraîné le général jusqu'au pont d'Argenteuil ?

— Parce qu'il avait la goutte à l'orteil.

Thérèse haussa les épaules, en souriant :

— Vous gaspillez votre méchanceté. Vous êtes une gâcheuse.

— Et vous voulez, chérie, que j'économise ma bonté et ma méchanceté en vue d'un placement sérieux ?

Elle but du vin de Tokay.

Précédé du bruit puissant de son souffle, le général Larivière s'avança, d'un pas lourd, baisa la main aux deux femmes et s'assit entre elles, l'air têtu et satisfait, l'œil retroussé, riant par tous les petits plis des tempes.

— Comment va M. Martin-Bellème? Toujours occupé?

Thérèse croyait qu'il était à la Chambre, et même qu'il y faisait un discours.

La princesse Seniavine, qui mangeait des sandwichs au caviar, demanda à madame Martin pourquoi elle n'était pas venue hier chez madame Meillan. On avait joué la comédie.

— Une pièce scandinave. Est-ce que c'était réussi?

— Oui. Je ne sais pas. J'étais dans le petit salon vert, sous le portrait du duc d'Orléans. M. Le Ménil est venu à moi et il m'a rendu un de ces services qu'on n'oublie pas. Il m'a sauvée de M. Garain.

Le général qui avait la pratique des annuaires et emmagasinait dans sa grosse tête tous les renseignements utiles, dressa l'oreille à ce nom.

— Garain, demanda-t-il, le ministre qui faisait partie du cabinet lors de l'exil des princes?

— Lui-même. Je lui plaisais excessivement. Il me parlait des besoins de son cœur et me regardait avec une tendresse effrayante. Et de temps en temps, il contemplait en soupirant le portrait du duc d'Orléans. Je lui ai dit : « Monsieur Garain, vous confondez. C'est ma belle-sœur qui est orléaniste. Je ne le suis pas du tout, moi. » A ce moment, M. Le Ménil est venu me conduire au buffet. Il m'a fait de grands compliments... sur mes chevaux. Il m'a dit aussi qu'il n'y avait rien de plus beau que les bois, l'hiver. Il m'a parlé des loups et des louvarts. Cela m'a rafraîchie.

Le général, qui n'aimait pas les jeunes gens, dit qu'il avait rencontré Le Ménil, la veille, au Bois, galopant à tombeau ouvert.

Il déclara que les vieux cavaliers conservaient seuls la bonne tradition, que les gens du monde avaient maintenant le tort de monter comme des jockeys.

— De même pour l'escrime, ajouta-t-il. Autrefois...

La princesse Seniavine l'interrompit brusquement :

— Général, regardez donc comme madame Martin est jolie. Elle est toujours charmante, mais en ce moment elle l'est plus que jamais. C'est qu'elle s'ennuie. Rien ne lui va mieux que l'ennui. Depuis que nous sommes ici, nous l'embêtons ferme. Aussi voyez la : le front chargé, le regard vague, la bouche douloureuse. Une victime !

Elle bondit, embrassa tumultueusement Thérèse, et s'enfuit, laissant le général étonné.

Madame Martin-Bellème le supplia de ne pas écouter cette folle.

Il se remit et demanda :

— Et vos poètes, madame ?

Il avait peine à pardonner à madame Martin son goût pour des gens qui écrivaient et n'étaient pas de son monde.

— Oui, vos poètes ? Qu'est devenu ce M. Choulette, qui vous fait des visites en cache-nez rouge ?

— Mes poètes, ils m'oublient, ils m'abandonnent. Il ne faut compter sur personne. Les hommes, les choses, rien n'est sûr. La vie est une trahison suivie. Il n'y a que cette pauvre miss Bell qui ne m'oublie pas. Elle m'a écrit de Florence et envoyé son livre.

— Miss Bell, n'est-ce pas cette jeune personne qui a l'air, avec ses cheveux jaunes frisottés, d'un petit chien d'appartement ?

Il calcula de tête et fut d'avis qu'elle devait bien avoir trente ans à cette heure.

Une vieille dame, portant avec une dignité modeste sa couronne de cheveux blancs, et un petit homme vif, l'œil fin, entrèrent coup sur coup : madame Marmet et M. Paul Vence. Puis, très roide, un carreau dans l'œil, parut M. Daniel Salomon, l'arbitre des élégances. Le général s'esquiva.

On parla du roman de la semaine. Madame Marmet avait plusieurs fois dîné avec l'auteur, un homme jeune et très aimable. Paul Vence trouvait le livre ennuyeux.

— Oh! soupira madame Martin, tous les livres sont ennuyeux. Mais les hommes sont plus ennuyeux que les livres. Et ils sont plus exigeants.

Madame Marmet fit connaître que son mari, qui avait beaucoup de goût littéraire, avait gardé jusqu'à la fin de ses jours l'horreur du naturalisme.

Veuve d'un membre de l'Académie des inscriptions, elle se parait dans les salons de son veuvage illustre; douce et modeste, d'ailleurs, dans sa robe noire et sous ses beaux cheveux blancs.

Madame Martin dit à M. Daniel Salomon qu'elle voulait le consulter sur un groupe d'enfants.

— C'est du Saint-Cloud. Vous me direz si cela vous plaît. Vous me donnerez aussi votre avis, monsieur Vence, à moins que vous ne méprisiez ces bagatelles.

M. Daniel Salomon regarda Paul Vence à travers son carreau, avec une hauteur maussade.

Paul Vence faisait du regard le tour du salon :

— Vous avez de belles choses, madame. Ce ne serait rien encore. Mais vous n'avez que de belles choses et qui vous vont bien.

Elle ne cacha pas son plaisir de l'entendre parler de la sorte. Elle tenait Paul Vence pour le seul homme tout à fait intelligent qu'elle reçût. Elle

l'avait apprécié avant que ses livres lui eussent
donné une grande renommée. Sa mauvaise santé,
son humeur noire, son labeur assidu l'éloignaient
du monde. Ce petit homme bilieux n'était
guère plaisant. Pourtant elle l'attirait. Elle estimait très haut son ironie profonde, sa fierté
sauvage, son talent mûri dans la solitude, et elle
l'admirait avec raison comme un excellent écri-
vain, l'auteur de beaux essais sur les arts et les
mœurs.

Le salon s'emplit peu à peu d'une foule brillante. Il y avait maintenant dans le grand cercle
des fauteuils madame de Vresson, dont on contait d'effroyables histoires et qui gardait, après
vingt ans de scandales mal étouffés, des yeux
d'enfant sur des joues virginales ; la vieille madame de Morlaine, qui poussait en cris perçants
ses mots d'esprit, vive, éperdue, agitant ses formes
monstrueuses comme une nageuse entourée de
vessies ; madame Raymond, la femme de l'académicien ; madame Garain, la femme de l'ancien
ministre ; trois autres dames encore ; et, debout
contre la cheminée, M. Berthier d'Eyzelles, rédac-
teur du *Journal des Débats*, député, qui caressait
ses favoris blancs et faisait la roue, tandis que
madame de Morlaine lui criait :

— Votre article sur le bimétallisme, une perle,
un bijou ! La fin surtout, une pure ivresse !

Debout, au fond du salon, des jeunes gens de club, très graves, zézayaient entre eux :

— Qu'est-ce qu'il a fait pour obtenir le bouton aux chasses du prince ?

— Lui, rien. Sa femme, tout.

Ils avaient leur philosophie. L'un d'eux ne croyait pas aux promesses des hommes :

— Encore des types qui ne me vont pas du tout : le cœur sur la main et sur la bouche. « Vous vous présentez au cercle ? Je vous promets de vous donner une boule blanche... » Si elle sera blanche ? Un globe d'albâtre ! Une bille de neige ! On vote : Crac ! une truffe ! La vie est une sale chose, quand j'y pense.

— Alors n'y pense pas, dit un troisième.

Daniel Salomon, qui s'était joint à eux, leur soufflait à l'oreille, de sa voix chaste, des secrets d'alcôve. Et à chaque révélation étrange sur madame Raymond, sur madame Berthier d'Eyzelles et sur la princesse Seniavine, il ajoutait négligemment :

— Tout le monde le sait.

Puis, peu à peu, la foule des visiteurs s'écoula. Il ne restait plus que madame Marmet et Paul Vence.

Celui-ci s'approcha de la comtesse Martin et lui demanda :

— Quand voulez-vous que je vous présente Dechartre ?

C'était la seconde fois qu'il le lui demandait.
Elle n'aimait pas à voir de nouveaux visages.
Elle répondit avec beaucoup de détachement :

— Votre sculpteur ? Quand vous voudrez. J'ai
vu de lui, au Champ de Mars, des médaillons
qui sont très bien. Mais il produit peu. C'est un
amateur, n'est-ce pas ?

— C'est un délicat. Il n'a pas besoin de travailler pour vivre. Il caresse ses figures avec une
lenteur amoureuse. Mais ne vous y trompez pas,
madame : il sait et il sent; ce serait un maître s'il
ne vivait pas seul. Je le connais depuis l'enfance.
On le croit malveillant et chagrin. C'est un passionné et un timide. Ce qui lui manque, ce qui
lui manquera toujours pour atteindre au plus haut
de son art, c'est la simplicité d'esprit. Il s'inquiète, se trouble et gâte ses plus belles impressions. A mon avis, il était moins fait pour la sta-
tuaire que pour la poésie ou la philosophie. Il
sait beaucoup, et vous serez étonnée de la richesse
de son esprit.

Madame Marmet, bienveillante, approuva.

Elle plaisait au monde en paraissant s'y plaire.
Elle écoutait beaucoup et parlait peu. Très com-
plaisante, elle donnait du prix à sa complaisance
en la faisant un peu attendre. Soit qu'elle eût
vraiment du goût pour madame Martin, soit
qu'elle sût montrer dans chaque maison où elle

allait des marques discrètes de préférence, elle se
chauffait, contente, comme une aïeule, au coin
de cette cheminée de pur style Louis XVI, qui
convenait à sa beauté de vieille dame indulgente.
Il ne lui manquait là que son bichon.

— Comment va Toby? lui demanda madame
Martin. Monsieur Vence, connaissez-vous Toby?
Il a de longs poils de soie et un petit nez d'amour,
noir.

Madame Marmet goûtait les louanges données à
Toby, quand un vieillard rose et blond, aux cheveux bouclés, myope, presque aveugle sous ses
lunettes d'or, bas sur jambes, butant contre les
meubles, saluant les fauteuils vides, se jetant dans
les glaces, poussa son nez crochu jusque devant
madame Marmet qui le regarda, indignée.

C'était M. Schmoll, de l'Académie des inscriptions. Il souriait, grimaçant et poupin ; il tournait
des madrigaux à la comtesse Martin avec cette voix
héréditaire, rude et grasse, dont les Juifs ses pères
pressaient leurs créanciers, les paysans d'Alsace,
de Pologne et de Crimée. Il traînait lourdement
ses phrases. Ce grand philologue, membre de
l'Institut de France, savait toutes les langues,
excepté le français. Et madame Martin s'amusait
de ces galanteries lourdes et rouillées comme les
ferrailles qu'étalent les brocanteurs, et parmi
lesquelles tombaient quelques fleurs séchées de

l'Anthologie. M. Schmoll était amateur des poètes et des femmes, et il avait de l'esprit.

Madame Marmet feignit de ne pas le connaître et sortit sans lui rendre son salut.

Quand il eut épuisé ses madrigaux, M. Schmoll devint sombre et pitoyable. Il gémit abondamment. Il poussa sur lui-même des plaintes aiguës; il n'était ni assez décoré, ni assez pourvu de sinécures, ni suffisamment logé aux frais de l'État, lui, madame Schmoll et leurs cinq filles. Il se lamenta avec quelque grandeur. Un peu de l'âme d'Ézéchiel et de Jérémie était en lui.

Par malheur, traînant au ras de la table ses yeux lunettés d'or, il découvrit le livre de Vivian Bell.

— Ah! *Yseult la Blonde*, s'écria-t-il amèrement : vous lisez ce livre, madame. Eh bien, sachez que mademoiselle Vivian Bell m'a volé une inscription, et que, de plus, elle l'a altérée en la mettant en vers! Vous la trouverez à la page 109 du livre :

> — Ne pleure pas, toi que j'aimais :
> Ce qui n'est plus ne fut jamais.
> — Laisse couler ma douleur sombre ;
> Une ombre peut pleurer une ombre.

Vous entendez, madame : *Une ombre peut pleurer une ombre.* Eh bien! ces mots sont traduits tex-

tuellement d'une inscription funéraire que j'ai
publiée et illustrée le premier. L'année dernière,
un jour que je dînais chez vous, me trouvant
placé à table à côté de mademoiselle Bell, je lui
citai cette phrase, qui lui plut beaucoup. A sa
demande, dès le lendemain, je traduisis en français l'inscription tout entière et je la lui envoyai.
Et voilà que je la trouve tronquée et dénaturée,
dans ce volume de vers, avec ce titre : *Sur la
voie sacrée !*... La voie sacrée, c'est moi !

Et il répéta, dans sa mauvaise humeur bouffonne :

— C'est moi, madame, la voie sacrée.

Il était contrarié que le poète n'eût pas parlé
de lui à propos de cette inscription. Il aurait voulu
lire son nom en tête de la pièce, dans les vers,
à la rime. Il voulait toujours voir son nom partout. Et il le cherchait dans les journaux dont
ses poches étaient bourrées. Mais il n'avait pas de
rancune. Il n'en voulait pas à Miss Bell. Il convint
de bonne grâce que c'était une personne très
distinguée et la poétesse qui faisait aujourd'hui
le plus d'honneur à l'Angleterre.

Quand il fut parti, la comtesse Martin demanda
très ingénument à M. Paul Vence s'il savait pourquoi la bonne madame Marmet, bienveillante d'ordinaire, avait regardé M. Schmoll avec tant de colère et de silence. Il était surpris qu'elle ne sût pas.

— Je ne sais jamais rien.

— Mais la querelle de Joseph Schmoll et de Louis Marmet, dont retentit si longtemps l'Institut, est restée fameuse. Elle n'a cessé que par la mort de Marmet, que son confrère implacable poursuivit jusqu'au Père-Lachaise.

» Le jour où l'on enterra ce pauvre Marmet, il tombait de la neige fondue. Nous étions mouillés et glacés jusqu'aux os. Au bord de la fosse, dans la brume, dans le vent, dans la boue, Schmoll lut sous son parapluie un discours plein de cruauté joviale et de pitié triomphante, qu'il porta ensuite aux journaux dans une voiture de deuil. Un ami maladroit le fit voir à la bonne madame Marmet, qui en tomba évanouie. Est-il possible, madame, que vous n'ayez jamais entendu parler de cette querelle savante et féroce?

» La langue étrusque en fut la cause. Marmet en faisait son unique étude. Il était surnommé Marmet l'Étrusque. Ni lui ni personne ne connaissait un seul mot de cette langue perdue jusqu'au dernier vestige. Schmoll répétait sans cesse à Marmet: « Vous savez que vous ne savez pas l'étrusque, mon cher confrère; c'est en cela que vous êtes un savant honorable et un bon esprit. » Piqué par ces louanges cruelles, Marmet s'avisa de savoir un peu d'étrusque. Il lut à ses confrères des Inscriptions un mémoire sur le rôle des flexions dans l'idiome des anciens toscans.

Madame Martin demanda ce que c'était qu'une flexion.

— Oh! madame, si je vous donne des éclaircissements, nous allons tout embrouiller. Qu'il vous suffise de savoir que, dans ce mémoire, le pauvre Marmet citait des textes latins et les citait tout de travers. Or, Schmoll est un latiniste de grande valeur et, après Mommsen, le premier épigraphiste du monde.

» Il reprocha à son jeune confrère (Marmet n'avait pas cinquante ans) de lire trop bien l'étrusque et pas assez bien le latin. Depuis lors, Marmet n'eut plus de repos. A chaque séance, il était persiflé avec une férocité joyeuse et bafoué de telle sorte que, malgré sa douceur, il se fâcha. Schmoll est sans rancune. C'est une vertu de sa race. Il n'en veut pas à ceux qu'il persécute. Un jour, montant l'escalier de l'Institut, en compagnie de Renan et d'Oppert, il rencontra Marmet et lui tendit la main. Marmet refusa de la prendre et dit : « Je ne vous connais pas. — Me prenez-vous pour une inscription latine? » répliqua Schmoll. C'est un peu de ce mot-là que le pauvre Marmet est mort et enterré. Vous comprenez maintenant que sa veuve, qui garde pieusement son souvenir, voie son ennemi d'un œil d'horreur.

— Et moi qui les ai fait dîner ensemble, l'un à côté de l'autre, tout contre !

— Madame, ce n'était pas immoral, non, mais c'était cruel.

— Cher monsieur, je vais peut-être vous choquer, mais s'il fallait absolument choisir, j'aimerais mieux faire une chose immorale qu'une chose cruelle.

Un homme jeune, grand, maigre, le visage brun, coupé d'une longue moustache, entra, salua avec une brusque souplesse :

— Monsieur Vence, je crois que vous connaissez M. Le Ménil.

En effet, ils s'étaient déjà trouvés ensemble chez madame Martin et se voyaient quelquefois à la salle d'armes, où Le Ménil était assidu. La veille encore, ils s'étaient rencontrés chez madame Meillan.

— Madame Meillan, voilà une maison où l'on s'ennuie, dit Paul Vence.

— Pourtant on y reçoit des académiciens, dit M. Le Ménil. Je ne m'exagère pas leur valeur, mais c'est en somme une élite.

Madame Martin sourit :

— Nous savons, monsieur Le Ménil, que chez madame Meillan vous vous êtes occupé des femmes plus que des académiciens. Vous avez conduit la princesse Seniavine au buffet et vous lui avez parlé de loups.

— Comment? de loups?

— De loups, de louves et de louvarts, et des
bois noircis par l'hiver. Nous avons trouvé qu'avec
une si jolie personne c'était un entretien un peu
farouche.

Paul Vence se leva.

— Ainsi vous me le permettez, madame; je
vous amènerai mon ami Dechartre. Il a grande
envie de vous connaître et j'espère qu'il ne vous
déplaira pas. Il a du mouvement et de la vie dans
l'esprit. Il est plein d'idées.

Madame Martin l'arrêta :

— Oh! je n'en demande pas tant. Les gens
qui ont du naturel et qui se montrent tels qu'ils
sont m'ennuient rarement, et quelquefois ils
m'amusent.

Quand Paul Vence fut sorti, Le Ménil écouta
décroître le bruit des pas dans l'antichambre et
retomber le battant des portes ; puis, s'approchant
d'elle :

— Demain à trois heures *chez nous*, n'est-ce
pas?

— Vous m'aimez donc encore?

Il la pressa de répondre pendant qu'ils étaient
seuls ; elle répliqua, un peu taquine, qu'il était
tard, qu'elle n'attendait plus de visites, et qu'il
n'y avait que son mari qui pût entrer maintenant.

Il la supplia. Alors, sans se faire beaucoup
prier:

— Tu veux? Écoute : je serai libre demain toute la journée. Attends moi rue Spontini à trois heures. Nous irons nous promener après.

Il la remercia d'un regard. Puis, ayant repris sa place devant elle, à l'autre côté de la cheminée, il lui demanda ce que c'était que ce Dechartre qu'elle se faisait présenter.

— Je ne me le fais pas présenter. On me le présente. C'est un sculpteur.

Il se plaignit qu'elle eût besoin de voir de nouveaux visages.

— Un sculpteur? Ils sont généralement un peu brutes, les sculpteurs.

— Oh ! celui-là sculpte si peu ! Mais si vous êtes contrarié que je le reçoive, je ne le recevrai pas.

— Je serais contrarié si le monde vous prenait une partie du temps que vous me donnez.

— Mon ami, vous n'avez pas à vous plaindre que je sois trop mondaine. Je ne suis pas même allée hier chez madame Meillan.

— Vous avez raison de vous y montrer le moins possible : ce n'est pas une maison pour vous.

Il s'expliqua. Toutes les femmes qui y allaient avaient eu quelque aventure qu'on savait, qu'on racontait. Au reste, madame Meillan favorisait les intrigues. Il donna quelques exemples à l'appui.

Elle, cependant, les mains étendues sur les bras du fauteuil dans un repos charmant, la tête penchée de côté, regardait mourir le feu. Sa pensée s'était envolée d'elle : il n'en restait plus rien à son visage un peu triste ni sur son corps alangui, plus désirable que jamais dans ce sommeil de l'âme. Elle garda quelque temps une immobilité profonde qui ajoutait à l'attrait de sa chair le charme des choses que l'art a créées.

Il lui demanda à quoi elle pensait. Échappant à demi à la magie mélancolique des braises et des cendres, elle dit :

— Nous irons demain, voulez-vous, dans des quartiers lointains, dans ces quartiers bizarres où l'on voit vivre les pauvres gens. J'aime les vieilles rues de misère.

Il lui promit de satisfaire son goût, tout en laissant voir qu'il le trouvait absurde. Ces promenades où elle l'entraînait quelquefois l'ennuyaient, et il les jugeait dangereuses ; on pouvait être vu.

— Et puisque nous avons réussi jusqu'à présent à ne pas faire parler de nous...

Elle secoua la tête.

— Croyez-vous qu'on n'a jamais parlé de nous ? Qu'on sache ou qu'on ne sache pas, on parle. Tout ne se sait pas, mais tout se dit.

Elle retomba dans sa songerie. Il la crut mécontente, fâchée pour une raison qu'elle ne disait pas.

Il se pencha sur les beaux yeux vagues qui reflétaient les lueurs du foyer. Mais elle le rassura :

— Je ne sais pas du tout si on parle de moi. Et qu'est-ce que cela me fait ? Rien ne fait rien.

Il la quitta. Il allait dîner au cercle, où son ami Caumont, de passage à Paris, l'attendait. Elle le suivit des yeux avec une sympathie paisible. Puis elle se remit à lire dans les cendres.

Elle y revit les jours de son enfance, le château dans lequel elle passait les grands étés tristes, les bois taillés, le parc humide et sombre, le bassin où dormaient les eaux vertes, les nymphes de marbre sous les marronniers et le banc sur lequel elle pleurait et désirait mourir. Aujourd'hui encore, elle ignorait la cause de ces jeunes désespoirs, alors que l'éveil ardent de son imagination et le travail mystérieux de sa chair la jetaient dans un trouble mêlé de désirs et de craintes. Enfant, la vie lui faisait envie et peur. Et maintenant elle savait que vivre ne vaut pas tant d'inquiétude ni d'espérance, que c'est une chose très ordinaire. Elle devait s'y attendre. Pourquoi ne l'avait-elle pas prévu ? Elle songeait :

— Je voyais maman. C'était une bonne dame très simple et pas très heureuse. Je rêvais une destinée tout autre que la sienne. Pourquoi ? Je sentais autour de moi le goût fade de la vie, et j'aspirais l'avenir comme un air plein de sel et d'arômes. Pourquoi? Qu'est-ce que je voulais, et qu'est-ce que j'attendais? N'étais-je pas assez avertie de la tristesse de tout?

Elle était née riche, dans l'éclat criard d'une fortune trop neuve. Fille de ce Montessuy, qui, d'abord petit employé dans une banque parisienne, fonda, gouverna deux grands établissements de crédit, trouva pour les soutenir aux heures difficiles les ressources d'un esprit fécond, la force invincible du caractère, un alliage unique de ruse et de probité, et traita de puissance à puissance avec le gouvernement, elle avait grandi dans ce château historique de Joinville acheté, restauré, meublé magnifiquement par son père et devenu en six ans, avec son parc et ses grandes eaux, l'égal en splendeur de Vaux-le-Vicomte. Montessuy faisait rendre à la vie tout ce qu'elle peut donner. Athée instinctif et puissant, il voulait tous les biens de chair et toutes les choses désirables que produit cette terre. Il entassa dans la galerie et dans les salons de Joinville les tableaux de maîtres et les marbres précieux. A cinquante ans, il eut les plus belles femmes de théâtre et quelques femmes du monde dont il releva le luxe. Il jouissait de tout ce qu'il y a de précieux dans la société avec la brutalité de son tempérament et la finesse de son esprit.

Cependant, la pauvre madame Montessuy, économe et soigneuse, languissait à Joinville, l'air chétif et pauvre, au regard des douze cariatides géantes qui, dans sa ruelle fermée par des balustres d'or, soutenaient le plafond où Lebrun avait peint les Titans foudroyés par Jupiter. C'est là, dans le lit de fer, dressé au pied du grand lit de parade, qu'elle mourut un soir, de tristesse et d'épuisement, n'ayant jamais aimé sur la terre que son mari et son petit salon de damas rouge de la rue de Maubeuge.

Elle n'avait point eu d'intimité avec sa fille, la sentant, d'instinct, trop loin d'elle, trop libre d'esprit, trop hardie de cœur, et devinant, en cette Thérèse, pourtant douce et bonne, le sang fort de Montessuy, cette ardeur d'âme et de chair qui l'avait tant fait souffrir, et qu'elle pardonnait à son mari mieux qu'à sa fille.

Mais lui, Montessuy, reconnaissait sa fille et l'aimait. Comme tous les grands carnassiers, il avait ses heures de gaîté charmante. Bien qu'il vécut beaucoup dehors, il s'arrangeait pour déjeuner presque tous les jours avec elle, et quelquefois il la menait promener. Il avait l'entente des bibelots et des chiffons. Du premier coup il voyait, réparait dans les toilettes de la jeune fille les désastres causés par le goût triste et voyant de madame Montessuy. Il instruisait, formait sa Thérèse. Brutal et savoureux, il l'amusait et l'attachait. Près d'elle son instinct, son appétit de conquêtes l'inspirait encore. Lui qui voulait toujours gagner, il gagnait aussi sa fille. Il l'enlevait à sa mère. Elle l'admirait, l'adorait.

Dans sa songerie, elle le revoyait au fond du passé, comme la joie unique de son enfance. Elle était encore persuadée qu'il n'y avait pas au monde un homme aussi aimable que son père.

A son entrée dans la vie, elle avait désespéré tout de suite de retrouver ailleurs une telle richesse naturelle, une telle plénitude de forces actives et pensantes. Ce découragement l'avait suivie dans le choix d'un mari, et, peut-être ensuite, dans un choix secret et plus libre.

Son mari, vraiment elle ne l'avait pas choisi du tout. Elle ne savait pas : elle s'était laissé marier par son père qui, veuf alors, embarrassé et inquiet du soin délicat d'une fille, au milieu d'une vie affairée et emportée, avait voulu, à son ordinaire, faire vite et bien. Il considéra les avantages extérieurs, les convenances, apprécia les quatre-vingts ans sonnés de noblesse impériale qu'apportait le comte Martin, avec la gloire héréditaire d'une famille qui avait donné des ministres au gouvernement de Juillet et à l'Empire libéral. L'idée ne lui était pas venue qu'elle pût trouver l'amour dans le mariage.

Il se flattait qu'elle y trouverait la satisfaction des désirs fastueux qu'il lui prêtait, la joie d'être et de paraître, cette grandeur commune et forte, cette fierté vulgaire, cette domination matérielle, qui faisaient pour lui tout le prix de la vie, n'ayant pas, au reste, des idées très nettes sur le bonheur d'une honnête femme en ce monde, mais parfaitement sûr que sa fille resterait une honnête femme. C'était là dans son âme un point qu'il n'avait jamais remué, une certitude première.

En songeant à cette confiance absurde et naturelle, qui se raccordait si mal aux expériences et aux idées de Montessuy sur les femmes, elle sourit avec une ironie mélancolique. Et elle en admirait mieux son père, trop sage pour se faire une sagesse importune.

Après tout, il ne l'avait pas si mal mariée, à juger le mariage ce qu'il est pour les gens de loisir. Son mari en valait bien un autre. Il était devenu très supportable. De tout ce qu'elle lisait dans les cendres, à la clarté voilée des lampes, de tous ses souvenirs, celui de la vie commune était le plus effacé. Elle en retrouvait quelques traits isolés d'une précision pénible, quelques images absurdes, une impression vague et fastidieuse. Ce temps avait peu duré et ne laissait rien après lui. Six ans passés, elle ne se rappelait même plus très bien comment elle avait repris sa liberté, tant la conquête en avait été prompte et facile sur ce mari froid, maladif, égoïste et poli, sur cet homme séché, jauni dans les affaires et dans la politique, laborieux, ambitieux, médiocre. Il n'aimait les femmes que par vanité, et il n'avait jamais aimé la sienne. La séparation avait été franche, entière. Et depuis lors, étrangers l'un à l'autre, ils se savaient gré tacitement de leur mutuelle délivrance, et elle aurait eu de l'amitié pour lui si elle ne l'avait trouvé rusé, sournois et trop subtil à lui tirer sa signature quand il avait besoin d'argent pour des entreprises où il mettait plus d'ostentation que d'avidité. A cela près, cet homme avec lequel elle dînait, causait tous les jours, habitait, voyageait, ne lui représentait rien, n'avait pas de signification pour elle.

Ramassée sur elle-même, la joue dans la main, devant le foyer éteint, comme une curieuse qui consulte une sibylle, tandis qu'elle repassait ces années de solitude, elle revit la figure du marquis de Ré. Elle la revit, celle-là, si nette et si précise qu'elle en resta surprise. Amené chez elle par son père qui le lui vanta, le marquis de Ré lui apparut grand et beau de trente ans de triomphes intimes et de gloires mondaines. Ses aventures lui faisaient cortège. Il avait séduit trois générations de femmes et laissé au cœur de toutes

celles qu'il avait aimées un souvenir impérissable.
Sa grâce virile, son élégance sobre et l'habitude
de plaire prolongeaient sa jeunesse bien au delà
du terme ordinaire. Il distingua tout particulièrement la jeune comtesse Martin. Les hommages
de ce connaisseur la flattèrent. En ce moment
elle se les rappelait encore avec plaisir. Il avait
un tour merveilleux de conversation. Il l'amusa :
elle le lui laissa voir, et dès lors, il se promit, dans
son héroïque frivolité, de terminer dignement
sa vie heureuse par la possession de cette jeune
femme qu'il appréciait avant tout le monde, et
qui visiblement avait du goût pour lui. Il
déploya pour la prendre les roueries les plus
savantes. Mais elle lui échappa très facilement.

Elle céda, deux ans plus tard, à Robert Le Ménil
qui l'avait voulue fortement, avec toute la chaleur de sa jeunesse, toute la simplicité de son
âme. Elle se disait : « Je me suis donnée à lui
parce qu'il m'aimait. » C'était la vérité. La vérité,
c'était aussi qu'un instinct sourd et puissant l'avait
poussée et qu'elle avait obéi aux forces obscures
de son être. Mais cela n'était point d'elle ; ce
qui était d'elle et de sa conscience, c'est d'avoir
cru, consenti, voulu un sentiment vrai. Elle
avait cédé sitôt qu'elle s'était vue aimée jusqu'à
la souffrance. Elle s'était donnée vite, avec
simplicité. Il crut qu'elle s'était donnée légère-

ment. Il se trompait. Elle avait senti l'accable-
ment devant l'irréparable et cette espèce de
honte d'avoir subitement quelque chose à cacher.
Tout ce qu'on avait chuchoté devant elle sur les
femmes qui ont des amants vint bourdonner à
ses oreilles brûlantes. Mais, fière et délicate,
dans la perfection de son goût, elle eut soin de
cacher le prix du don qu'elle faisait et de ne rien
dire qui pût engager son ami au delà de ses sentiments. Il ne soupçonna pas ce malaise moral, qui
d'ailleurs dura quelques jours à peine et fit place
à une tranquillité parfaite. Après trois ans, elle
s'approuvait d'une conduite innocente et naturelle.
N'ayant fait de tort à personne, elle n'avait point
de regrets. Elle était contente. Cette liaison,
c'était encore la meilleure affaire de sa vie. Elle
aimait, elle était aimée. Sans doute elle n'avait
pas ressenti l'ivresse rêvée. Mais l'éprouve-t-on
jamais? Elle était l'amie d'un bon et honnête
garçon, fort apprécié des femmes, très recherché
dans le monde, qui passait pour dédaigneux et
difficile et qui lui montrait un sentiment vrai. Le
plaisir qu'elle lui donnait et la joie d'être belle
pour lui l'attachaient à cet ami. Il lui rendait la
vie, non pas constamment délicieuse, mais très
facile à supporter, et, par moments, agréable.

Ce qu'elle n'avait pas deviné dans sa solitude,
malgré l'avertissement des malaises vagues et des

tristesses sans causes, sa nature intime, son tempérament, sa vocation véritable, il les lui avait révélés. Elle se connut en le connaissant. Ce fut un étonnement heureux. Leurs sympathies n'étaient ni dans l'esprit ni dans l'âme. Elle avait pour lui un goût simple et précis qui ne s'usait pas vite. Et dans ce moment même elle se plaisait à l'idée de le retrouver le lendemain dans le petit appartement de la rue Spontini, où ils se voyaient depuis trois ans. C'est avec une petite secousse de tête assez violente, avec un haussement d'épaule plus brutal qu'on ne l'eût attendu de cette dame exquise que, seule au coin du feu maintenant éteint, elle se dit à elle-même : « Voilà ! j'ai besoin d'amour, moi ! »

II

Il ne faisait déjà plus jour quand ils sortirent du petit entresol de la rue Spontini. Robert Le Ménil fit signe à un fiacre rôdeur et, jetant sur la bête et sur l'homme un coup d'œil inquiet, entra avec Thérèse dans la voiture. L'un contre l'autre, ils roulaient entre des ombres vagues, coupées de brusques lumières, par la ville fantôme, n'ayant dans l'âme que des impressions douces et mourantes comme ces clartés qui venaient se mouiller à la buée des glaces. Tout, en dehors d'eux leur semblait confus et fuyant, et ils sentaient dans leur âme un vide très doux. La voiture toucha près du Pont-Neuf, sur le quai des Augustins.

Ils descendirent. Un froid sec avivait ce temps morne de janvier. Thérèse respira joyeusement sous sa voilette les souffles qui, traversant le fleuve, balayaient au ras du sol durci une poussière âcre et blanche comme du sel. Elle était contente d'aller libre parmi les choses inconnues. Elle aimait à voir ce paysage de pierres, qu'enveloppait la clarté faible et profonde de l'air; à marcher vite et ferme, le long du quai où les arbres déployaient le tulle noir de leurs branches sur l'horizon roussi par les fumées de la ville; à regarder, penchée sur le parapet, le bras étroit de la Seine roulant ses eaux tragiques; à goûter cette tristesse du fleuve sans berges, et qui n'a là ni saules ni hêtres. Déjà, dans les hauteurs du ciel, les premières étoiles frissonnaient.

— On dirait, fit-elle, que le vent va les éteindre.

Il remarquait aussi qu'elles scintillaient beaucoup. Il ne pensait pas que ce fût signe de pluie comme le croyaient les paysans. Il avait au contraire observé que neuf fois sur dix la scintillation des étoiles annonçait le beau temps.

En approchant du Petit-Pont, ils trouvèrent à leur droite des échoppes de ferrailles, éclairées par des lampes fumeuses. Elle y courut, fouilla du regard la poussière et la rouille des étalages. Son instinct de chercheuse mis en éveil, elle tourna l'angle de la rue et s'aventura jusque vers

une baraque en appentis, dans laquelle, sous les
solives humides du plancher, pendaient des loques
sombres. Derrière les vitres sales une bougie
éclairait des casseroles, des vases de porcelaine,
une clarinette et une couronne de mariée.

Il ne comprenait pas le plaisir qu'elle prenait :

— Vous attraperez de la vermine. Qu'est-ce
qui peut vous intéresser là dedans ?

— Tout. Je songe à la pauvre mariée dont la
couronne est là sous un globe. Le dîner de noces
se fit à la porte Maillot. Il y avait un garde républicain dans le cortège. Il y en a dans presque
toutes les noces qu'on voit au Bois, le samedi. Ils
ne vous émeuvent pas, mon ami, tous ces pauvres
êtres ridicules et misérables, qui entrent à leur
tour dans la grandeur du passé?

Parmi des tasses à fleurs, ébréchées et dépa-
reillées, elle découvrit un petit couteau dont le
manche d'ivoire figurait une femme plate et
longue, coiffée à la Maintenon. Elle l'acheta pour
quelques sous. Ce qui l'enchantait, c'est qu'elle
avait la fourchette. Le Ménil avoua qu'il n'entendait
rien aux bibelots. Mais sa tante de Lannoix était
très connaisseuse. A Caen, les marchands d'anti-
quités ne parlaient que d'elle. Elle avait restauré
et meublé son château dans le style. C'était l'ancienne maison des champs de Jean Le Ménil,
conseiller au parlement de Rouen, en 1779. Cette

maison, existant avant lui, était mentionnée dans un titre de 1690, sous le nom de maison de bouteille. Dans une salle du rez-de-chaussée, se trouvaient encore, au fond des armoires blanches, sous un treillage, les livres réunis par Jean Le Ménil. Sa tante de Lannoix, disait-il, avait voulu les mettre en ordre. Elle y avait trouvé des ouvrages légers, ornés de gravures si libres, qu'elle les avait brûlés.

— Elle est donc bête, votre tante ? dit Thérèse.

Depuis longtemps les histoires de madame de Lannoix l'impatientaient. Son ami avait en province une mère, des sœurs, des tantes, une nombreuse famille, qu'elle ne connaissait pas et qui l'irritait. Il en parlait avec admiration. Elle en prenait de l'humeur. Elle s'impatientait des fréquents séjours qu'il faisait dans cette famille, et dont il rapportait, à ce qu'elle imaginait, une odeur de renfermé, des idées étroites, des sentiments qui la blessaient. Et, de son côté, il s'étonnait naïvement et souffrait de cette antipathie.

Il se tut. La vue d'un cabaret, dont les vitres flambaient à travers les grilles, lui rappela tout à coup le poète Choulette, qui passait pour ivrogne. Il demanda avec un peu d'humeur à Thérèse si elle voyait encore ce Choulette, qui lui faisait des visites en macfarlane, un cache-nez rouge par-dessus les oreilles.

Elle fut contrariée qu'il parlât comme le général Larivière. Elle ne lui avoua pas qu'elle n'avait plus vu Choulette depuis l'automne et qu'il la négligeait avec le sans-gêne d'un homme occupé, capricieux, qui n'était pas du monde.

— Il a de l'esprit, dit-elle, de la fantaisie et une nature originale. Il me plaît.

Et, comme il lui reprochait d'avoir un goût bizarre, elle répondit vivement :

— Je n'ai pas un goût, j'ai des goûts. Vous ne les blâmez pas tous, je pense.

Il ne la blâmait pas. Il craignait seulement qu'elle ne se fît du tort en recevant un bohème de cinquante ans, qui n'avait pas sa place dans une maison respectable.

Elle se récria :

— Pas sa place dans une maison respectable, Choulette? Vous ne savez donc pas qu'il va, tous les ans, passer un mois en Vendée chez la marquise de Rieu... oui, chez la marquise de Rieu, la catholique, la royaliste, la vieille chouane, comme elle se nomme elle-même. Mais, puisque Choulette vous intéresse, écoutez sa dernière aventure. La voici telle que Paul Vence me l'a contée. Je la comprends mieux dans cette rue où il y a des camisoles et des pots de fleurs aux fenêtres.

» Cet hiver, un soir qu'il pleuvait, Choulette rencontra chez un liquoriste, dans une rue dont j'ai oublié le nom, mais qui doit ressembler en misère à celle-ci, une malheureuse fille, dont les garçons du liquoriste n'auraient pas voulu, et qu'il aima pour son humilité. Elle se nomme Maria. Encore ce nom n'est-il point à elle, c'est celui qu'elle trouva cloué sur sa porte au bout de l'escalier d'un garni où elle vint loger. Choulette fut touché de cette perfection de pauvreté et d'infamie. Il l'appela sa sœur et lui baisa les mains. Depuis lors, il ne la quitte plus. Il la mène en cheveux et en fichu dans les cafés du quartier latin où les étudiants riches lisent les revues. Il lui dit des choses très douces. Il pleure; elle pleure. Ils boivent; et, quand ils ont bu, ils se battent. Il l'aime. Il l'appelle la très chaste, sa croix et son salut. Elle était nu-pieds; il lui a donné un écheveau de grosse laine et des aiguilles à tricoter pour se faire des bas. Et il ferre lui-même les souliers de cette malheureuse avec des clous énormes. Il lui apprend des vers très faciles à comprendre. Il craint d'altérer sa beauté morale en la tirant de la honte où elle vit dans une simplicité parfaite et un dénuement admirable.

Le Ménil haussa les épaules.

— Mais il est fou, ce Choulette, et M. Paul Vence vous conte de jolies histoires! Je ne suis pas austère, assurément; mais il y a des immoralités qui me dégoûtent.

Ils marchaient au hasard. Elle devint songeuse :

— Oui, la morale, je sais, le devoir !... Mais le devoir, c'est le diable pour le découvrir. Je vous assure que, les trois quarts du temps, je ne sais vraiment pas où il est, le devoir. C'est comme le hérisson de Miss, à Joinville : nous passions la soirée à le chercher sous les meubles ; et quand nous l'avions trouvé, nous allions nous coucher.

Selon lui, il y avait du vrai dans ce qu'elle disait là, et plus même qu'elle ne le croyait. Il y pensait quand il était seul.

— C'est à ce point, que je regrette quelquefois de n'être pas resté dans l'armée. Je prévois ce que vous allez me dire. On s'abrutit dans ce métier-là. Sans doute, mais on sait exactement ce que l'on a à faire, et c'est beaucoup dans la vie. Je trouve que l'existence de mon oncle, le général de La Briche, est une très belle existence, toute d'honneur, et assez agréable. Mais, maintenant que le pays tout entier s'engouffre dans l'armée, il n'y a ni officiers ni soldats. Cela ressemble à une gare, le dimanche, quand les employés poussent en voiture les voyageurs ahuris. Mon oncle de La Briche connaissait personnellement tous les officiers et tous les soldats de sa brigade. Il a encore leurs noms sur un grand tableau dans sa salle à manger. Il les relit de temps en temps pour se distraire. A présent, comment voulez-vous qu'un officier connaisse ses hommes ?

Elle ne l'écoutait plus. Elle regardait au coin de la rue Galande une marchande de pommes de terre frites qui, nichée derrière un châssis vitré, le visage illuminé, au milieu des grandes ombres, par un feu de braise, plongeant l'écumoire dans la friture chantante, en tirait des croissants dorés dont elle remplissait un cornet de papier jaune, où brillaient des brins de paille, tandis qu'une fille rousse, attentive, tendait une pièce de deux sous dans sa main rouge.

Quand la fille emporta son cornet, Thérèse jalouse s'aperçut qu'elle avait faim, et elle voulut absolument goûter à ces pommes de terre frites.

Il résista d'abord.

— On ne sait pas avec quoi c'est fait.

Mais il fallut enfin qu'il demandât à la marchande un cornet de deux sous et veillât à ce qu'on y mît du sel.

Tandis que, sa voilette retroussée sur le nez, elle mordait aux croissants d'or, il l'entraînait dans les ruelles désertes, loin des becs de gaz. Ils se trouvèrent ainsi ramenés au quai, et virent la masse noire de la cathédrale, s'élevant au delà du bras étroit de la rivière. La lune, suspendue sur la crête dentelée de la nef, argentait les pentes du toit.

—Notre-Dame, dit-elle! Voyez, elle est lourde comme un éléphant et fine comme un insecte. La lune grimpe sur elle, et la regarde avec une malice de singe. Elle ne ressemble pas à la lune campagnarde de Joinville. A Joinville, j'ai mon chemin, un chemin plat avec la lune au bout. Elle n'y est pas tous les soirs; mais elle y revient fidèlement, pleine, rouge, familière. C'est une voisine de campagne, une dame des environs. Je vais très sérieusement au devant d'elle, par politesse et par amitié; mais cette lune de Paris, on ne voudrait pas la fréquenter. Ce n'est pas une personne de bonne compagnie. Ce qu'elle a vu, depuis le temps qu'elle se frotte aux toits !

Il sourit d'un sourire tendre :

— Oh ! ton petit chemin, où tu te promenais seule et que tu disais aimer parce qu'il y avait le ciel au bout, pas bien haut, pas bien loin, je le vois comme si j'y étais !

C'était au château de Joinville, invité par Montessuy à une chasse, qu'il l'avait vue pour la première fois, qu'il l'avait tout de suite aimée, voulue. C'est là, un soir, sur la lisière du petit bois, qu'il lui avait dit qu'il l'aimait, et qu'elle l'avait écouté, muette, la bouche douloureuse et les yeux vagues.

Ce souvenir du petit chemin où elle se promenait seule, en ces nuits d'automne, l'émut, le troubla, lui fit revivre les heures enchantées des premiers désirs et des craintives espérances. Il lui chercha la main dans son manchon et pressa le poignet mince sous les fourrures.

Une fillette, qui portait des violettes sur une claie jonchée de branches de sapin, reconnut des amoureux et vint leur offrir des fleurs. Il lui prit un bouquet de deux sous et l'offrit à Thérèse.

Elle allait vers la cathédrale. Elle songeait : « C'est une bête énorme ; une bête de l'apocalypse... »

A l'autre bout du pont, une bouquetière, ridée, barbue, celle-là, grise d'ans et de poussière, les poursuivit avec son panier chargé de mimosas et de roses de Nice. Thérèse, qui tenait en ce moment ses violettes à la main, cherchant à les glisser dans son corsage, répondit gaiement aux offres de la vieille :

— Merci, j'ai ce qu'il me faut.

— On voit bien que vous êtes jeune ! lui cria d'un ton canaille la vieille, en s'éloignant.

Thérèse comprit presque tout de suite, et il lui vint aux lèvres et à l'œil un petit sourire. Ils passaient dans l'ombre du parvis devant les figures de pierre qui, rangées aux embrasures, portaient des sceptres et des couronnes.

— Entrons, dit-elle.

Il n'en avait pas envie. Il éprouvait confusément de la gêne, presque de la crainte, à paraître avec elle dans une église. Il affirma que c'était fermé. Il le croyait, le voulait. Elle poussa le tambour et se glissa dans la nef immense où les arbres inanimés des colonnes montaient vers les hautes ténèbres. Au fond, marchaient des cierges devant des fantômes de prêtres, sous les derniers gémissements des orgues qui se turent. Elle frissonna dans le silence, et dit :

— La tristesse des églises, la nuit, m'émeut ; j'y sens la grandeur du néant.

Il répondit :

— Nous devons pourtant croire à quelque chose. S'il n'y avait pas de Dieu, si notre âme n'était pas immortelle, ce serait trop triste.

Elle resta quelque temps immobile, sous les draps d'ombre qui pendaient des voûtes, puis :

— Mon pauvre ami, nous ne savons que faire de cette vie si courte, et vous en voulez une autre qui ne finisse pas !

Dans la voiture qui les ramena, il dit gaiement qu'il avait passé une bonne journée. Il l'embrassa, content d'elle et de lui. Mais elle n'était pas gagnée par cette bonne humeur. C'était ce qui arrivait le plus souvent entre eux. Les derniers instants qu'ils passaient ensemble étaient gâtés pour elle par le pressentiment qu'il ne dirait pas en partant le mot qu'il faut dire. D'habitude, il la quittait court, comme si les choses n'avaient pas en lui de prolongements. A chacune de ces séparations, elle avait le sentiment confus d'une rupture. Elle en souffrait à l'avance, et devenait irritable.

Sous les arbres du Cours-la-Reine, il lui prit la main, la baisa à petits coups.

— N'est-ce pas, Thérèse, que c'est rare de s'aimer comme nous nous aimons ?

— Rare, je ne sais pas ; mais je crois que vous m'aimez.

— Et vous ?

— Moi aussi je vous aime.

— Et vous m'aimerez toujours ?

— Que sait-on jamais ?

Et, voyant le visage de son ami s'assombrir :

— Seriez-vous plus tranquille avec une femme qui jurerait de n'aimer que vous toute la vie ?

Il restait inquiet, l'air malheureux. Elle fut bonne, et le rassura tout à fait :

— Vous le savez bien, mon ami, je ne suis pas légère. Je ne suis pas une gâcheuse, comme la princesse Seniavine.

Presque au bout du Cours-la-Reine, ils se dirent adieu, sous les arbres. Il garda la voiture pour se faire mettre rue Royale. Il dînait au cercle et allait au théâtre. Il n'avait pas de temps à perdre.

Thérèse rentra chez elle à pied. En vue de la colline du Trocadéro, qui lançait des feux comme une parure de diamants, elle se rappela la bouquetière du Petit-Pont. Cette parole jetée dans le vent noir : « On voit bien que vous êtes jeune ! » lui revenait à la mémoire, non plus gouailleuse et grivoise, mais inquiétante et triste. « On voit bien que vous êtes jeune ! » Oui, elle était jeune, elle était aimée, et elle s'ennuyait.

III

Au milieu de la table, la corbeille renfermait un massif de fleurs dans son large cercle de bronze doré, où les aigles s'éployaient parmi des étoiles et des abeilles, sous les anses lourdes formées de cornes d'abondance. Sur les côtés, des Victoires ailées soutenaient les branches enflammées des candélabres. Ce surtout de style Empire avait été donné par Napoléon, en 1812, au comte Martin de l'Aisne, grand-père du comte Martin-Bellème actuel. Martin de l'Aisne, député au Corps législatif en 1809, fut nommé l'année suivante membre de la commission des finances, dont les travaux assidus et secrets convenaient à son esprit laborieux et timide. Bien que libéral d'origine et de tendances, il plut à l'Empereur par son application et par une exacte probité qui savait n'être pas importune. Deux ans, il fut sous une pluie de faveurs. En 1813, il fit partie de cette majorité modérée qui approuva le rapport dans lequel M. Lainé, donnant à l'Empire chancelant des leçons tardives, censurait à la fois la puissance et le malheur. Le 1er janvier 1814, il accompagna ses collègues aux Tuileries. L'Empereur leur fit un accueil effrayant. Il chargea dans leurs rangs. Violent et sombre, dans l'horreur de sa force présente et de sa chute prochaine, il les accabla de sa colère et de son mépris.

Il allait et venait dans leurs lignes consternées, quand, tout à coup, il saisit au hasard le comte Martin par les épaules, le secoua, le traîna, en s'écriant : « Un trône, c'est quatre morceaux de bois recouverts de velours ? Non ! un trône c'est un homme, et cet homme c'est moi ! Vous avez voulu me jeter de la boue. Est-ce le moment de me faire des remontrances quand deux cent mille Cosaques franchissent nos frontières ? Votre M. Lainé est un méchant homme. On lave son linge sale en famille. » Et tandis que sa fureur se répandait, sublime ou triviale, il tordait dans sa main le collet brodé du député de l'Aisne. « Le peuple me connaît. Il ne vous connaît pas. Je suis l'élu de la nation. Vous êtes les délégués obscurs d'un département. » Il leur prédit le sort des Girondins. Le bruit de ses éperons accompagnait les éclats de sa voix. Le comte Martin en resta tremblant et bègue pour le reste de sa vie, et c'est en tremblant que, tapi dans sa maison de Laon, il appela les Bourbons après la défaite de l'Empereur. En vain les deux restaurations, le gouvernement de Juillet et le second Empire couvrirent de croix et de cordons sa poitrine toujours oppressée. Élevé aux plus hautes fonctions, chargé d'honneurs par trois rois et un empereur, il sentit toujours sur son épaule la main du Corse. Il mourut sénateur de Napoléon III, laissant un fils agité du tremblement héréditaire.

Ce fils avait épousé mademoiselle Bellème, fille du premier président de la cour de Bourges, et, avec elle, les gloires politiques d'une famille qui donna trois ministres à la monarchie tempérée. Les Bellème, gens de robe sous Louis XV, relevèrent les origines jacobines des Martin. Le deuxième comte Martin fit partie de toutes les assemblées jusqu'à sa mort, survenue en 1881. Charles Martin-Bellème, son fils, prit, sans grand'peine, son siège à la Chambre. Ayant épousé mademoiselle Thérèse Montessuy, dont la dot vint soutenir sa fortune politique, il marqua discrètement parmi ces quatre ou cinq bourgeois titrés et riches qui, ralliés à la démocratie et à la République, furent reçus sans trop de mauvaise grâce par les républicains de carrière, que flattait l'aristocratie des noms et rassurait la médiocrité des esprits.

Dans la salle à manger, où, sur les portes, se devinait çà et là, au milieu des ombres, le poil tacheté des chiens d'Oudry, devant le surtout semé d'étoiles et d'abeilles d'or, entre les deux Victoires portant des lumières, le comte Martin-Bellème faisait les honneurs de sa table avec cette bonne grâce un peu morne, cette politesse triste, naguère encore désignée à l'Élysée pour représenter, auprès d'une grande cour du Nord, la France isolée et recueillie. Il adressait, de temps en temps, de pâles paroles, à droite, à madame Garain, la femme de l'ancien garde des sceaux; à gauche, à la princesse Seniavine, qui, chargée de diamants, s'ennuyait à crier. Vis-à-vis de lui, de l'autre côté de la corbeille, la comtesse Martin, ayant à ses côtés le général Larivière et M. Schmoll, de l'Académie des inscriptions, caressait des souffles de son éventail ses épaules fines et pures. Aux deux demi-cercles, où se prolongeait la table, étaient rangés M. Montessuy, robuste, l'œil bleu et le teint coloré, une jeune cousine, madame Bellème de Saint-Nom, embar-

rassée de ses longs bras maigres, le peintre
Duviquet, M. Daniel Salomon, Paul Vence, le
député Garain, M. Bellème de Saint-Nom, un
sénateur inconnu, et Dechartre, qui dînait pour
la première fois dans la maison. La conversation,
d'abord grêle et menue, s'enfla, se prolongea en
un murmure confus sur lequel s'éleva la voix de
Garain :

— Toute idée fausse est dangereuse. On croit
que les rêveurs ne font point de mal, on se
trompe : ils en font beaucoup. Les utopies les
plus inoffensives en apparence exercent réellement une action nuisible. Elles tendent à inspirer
le dégoût de la réalité.

— C'est peut-être aussi, dit Paul Vence, que
la réalité n'est pas belle.

L'ancien garde des sceaux protesta qu'il était
l'homme de toutes les améliorations possibles.
Et, sans rappeler qu'il avait demandé sous l'Empire la suppression des armées permanentes, et,
en 1880, la séparation des Églises et de l'État,
il déclara que, fidèle à son programme, il restait
le serviteur dévoué de la démocratie. Sa devise,
disait-il, était : Ordre et Progrès. Il croyait vraiment l'avoir trouvée.

Montessuy répliqua, avec sa rude bonhomie :

— Allons, monsieur Garain, soyez sincère.
Avouez qu'il n'y a pas une réforme à faire et

qu'on peut tout au plus changer la couleur des timbres-poste. Bonnes ou mauvaises, les choses sont ce qu'elles doivent être. Oui, ajouta-t-il, les choses sont ce qu'elles doivent être. Mais elles changent sans cesse. Depuis 1870 la situation industrielle et financière du pays a traversé quatre ou cinq révolutions que les économistes n'avaient pas prévues et qu'ils ne comprennent pas encore. Dans la société comme dans la nature, les transformations s'opèrent par le dedans.

En matière de gouvernement, il s'en tenait aux vues courtes et nettes. Fortement attaché au présent et peu soucieux de l'avenir, les socialistes ne le troublaient guère. Sans s'inquiéter si le soleil et le capital s'éteindraient un jour, il en jouissait. Selon lui, il fallait se laisser porter. Il n'y avait que les imbéciles qui résistaient au courant, et que les fous qui le devançaient.

Mais le comte Martin, triste par nature, avait de sombres pressentiments. Il annonçait à mots couverts des catastrophes.

Ses paroles craintives vinrent, à travers les fleurs de la corbeille, émouvoir M. Schmoll, qui commença de gémir et de prophétiser. Il expliqua que les peuples chrétiens étaient incapables, seuls et par eux-mêmes, de sortir tout à fait de la barbarie, et que, sans les Juifs et les Arabes, l'Europe serait encore aujourd'hui, comme aux temps des croisades, plongée dans l'ignorance, la misère, la cruauté.

— Le moyen âge, dit-il, n'est clos que dans les manuels d'histoire qu'on donne aux écoliers pour leur fausser l'esprit. En réalité, les barbares sont toujours les barbares. La mission d'Israël est d'instruire les nations. C'est Israël qui, au moyen âge, apporta en Europe la sagesse de l'Asie. Le socialisme vous effraie. C'est un mal chrétien, comme le monachisme. Et l'anarchie ? N'y reconnaissez-vous pas la vieille lèpre des Albigeois et des Vaudois ? Les Juifs, qui instruisirent et policèrent l'Europe, peuvent seuls aujourd'hui la sauver du mal évangélique dont elle est dévorée. Mais ils ont manqué à leur devoir. Ils se sont faits chrétiens parmi les chrétiens. Et Dieu les punit. Il permet qu'on les exile et qu'on les dépouille. L'antisémitisme fait partout des progrès effrayants. En Russie, mes coréligionnaires sont chassés comme des bêtes sauvages. En France, les emplois civils et militaires se ferment aux Juifs. Ils n'ont plus accès dans les cercles aristocratiques. Mon neveu, le jeune Isaac Coblentz, a dû renoncer à la carrière diplomatique, après avoir passé brillamment l'examen d'admission. Les femmes de plusieurs de mes collègues, lorsque madame Schmoll leur fait visite, étalent sous ses yeux, avec affectation, des feuilles antisémitiques. Et croiriez-vous que le ministre de l'Instruction publique m'a refusé la croix de commandeur que je lui demandais? Voilà l'ingratitude! voilà l'aberration! L'antisémitisme, c'est la mort, entendez-vous, de la civilisation européenne.

Ce petit homme avait un naturel qui passait tout l'art du monde. Grotesque et terrible, il consternait la table par sa sincérité. Madame Martin, qu'il amusait, lui en fit compliment :

— Au moins, lui dit-elle, vous défendez vos coréligionnaires ; vous n'êtes pas, monsieur Schmoll, comme une très belle dame juive de ma connaissance qui, ayant lu dans un journal qu'elle recevait l'élite de la société israélite, alla crier partout qu'on l'insultait.

— Je suis sûr que vous ne savez pas, madame, combien la morale juive est belle et supérieure aux autres morales. Connaissez-vous la parabole des Trois Anneaux?

Cette question se perdit dans la rumeur des dialogues où se croisaient la politique étrangère, les expositions de peinture, les scandales élégants et les discours académiques. On parla du nouveau roman et de la prochaine pièce. C'était une comédie. Napoléon y avait un rôle épisodique.

La conversation se fixa sur Napoléon plusieurs fois mis au théâtre et nouvellement étudié dans

des livres très lus, objet de curiosité, personnage
à la mode, non plus héros populaire, demi-dieu
botté de la patrie, comme aux jours où Norvins
et Béranger, Charlet et Raffet composaient sa
légende, mais personnage curieux, type amusant
dans son intimité vivante, figure dont le style
plaisait aux artistes, dont le mouvement attirait
les badauds.

Garain, qui avait fondé sa fortune politique
sur la haine de l'Empire, jugeait sincèrement
que ce retour du goût national n'était qu'un
engouement absurde. Il n'y découvrait aucun
danger et n'en éprouvait point de crainte. Chez
lui la peur éclatait soudaine et féroce. Pour le
moment, il était bien tranquille : car il ne parla
ni d'interdire les représentations ni de saisir les
livres, ni d'emprisonner les auteurs, ni de rien
réprimer. Calme et sévère, il ne voyait en Napoléon que le condottière de Taine, qui donna à
Volney un coup de pied dans le ventre.

Chacun voulut définir le vrai Napoléon. Le
comte Martin, en face du surtout impérial et des
Victoires ailées, parla avec convenance de Napoléon organisateur et administrateur et le mit très
haut comme président du conseil d'État, où sa
parole portait la lumière sur les points obscurs.

Garain affirma que dans ces séances trop
fameuses, Napoléon, sous prétexte de prendre

une prise de tabac, demandait aux conseillers leurs boîtes d'or ornées de miniatures, garnies de diamants, qu'on ne revoyait plus jamais. A la fin, on n'apportait au conseil que des queues-de-rat. Il tenait l'anecdote du fils Mounier lui-même.

Montessuy estimait en Napoléon l'esprit d'ordre.

— Il aimait, dit-il, la besogne bien faite. C'est un goût qu'on n'a plus guère.

Le peintre Duvicquet, qui avait des idées de peintre, était embarrassé. Il ne retrouvait pas sur le masque funèbre rapporté de Sainte-Hélène les caractères de cette face belle et puissante, que les médailles et les bustes ont consacrée. On pouvait s'en convaincre, maintenant que le bronze de ce masque, tiré des greniers, se voyait pendu chez tous les brocanteurs, au milieu d'aigles et de sphinx en bois doré. Et selon lui, puisque le vrai visage de Napoléon n'était pas napoléonien, la vraie âme de Napoléon pouvait bien ne pas être napoléonienne. C'était peut-être celle d'un bon bourgeois : on l'avait dit, et il inclinait à le croire. D'ailleurs, Duvicquet, qui se flattait d'avoir fait les portraits du siècle, savait que les hommes célèbres ne ressemblent guère à l'idée qu'on s'en fait.

M. Daniel Salomon fit observer que le masque dont parlait Duvicquet, le moulage pris sur le

visage inanimé de l'Empereur et rapporté en
Europe par le docteur Antommarchi, avait été
pour la première fois coulé en bronze et édité
par souscription sous Louis-Philippe, en 1833, et
qu'alors il avait inspiré de la surprise et de la
défiance. On soupçonnait cet Italien, apothicaire
de comédie, bavard et affamé, de s'être moqué
du monde. Les disciples du docteur Gall, dont le
système était alors en faveur, tenaient le masque
pour suspect. Ils n'y trouvaient point les bosses
du génie, et le front examiné d'après les théories
du maître ne présentait dans sa conformation
rien de remarquable.

— Précisément, dit la princesse Seniavine,
Napoléon n'est remarquable que pour avoir
donné un coup de pied dans le ventre de Volney
et volé des tabatières garnies de diamants. C'est
M. Garain qui vient de nous l'apprendre.

— Et encore, dit madame Martin, n'est-on
pas bien sûr qu'il ait donné le coup de pied.

— Comme tout se sait à la longue! reprit
gaiement la princesse. Napoléon n'a rien fait : il
n'a pas même donné un coup de pied à Volney,
et il avait la tête d'un crétin.

Le général Larivière sentit qu'il devait charger
à son tour. Il lança cette phrase :

— Napoléon, sa campagne de 1813 est très
contestée.

Le général avait l'idée de plaire à Garain, et il n'avait pas d'autre idée ; toutefois, il parvint avec un peu d'effort à formuler un jugement d'ensemble :

— Napoléon a commis des fautes ; dans sa position il ne devait pas en commettre.

Et il se tut, très rouge.

Madame Martin demanda :

— Et vous, monsieur Vence, que pensez-vous de Napoléon ?

— Madame, j'ai peu de goût pour les « trognes à épée » ; et les conquérants me semblent tout bonnement des fous dangereux. Malgré tout, cette figure de l'Empereur m'intéresse comme elle intéresse le public. Je lui trouve du caractère et de la vie. Il n'y a pas de poème ni de roman d'aventure qui vaille le *Mémorial*, qui pourtant est écrit d'une manière ridicule. Ce que je pense de Napoléon, puisque vous voulez bien le savoir, c'est que, fait pour la gloire, il s'y montre dans la simplicité brillante d'un héros d'épopée. Un héros doit être humain. Napoléon fut humain.

— Oh ! oh ! fit-on.

Mais Paul Vence poursuivit :

— Il était violent et léger ; et par là profondément humain. Je veux dire semblable à tout le monde. Il voulut avec une force singulière tout ce que le commun des hommes estime et désire. Il eut lui-même les illusions qu'il donna aux peuples. Ce fut sa force et sa faiblesse, ce fut sa beauté. Il croyait à la gloire. Il pensait de la vie et du monde à peu près ce qu'en pensait un de ses grenadiers. Il garda toujours cette gravité enfantine qui se plaît aux jeux des sabres et des tambours, et cette sorte d'innocence qui fait les bons militaires. Il estimait sincèrement la force. Il fut l'homme des hommes, la chair de la chair humaine. Il n'eut pas une pensée qui ne fut une action, et toutes ses actions furent grandes et communes. C'est cette vulgaire grandeur qui fait les héros. Et Napoléon est le héros parfait. Son cerveau ne dépassa jamais sa main. cette main petite et belle, qui broya le monde. Il n'eut pas un seul moment le souci de ce qu'il ne pouvait atteindre.

— Alors, dit Garain, selon vous, ce n'est pas un génie intellectuel. Je suis de votre avis.

— Bien sûr, reprit Paul Vence, il avait le génie qu'il faut pour évoluer brillamment dans le cirque civil et militaire du monde. Mais il n'avait pas le génie spéculatif. Ce génie-là, c'est une autre paire de manches, comme dit Buffon. Nous possédons le recueil de ses écrits et de ses paroles. Le style a le mouvement et l'image. Et dans cet amas de pensées il ne se trouve pas une curiosité philosophique, pas un souci de l'inconnaissable, pas une inquiétude du mystère qui enveloppe la destinée. A Sainte-Hélène, quand il parle de Dieu et de l'âme, il semble un bon petit écolier de quatorze ans. Jetée dans le monde, son âme se trouva à la mesure du monde et l'embrassa tout. Rien de cette âme n'alla se perdre dans l'infini. Poète, il ne connut que la poésie de l'action. Il borna à la terre son rêve puissant de la vie. Dans sa puérilité terrible et touchante, il crut qu'un homme peut être grand, et cet enfantillage ne le quitta pas même avec le temps et le malheur. Sa jeunesse, ou plutôt sa sublime adolescence dura autant que lui, parce que les jours de sa vie ne s'étaient pas ajoutés les uns aux autres pour former une maturité consciente. C'est l'état prodigieux des hommes d'action. Ils sont tout entiers dans le moment qu'ils vivent et leur génie se ramasse sur un point. Ils se renouvellent sans cesse, et ne se prolongent pas. Les heures de leur existence ne sont point liées entre elles par une chaîne de méditations graves et désintéressées. Ils ne continuent pas de vivre ; ils se succèdent dans une suite d'actes. Aussi manquent-ils de vie intérieure. Ce défaut est particulièrement sensible chez Napoléon, qui ne vécut jamais au dedans de lui-même. De là cette légèreté de caractère qui lui fit supporter aisément le poids énorme de ses maux et de ses fautes, Son âme toujours neuve renaissait chaque matin. Il eut plus que tout autre la capacité du divertissement. Le premier jour qu'il vit le soleil se lever sur son rocher funèbre de Sainte-Hélène, il sauta de son lit en sifflant un air de romance. C'était la paix d'une âme supérieure à la fortune, c'était surtout la légèreté d'un esprit prompt à renaître. Il vivait du dehors.

Garain, qui n'aimait guère ce tour ingénieux d'esprit et de langage, voulut hâter la conclusion :

— En un mot, dit-il, il y avait du monstre en cet homme.

— Les monstres n'existent pas, répliqua Paul Vence. Et les hommes qui passent pour des monstres inspirent l'horreur. Napoléon fut aimé de tout un peuple. Ce fut sa force de soulever sur ses pas l'amour des hommes. La joie de ses soldats était de mourir pour lui.

La comtesse Martin aurait voulu que Dechartre donnât aussi son avis. Mais il s'en défendit avec une espèce d'effroi.

— Connaissez-vous, dit Schmoll, la parabole des Trois Anneaux, inspiration sublime d'un Juif portugais ?

Garain, tout en félicitant Paul Vence de son brillant paradoxe, regrettait que l'esprit s'exerçât ainsi aux dépens de la morale et de la justice.

— Il y a un principe, dit-il ; c'est que les hommes doivent être jugés sur leurs actions.

— Et les femmes ? demanda brusquement la princesse Seniavine, les jugez-vous sur leurs actions ? Et comment savez-vous ce qu'elles font ?

Le son des voix se mêlait au tintement clair de l'argenterie. Un air chaud, alourdi de vapeurs, baignait la salle. Les roses appesanties s'effeuillaient sur la nappe. Les pensées montaient plus ardentes aux cerveaux.

Le général Larivière fit des rêves.

— Quand ils m'auront fendu l'oreille, dit-il à sa voisine, j'irai vivre à Tours. J'y cultiverai des fleurs.

Et il se vanta d'être un bon jardinier. On avait donné son nom à une rose. Il en était flatté.

Schmoll demanda encore si l'on connaissait la parabole des Trois Anneaux.

Cependant la princesse taquinait le député.

— Vous ne savez donc pas, monsieur Garain, qu'on fait les mêmes choses pour des raisons très différentes.

Montessuy lui donna raison.

— Il est bien vrai, comme vous dites, madame, que les actions ne prouvent rien. Cette pensée est frappante dans un épisode de la vie de don Juan, qui n'a été connu ni de Molière ni de Mozart, et que révèle une légende anglaise dont je dois la connaissance à mon ami James Lovell, de Londres. On y apprend que le grand séducteur perdit son temps avec trois femmes. L'une était une bourgeoise : elle aimait son mari ; l'autre, une religieuse : elle ne consentit point à violer ses vœux. La troisième, qui avait long-temps mené une vie de débauche, devenue laide, se trouvait servante dans un bouge. Après ce qu'elle avait fait, après ce qu'elle voyait, l'amour ne lui disait plus rien. Ces trois femmes tinrent la même conduite pour des raisons très diffé-rentes. Une action ne prouve rien. C'est la masse des actions, leur poids, leur somme qui fait la valeur d'un être humain.

— Certaines de nos actions, dit madame Martin, ont notre air, notre visage : ce sont nos filles. D'autres ne nous ressemblent pas du tout.

Elle se leva et prit le bras du général.

En passant au salon au bras de Garain la prin-cesse dit :

— Elle a raison, Thérèse... D'autres ne nous ressemblent pas du tout. De petites négresses qu'on a eues en dormant.

Les nymphes des tapisseries souriaient vaine-ment, dans leur fraîcheur passée, aux hôtes qui ne les voyaient pas.

Madame Martin servit le café avec sa jeune cousine, madame Bellème de Saint-Nom. Elle fit à Paul Vence des compliments sur ce qu'il avait dit à table.

— Vous avez parlé de Napoléon avec une liberté d'esprit qui est bien rare dans les conversations que j'entends. J'avais remarqué que les petits enfants, quand ils sont très beaux, ont l'air, dès qu'ils boudent, de Napoléon, le soir de Waterloo. Vous m'avez fait sentir les raisons très profondes de cette ressemblance.

Puis, se tournant vers Dechartre :

— Et vous, aimez-vous Napoléon?

— Madame, je n'aime pas la Révolution. Et Napoléon, c'est la Révolution bottée.

— Pourquoi, monsieur Dechartre, n'avez-vous pas dit cela pendant le dîner? Mais je vois : vous ne consentez à avoir de l'esprit que dans les petits coins.

Le comte Martin-Bellème conduisit les hommes au fumoir. Paul Vence resta seul avec les dames. La princesse Seniavine lui demanda s'il avait fini son roman et quel en était le sujet. C'était une étude, dans laquelle il s'efforçait d'atteindre à cette vérité formée d'une suite logique de vraisemblances qui, ajoutées les unes aux autres, atteignent à l'évidence.

— Par là, dit-il, le roman acquiert une force morale que, dans sa lourde frivolité, n'eut jamais l'histoire.

Elle voulut savoir si c'était un livre pour les femmes. Il affirma que non.

— Vous avez tort, monsieur Vence, de ne pas écrire pour les femmes. C'est tout ce qu'un homme supérieur peut faire pour elles.

Et, comme il voulait savoir ce qui lui donnait cette idée :

— C'est, dit-elle, que je vois toutes les femmes intelligentes prendre des imbéciles.

— Qui les ennuient.

— Bien sûr ! Mais les hommes supérieurs les ennuieraient davantage. Ils auraient plus de ressources pour y réussir... Mais dites-moi le sujet de votre roman.

— Vous y tenez.

— Je ne tiens à rien.

— Eh bien ! voilà : c'est une étude de mœurs populaires, l'histoire d'un jeune ouvrier sobre et chaste, beau comme une fille, avec une âme de vierge, une âme close. Il est ciseleur et travaille bien. Le soir, près de sa mère, qu'il aime, il étudie. Il lit des livres. Dans son esprit simple et nu, les idées se logent comme des balles dans un mur. Il n'a pas de besoins. Il n'a ni les passions ni les vices qui nous attachent à la vie. Il est solitaire et pur. Doué de vertus fortes, il lui en vient l'orgueil. Il vit parmi des brutes misérables. Il voit souffrir. Il a du dévouement sans humanité; il a cette charité froide qu'on nomme l'altruisme. Il n'est pas humain parce qu'il n'est pas sensuel.

— Ah! Il faut être sensuel pour être humain?

— Certainement, madame. La pitié est dans les entrailles comme la tendresse est sur la peau. Il n'est pas assez intelligent pour douter. Il est croyant. Il croit ce qu'il a lu. Et il a lu que pour établir le bonheur universel il suffisait de détruire la société. La soif du martyre le dévore. Un matin, ayant embrassé sa mère, il sort; il va guetter le député socialiste de son arrondissement, le voit, se jette sur lui et lui enfonce un burin dans le ventre en criant : « Vive l'anarchie! » On l'arrête, on le mesure, on le photographie, on l'interroge, on le juge, on le condamne à mort et on le guillotine. Voilà mon roman.

— Il ne sera pas très amusant, dit la princesse. Mais ce n'est pas de votre faute : vos anarchistes sont aussi timides et modérés que les autres Français. Les Russes, quand ils s'y mettent, ont plus d'audace et de fantaisie.

La comtesse Martin vint demander à Paul Vence s'il connaissait ce monsieur très doux, qui ne disait rien et promenait autour de lui ses regards de chien perdu. C'est son mari qui l'avait invité. Elle ne savait de lui ni son nom, ni rien.

Paul Vence pouvait dire seulement que c'était un sénateur. Il l'avait vu, un jour, par hasard, au Luxembourg, dans la galerie qui sert de bibliothèque.

— J'y venais examiner la coupole où Delacroix a peint, dans un bois de myrtes bleuissant, les héros et les sages de l'antiquité. Il avait cet air pauvre et piteux ; il se chauffait. Il sentait le drap mouillé. Il causait avec de vieux collègues, et il disait en se frottant les mains : « Pour moi, ce qui prouve que la République est le meilleur des gouvernements, c'est qu'en 1871, elle a pu fusiller, en une semaine, soixante mille insurgés sans devenir impopulaire. Après une telle répression, tout autre régime se serait rendu impossible. »

— Mais c'est un très méchant homme, dit madame Martin. Moi qui avais pitié de lui, en le voyant si timide et si gauche !

Madame Garain, le menton mollement assis sur sa poitrine, sommeillait dans la paix de son âme ménagère, et rêvait de son potager sur le coteau de la Loire, où venaient la saluer les orphéons.

Joseph Schmoll et le général Larivière, sortirent du fumoir, l'œil encore égayé des propos grivois qu'ils venaient d'échanger. Le général s'assit entre la princesse Seniavine et madame Martin.

— J'ai rencontré ce matin au bois la baronne Warburg, qui montait une bête superbe. Elle m'a dit : « Général, comment faites vous donc pour avoir toujours de beaux chevaux ? » Je lui ai répondu : « Madame, pour avoir de beaux chevaux, il faut être ou très riche, ou très malin. »

Il était si content de cette riposte qu'il la répéta deux fois, en clignant de l'œil.

Paul Vence s'approcha de la comtesse Martin :

— Je sais le nom du sénateur : il s'appelle Loyer, il est vice-président d'un groupe, et auteur d'un livre de propagande intitulé : *Le Crime du 2 Décembre.*

Le général poursuivit :

— Il faisait un temps de chien. Je me suis mis sous le champignon. Le Ménil s'y trouvait. J'étais de mauvaise humeur. Il se moquait de moi, en dedans ; je l'ai bien vu. Il s'imagine que, parce que je suis général, je dois aimer le vent, la grêle et la neige fondue. C'est absurde ! Il m'a dit que le mauvais temps ne lui était pas désagréable, et qu'il allait la semaine prochaine chasser le renard avec des amis.

Il y eut un silence ; le général reprit :

— Je lui souhaite du plaisir, mais je ne l'envie pas. La chasse au renard n'est pas bien agréable.

— Mais elle est utile, dit Montessuy.

Le général haussa les épaules :

— Le renard n'est dangereux pour les poulaillers qu'au printemps, quand il nourrit sa famille.

— Le renard, répliqua Montessuy, préfère la garenne à la basse-cour. C'est un fin braconnier, qui fait moins de tort aux fermiers qu'aux chasseurs. J'en sais quelque chose.

Thérèse, distraite, n'entendait pas la princesse qui lui parlait. Elle songeait :

— Il ne m'a pas même averti qu'il s'en allait!

— A quoi pensez-vous, chérie?

— A rien d'intéressant.

IV

Dans la petite chambre sombre, muette, étouffée de rideaux, de portières, de coussins, de peaux d'ours et de tapis d'Orient, les épées, aux lueurs du feu ranimé, étincelaient sur la cretonne des murs, parmi les cartons de tir et les oripeaux flétris des cotillons de trois hivers. Le chiffonnier de bois de rose était surmonté d'une coupe en argent, prix décerné par quelque société de sport. Sur les plaques de porcelaine peinte du guéridon, un cornet de cristal où couraient des volubilis de cuivre doré, portait des branches de lilas blanc ; et partout des lumières palpitaient dans l'ombre chaude. Thérèse et Robert, les yeux accoutumés à l'obscurité, se mouvaient aisément

parmi les objets familiers. Il alluma une ciga-
rette, tandis qu'elle renouait ses cheveux, debout,
le dos au feu, devant la psyché où elle se voyait
à peine. Mais elle ne voulait ni lampe ni bougies.
Elle prenait les épingles dans la petite coupe de
verre de Bohême qui était sur la table, à portée
de sa main, depuis trois ans. Il la regardait qui
passait rapidement dans les ruisseaux d'or fauve
de sa chevelure des doigts de lumière, tandis
que son visage durci et bronzé par l'ombre, prenait une expression mystérieuse, presque inquiétante. Elle ne parlait pas.

Il lui dit :

— Tu n'es plus contrariée maintenant, ma
bien-aimée?

Et, comme il la pressait de répondre, de
dire quelque chose :

— Que voulez-vous que je vous dise, mon
ami? Je ne puis que vous répéter ce que je vous
ai dit en venant. Je trouve singulier que je sois
informée de vos projets par le général Larivière.

Il savait bien qu'elle lui en voulait encore,
qu'elle était restée près de lui sèche et contractée,
et sans l'abandon qui d'ordinaire la rendait si
délicieuse. Mais il affecta de croire que ce n'était
qu'une bouderie près de finir.

— Ma chérie, je vous ai déjà donné des explications. Je vous ai dit et je vous répète que

quand j'ai rencontré Larivière, je venais de recevoir une lettre de Caumont me rappelant ma
promesse d'aller détruire les renards dans son
bois, et j'y avais répondu courrier par courrier.
Je comptais vous en avertir aujourd'hui. Je
regrette d'avoir été devancé par le général Larivière, mais cela n'a pas d'importance.

Les bras relevés en anse sur sa tête, elle
tourna vers lui un regard tranquille, qu'il ne
comprit pas.

— Alors vous partez?

— La semaine prochaine, mardi ou mercredi.
Je resterai absent dix jours au plus.

Elle mettait sa toque de loutre piquée d'une
branche de gui.

— C'est une chose qui ne peut pas se retarder?

— Oh! non, la peau de renard ne vaudrait
plus rien dans un mois. Et puis Caumont a
invité de bons camarades à qui mon absence
ferait de la peine.

Fixant sa toque sur sa tête par une longue
épingle, elle fronça le sourcil.

— C'est très intéressant, cette chasse?

— Oui, très intéressant, parce que le renard
a des ruses qu'il faut déjouer. L'intelligence de
ces animaux est vraiment admirable. J'ai observé,
la nuit, des renards qui chassaient le lapin. Ils
avaient organisé une vraie battue, avec des

rabatteurs. Je vous assure que ce n'est pas facile de déloger un renard de son terrier. Ces parties de chasse sont très gaies. Caumont a une excellente cave. Pour ma part je ne m'en soucie guère, mais elle est généralement appréciée. Concevez-vous qu'un de ses fermiers est venu lui dire qu'il avait appris d'un sorcier le secret de brider le renard en prononçant des paroles magiques ? Ce n'est pas cette arme-là que j'emploierai, et je m'engage à vous rapporter une demi-douzaine de belles peaux.

— Qu'est-ce que vous voulez que j'en fasse?

— On en fait de très jolis tapis.

— Ah!... Et vous chasserez pendant huit jours?

— Pas tout à fait. Me trouvant tout près de Sémanville, j'irai passer deux jours auprès de ma tante de Lannoix. Elle m'attend. L'année dernière, à cette époque, il y avait là-bas une bien belle réunion. Elle avait près d'elle ses deux filles et ses trois nièces, avec leurs maris; elles sont toutes les cinq jolies, gaies, charmantes et irréprochables. Je les trouverai sans doute, au commencement du mois prochain, tous réunis pour la fête de ma tante, et je m'arrêterai deux jours à Sémanville.

—Mais, mon ami, restez-y tant que cela vous fera plaisir. Je serais désolée que vous abrégiez à cause de moi un séjour si agréable.

— Mais vous, Thérèse !

— Moi, mon ami, je me tirerai d'affaire.

Le feu tombait. L'ombre s'épaississait entre eux. Elle dit avec un ton de rêverie et comme dans une attente :

— C'est vrai que ce n'est jamais bien prudent de laisser une femme seule.

Il s'approcha d'elle, cherchant son regard dans l'obscurité. Il lui prit la main.

— Vous m'aimez?

— Oh! je vous assure que je n'en aime pas un autre... Mais...

— Que voulez-vous dire?

— Rien. Je pense... je pense que nous sommes séparés tout l'été, que, l'hiver, vous vivez dans votre famille et chez vos amis la moitié du temps, et que, si l'on doit se voir si peu, ce n'est pas la peine de se voir du tout.

Il alluma les bougies. Son visage s'éclaira dur et franc. Il la regardait avec une confiance qui venait moins de la fatuité commune à tous les amants que d'un besoin de dignité régulière qui était en lui. Il croyait en elle par préjugé d'éducation forte et d'intelligence simple.

— Thérèse je vous aime, et vous m'aimez, je le sais. Pourquoi voulez-vous me tourmenter? Vous avez parfois des sécheresses, des duretés vraiment pénibles.

Elle secoua brusquement sa petite tête.

—Que voulez-vous ? Je suis âpre et volontaire. C'est dans le sang. Je tiens de mon père. Vous connaissez Joinville; vous avez vu le château, les plafonds de Lebrun, les tapisseries faites au Maincy pour Fouquet, vous avez vu les jardins dessinés sur les plans de Le Nôtre, le parc, les chasses, — vous disiez qu'il n'y en a pas de plus belles en France; — mais vous n'avez pas vu le cabinet de travail de mon père : une table de bois blanc et un cartonnier en acajou. C'est de là que tout sort, mon ami. Sur cette table, devant ce cartonnier, mon père a fait des chiffres pendant quarante ans, d'abord dans une petite chambre, place de la Bastille, puis dans l'appartement de la rue de Maubeuge, où je suis née. Nous n'étions pas encore très riches en ce temps-là. J'ai vu le petit salon de damas rouge avec lequel mon père s'est mis en ménage et que maman aimait tant. Je suis un enfant de parvenu, ou de conquérant, c'est la même chose. Nous sommes des gens intéressés, nous. Mon père a voulu gagner de l'argent, posséder ce qui se paye, c'est-à-dire tout. Moi, je veux gagner et garder... quoi ?... je n'en sais rien... le bonheur que j'ai... ou que je n'ai pas. Je suis cupide à ma manière, cupide de rêve, d'illusions. Oh ! je sais bien que tout cela ne vaut pas la peine qu'on se donne, mais c'est la peine qui vaut, parce que ma peine, c'est moi, c'est ma vie. Je suis âpre à jouir de ce que j'aime, de ce que j'ai cru aimer. Je ne veux pas perdre. Je suis comme papa : je réclame ce qu'on me doit. Et puis...

Elle baissa la voix :

— Et puis, j'ai des sens, moi. Voilà ! mon cher. Je vous ennuie. Qu'est-ce que vous voulez?... Il ne fallait pas me prendre.

Ces vivacités de langage auxquelles il était accoutumé lui gâtaient son plaisir. Mais il ne s'en alarmait pas. Sensible à tout ce qu'elle faisait, il ne l'était guère à ce qu'elle disait et n'attachait pas d'importance aux paroles, surtout venant d'une femme. Parlant peu lui-même, il était à mille lieues de s'imaginer que les paroles sont aussi des actions.

Bien qu'il l'aimât, ou plutôt parce qu'il l'aimait avec force et confiance, il croyait devoir résister à des fantaisies qu'il jugeait absurdes. Cela lui réussissait de faire le maître quand il ne la contrariait pas ; et, naïvement, il le faisait toujours.

— Vous savez bien, Thérèse, que je ne veux que vous être agréable en tout. N'ayez donc pas de caprices avec moi.

— Et pourquoi n'en aurais-je pas avec vous? Si je me suis laissé prendre... ou donnée, ce

n'était pas par raison, bien sûr, ni par devoir.
C'était par... caprice.

Il la regarda, surpris et attristé.

— Le mot vous fâche, mon ami? Mettons
que c'était par amour. Et vraiment c'était de
bon cœur et parce que je sentais que vous m'aimiez. Mais l'amour doit être un plaisir, et si je
n'y trouve pas la satisfaction de ce que vous
appelez mes caprices, et de ce qui est mon désir,
ma vie, mon amour même, je n'en veux plus,
j'aime mieux vivre seule. Vous êtes étonnant !
Mes caprices! Est-ce qu'il y a autre chose dans
la vie? Votre chasse au renard, ce n'est pas un
caprice?

Il répondit très sincèrement :

— Si je n'avais pas promis, je vous jure,
Thérèse, que je vous sacrifierais ce petit plaisir
avec bien de la joie.

Elle sentit qu'il disait vrai. Elle le savait très
exact à tenir ses engagements dans les moindres
affaires. Sans cesse enchaîné par sa parole, il
portait dans les relations mondaines une minutieuse exactitude de conscience. Elle entrevit
qu'en insistant elle obtiendrait qu'il ne partît pas.
Mais il était trop tard : elle ne voulait plus gagner.
Elle ne cherchait désormais que le plaisir violent
de perdre. Elle fit semblant de prendre au sérieux
cette raison, qu'elle trouvait assez niaise :

— Ah! vous avez promis!

Et elle céda perfidement.

Surpris d'abord, il se félicita bientôt au dedans de lui-même de lui avoir fait entendre raison. Il lui sut gré de ne pas s'entêter. Il lui prit la taille, lui mit sur la nuque et sur les paupières des petits baisers honnêtes comme une récompense. Il montra de l'empressement à lui consacrer ses journées de Paris.

— Nous pouvons, ma chérie, nous revoir trois ou quatre fois avant mon départ, et plus encore, si vous voulez. Je vous attendrai chez nous aussi souvent que vous voudrez venir. Voulez-vous demain?

Elle se donna la satisfaction de ne pouvoir revenir ni le lendemain ni les autres jours. Très doucement, elle disait les empêchements. L'obstacle paraissait d'abord léger : des visites à rendre, une robe à essayer, une vente de charité, des expositions, des tapisseries qu'elle voulait voir, acheter, peut-être. A l'examen, les difficultés grossirent, s'amassèrent : les visites ne pouvaient se retarder; ce n'était pas une vente, c'était trois ventes où il fallait aller; les expositions fermaient; les tapisseries partaient pour l'Amérique. Enfin, c'était impossible qu'elle le revît avant son départ.

Comme il était dans son caractère de s'arrêter à

des raisons de ce genre, il ne s'aperçut point que ce n'était guère naturel à Thérèse de les soulever. Embarrassé dans ce tissu léger d'obligations mondaines, il ne résista pas, resta muet, et malheureux.

De son bras gauche, élevé sur sa tête, elle souleva la portière, posa la main droite sur la clef de la porte ; et là, dans les grands pans de saphir et de rubis de la laine orientale, la tête tournée vers l'ami qu'elle quittait, elle lui dit, un peu moqueuse et presque tragique :

— Adieu, Robert ! amusez-vous bien. Mes visites, mes courses, vos petits voyages, ce n'est rien. Il est vrai que la fatalité est faite de ces riens-là. Adieu !

Elle sortit. Il aurait voulu l'accompagner, mais il se faisait scrupule de se montrer avec elle dans la rue, quand elle ne l'y obligeait pas absolument.

Dehors, Thérèse se sentit tout à coup seule, seule au monde, sans joie et sans douleur. Elle rentra chez elle à pied, comme d'habitude. Il faisait nuit, l'air était glacé, clair et tranquille. Mais les avenues qu'elle suivait dans une ombre semée de lumières l'enveloppaient de cette tiédeur des villes, si douce aux citadins, et qu'ils sentent jusque dans le froid de l'hiver. Elle allait entre les lignes de masures, de chalets et de bicoques, restes des temps champêtres d'Auteuil, qu'interrompaient çà et là de hautes maisons montrant avec ennui leurs pierres d'attente. Ces boutiques de petits marchands, ces fenêtres monotones, ne lui étaient de rien. Pourtant elle se sentait sous le mystère de l'amitié des choses, et il lui semblait que les pierres, les portes des maisons, ces lumières, là-haut, derrière les vitres, lui étaient favorables. Elle était seule, et elle voulait être seule.

Ces pas qu'elle faisait entre les deux demeures dont elle avait une habitude presque égale, ces pas qu'elle avait faits tant de fois, aujourd'hui lui paraissaient sans retour. Pourquoi? Qu'est-ce que cette journée avait apporté? A peine une contrariété, pas même une querelle. Et pourtant cette journée avait une saveur faible, étrange, persistante, un goût inconnu qui ne s'en irait plus. Que s'était-il passé? Rien. Et ce rien effaçait tout. Elle avait une sorte de certitude obscure qu'elle ne retournerait jamais plus dans cette chambre, qui tantôt encore enfermait le plus secret et le plus cher de sa vie. C'était une liaison sérieuse. Elle s'était donnée avec la gravité d'une joie nécessaire. Faite pour l'amour, et très raisonnable, elle n'avait pas perdu, dans l'abandon de sa personne, cet instinct de réflexion, ce besoin

de sécurité qui étaient très forts en elle. Elle
n'avait pas choisi : on ne choisit guère. Elle ne
s'était pas non plus laissé prendre au hasard et
par surprise. Elle avait fait ce qu'elle avait voulu,
autant qu'on fait ce qu'on veut dans ces affaires-
là. Elle n'avait pas à regretter. On avait été pour
elle ce qu'on devait être : c'était une justice à
rendre à un homme très recherché dans le monde
et qui avait toutes les femmes qu'il voulait. Elle
sentait malgré tout que c'était fini, et tout naturellement. Elle songeait avec une mélancolie
sèche : « Trois ans de ma vie, un honnête homme
qui m'aime et que j'aimais, car je l'aimais. Il le
fallait bien, pour me donner à lui. Je ne suis
pas une femme perdue. » Mais elle ne pouvait
plus retrouver les sentiments de ce temps-là, les
mouvements de son âme et de sa chair quand
elle s'était donnée. Elle se rappelait des circonstances petites et tout à fait insignifiantes : les
fleurs du papier et les tableaux de la chambre ;
c'était une chambre d'hôtel. Il lui souvenait des
mots un peu ridicules et presque touchants qu'il
lui avait dits. Mais il lui semblait que l'aventure
était arrivée à une autre femme, à une étrangère
qu'elle n'aimait pas beaucoup, qu'elle ne comprenait guère.

Et la chose de tout à l'heure, ces caresses
qu'elle emportait sur sa chair, tout cela était

loin. Le lit, les lilas dans le cornet de cristal, la petite coupe de verre de Bohême où elle trouvait ses épingles, elle voyait tout comme par une fenêtre, quand on passe dans la rue. Elle était sans amertume, et même sans tristesse. Elle n'avait rien à pardonner, hélas ! Cette absence d'une semaine, ce n'était pas une trahison, ce n'était pas une faute contre elle, ce n'était rien, c'était tout. C'était la fin. Elle le savait. Elle voulait rompre. Elle le voulait comme la pierre qui tombe veut tomber. C'était un consentement à toutes les forces secrètes de son être et de la nature. Elle se disait : « Je n'ai pas de raisons de l'aimer moins. Est-ce que je ne l'aime plus? L'ai-je jamais aimé ? » Elle ne savait pas et il lui était indifférent de savoir.

Trois ans pendant lesquels elle s'était donnée deux et quatre fois par semaine. Il y avait des mois où ils s'étaient vus tous les jours. Ce n'était donc rien que cela? Mais la vie ce n'est pas grand'chose. Et ce qu'on met dedans, ce que c'est peu !

Enfin elle n'avait pas à se plaindre. Mais il valait mieux en finir. Toutes ses réflexions la ramenaient là. Ce n'était pas une résolution; les résolutions on en change. C'était plus grave : c'était un état de la chair et de la pensée.

Arrivée à la place dont le milieu est rempli

par un bassin, et sur un côté de laquelle s'élève une église de style rustique, laissant voir sa cloche dans une arcade ouverte sur le ciel, elle se rappela le bouquet de violettes de deux sous qu'il lui avait offert un soir, sur le Petit-Pont, près de Notre-Dame. Ils s'étaient aimés ce jour-là peut-être avec plus d'abandon et de fantaisie que d'habitude. Son cœur s'amollit à ce souvenir. Elle chercha, mais elle ne trouva rien. Le petit bouquet restait seul, pauvre petit squelette de fleurs, dans son souvenir.

Tandis qu'elle allait songeant, des passants, trompés à la simplicité de sa mise, la suivaient. L'un d'eux lui fit des propositions : un dîner en cabinet particulier et le théâtre. En dedans, elle en fut amusée et distraite. Elle n'était pas bouleversée du tout : ce n'était pas une crise. Elle pensa : « Comment font les autres femmes ? Et moi qui me félicitais de ne pas gâcher ma vie. Pour ce qu'elle vaut, la vie ! »

En vue de la lanterne néo-grecque du Musée des Religions, elle trouva le sol bouleversé par des travaux souterrains. Sur une tranchée profonde, entre des talus de terre noire, des tas de pavés et des monceaux de dalles, une passerelle était jetée, faite d'une planche étroite et flexible. Elle s'y était engagée, quand elle vit au bout, devant elle, un homme arrêté pour l'attendre.

Il l'avait reconnue et il la saluait. C'était Dechartre. Elle crut voir, en passant devant lui, qu'il était heureux de cette rencontre; elle le remercia d'un sourire. Il lui demanda la permission de faire quelques pas avec elle. Et ils entrèrent ensemble dans le large espace que remplissait l'air vif. En cet endroit les hautes maisons reculent, s'effacent et découvrent une partie du ciel.

Il lui dit qu'il l'avait reconnue de loin au rythme de ses lignes et de ses mouvements, qui était bien à elle.

— Les beaux mouvements, ajouta-t-il, c'est la musique des yeux.

Elle répondit qu'elle aimait beaucoup la marche; que c'était son plaisir et sa santé.

Lui aussi se plaisait aux longues courses à pied dans les villes populeuses et dans les belles campagnes. Le mystère des grands chemins le tentait. Il aimait les voyages : bien que devenus maintenant communs et faciles, ils gardaient pour lui leur charme puissant. Il avait vu des jours dorés et des nuits transparentes, la Grèce, l'Égypte, et le Bosphore. Mais c'est à l'Italie qu'il revenait toujours comme à la patrie de son âme.

— J'y vais la semaine prochaine, dit-il. Je veux revoir Ravenne endormie dans les pins noirs du rivage stérile. Êtes-vous allée à Ravenne, madame? C'est une tombe enchantée, où paraissent des

5.

fantômes étincelants. La magie de la mort est là.
Les mosaïques de Saint-Vitale, et des deux Saint-
Apollinaire, avec leurs anges barbares et leurs
impératrices nimbées, font sentir les délices
monstrueuses de l'Orient. Dépouillé aujourd'hui
de ses lames d'argent, le tombeau de Galla Pla-
cidia est effrayant, sous sa crypte lumineuse et
sombre. Quand on regarde par une fente du
sarcophage, on croit y voir encore la fille de
Théodose, assise sur sa chaise d'or, droite dans
sa robe semée de pierreries et brodée de scènes
de l'Ancien Testament, son beau visage cruel
conservé dur et noir par les aromates et ses mains
d'ébène immobiles sur ses genoux. Treize siècles
elle garda cette majesté funèbre, jusqu'à ce qu'un
enfant, en passant une chandelle par l'ouverture du tombeau, brûlât le corps avec la dal-
matique.

Madame Martin—Bellème demanda ce qu'avait
fait de son vivant cette morte si obstinée dans
son orgueil.

— Deux fois esclave, dit Dechartre, elle redevint deux fois impératrice.

—Elle était sans doute jolie, dit madame Martin.
Vous me l'avez fait trop bien voir dans son tombeau : elle m'effraie. N'irez-vous pas à Venise,
monsieur Dechartre? ou êtes-vous las des gon-
doles, des canaux bordés de palais et des pigeons

de la place Saint-Marc? Je vous avoue que j'aime encore Venise après y être allée trois fois.

Il lui donna raison. Il aimait aussi Venise. Chaque fois qu'il y allait, de sculpteur il devenait peintre et faisait des études. C'est l'air qu'il y aurait voulu peindre.

— Ailleurs, dit-il, même à Florence, le ciel est loin, tout en haut, tout au fond. A Venise, il est partout; il caresse la terre et l'eau, il enveloppe avec amour les dômes de plomb et les façades de marbre et jette dans l'espace irisé ses perles et ses cristaux. La beauté de Venise, c'est son ciel et ses femmes. Les Vénitiennes, quelles jolies créatures! et d'un jet si hardi, si pur! Ces chairs minces et souples, qu'on sent pleines sous le châle noir. Ne resterait-il de ces femmes-là qu'un os, on retrouverait dans cet os le charme de leur structure exquise. Le dimanche, à l'église, elles forment des groupes rieurs, agités, un fouillis de hanches un peu pointues, de nuques élégantes, de sourires fleuris, de regards enflammés. Et tout cela plie avec une souplesse de jeunes bêtes, au passage d'un prêtre à tête de Vitellius, qui, le menton répandu sur sa chasuble, porte le calice, précédé de deux enfants de chœur.

Il allait d'un pas inégal, au gré de ses idées tantôt pressées, tantôt lentes. Elle marchait plus régulièrement et tendait à le dépasser. Et, la regardant de côté, il lui trouvait l'allure souple et ferme qu'il aimait. Il remarquait la petite secousse que par instants sa tête volontaire donnait aux brins de gui piqués à sa toque.

Sans y songer, il subissait le charme de cette rencontre presque intime avec une jeune femme presque inconnue.

Ils étaient arrivés à l'endroit où la large avenue déploie ses quatre rangs de platanes. Ils suivaient le parapet de pierre surmonté d'un rideau de buis qui cache heureusement la laideur des bâtiments militaires étalés en contre-bas sur le quai. Au delà se devinait le fleuve, à cet air laiteux qui, dans les jours sans brume, repose sur les eaux. Le ciel était clair. Les feux de la ville se mêlaient aux étoiles. Au sud brillaient les trois clous d'or du Baudrier d'Orion.

— L'année dernière à Venise, chaque matin, en sortant de chez moi, je trouvais devant sa porte, élevée de trois marches sur le canal, une fille admirable, la tête petite, le cou rond et fort, la hanche libre. Elle était là, dans le soleil et la vermine, pure comme une amphore, capiteuse comme une fleur. Elle souriait. Quelle bouche! Le plus riche joyau dans la plus belle lumière. Je m'aperçus à temps que ce sourire allait à un garçon boucher, campé derrière moi, son panier sur la tête.

A l'angle de la rue courte qui descend sur le quai, entre deux rangées de jardinets, madame Martin ralentit le pas :

— C'est vrai qu'à Venise, dit-elle, les femmes sont jolies.

— Elles sont presque toutes jolies, madame. Je parle des filles du peuple, des cigarières, des petites ouvrières des verreries. Les autres sont comme partout.

— Les autres, vous voulez dire les femmes du monde ; et vous ne les aimez pas, celles-là?

— Les femmes du monde? Oh! Il y en a de charmantes. Quant à les aimer, c'est toute une affaire.

— Croyez-vous?

Elle lui tendit la main et tourna brusquement l'angle de la rue.

V

Elle dînait ce soir-là seule avec son mari. La table rétrécie ne portait ni la corbeille aux aigles d'or, ni les Victoires ailées. Les torchères n'éclairaient pas, au-dessus des portes, les chiens d'Oudry. Tandis qu'il parlait des choses du jour, elle s'enfonçait dans une rêverie morne. Il lui semblait qu'elle traversait un brouillard, et qu'elle allait, perdue et loin de tout. C'était une souffrance paisible et presque douce. Elle voyait vaguement, à travers les brumes, la petite chambre de la rue Spontini transportée par des anges noirs sur un des sommets de l'Himalaya. Et lui, dans le tremblement d'une espèce de fin du monde, il avait disparu, très simple et mettant ses gants. Elle se tâta le poignet pour voir si elle n'avait pas de fièvre. Brusquement, un choc clair d'argenterie sur la table de desserte la réveilla. Elle entendit son mari qui disait :

— Ma chère amie, Gavaut a prononcé aujourd'hui à la Chambre un excellent discours sur la question de la caisse des retraites. C'est extraordinaire à quel point ses idées sont devenues saines et comme maintenant il frappe juste. Oh! il a beaucoup gagné.

Elle ne put s'empêcher de sourire.

— Mais, mon ami, Gavaut, c'est un pauvre diable qui n'a jamais pensé qu'à se tirer de la cohue des affamés et qu'à se pousser. Des idées, Gavaut, il n'en a qu'aux coudes. Est-ce que vraiment on le prend au sérieux dans le monde politique? Croyez bien qu'il n'a jamais fait illusion à une femme, pas même à la sienne. Et cependant, pour donner ces illusions-là, il ne faut pas grand'chose, je vous assure.

Et brusquement elle ajouta :

— Vous savez que miss Bell m'a invitée à passer un mois chez elle, à Fiesole. J'ai accepté, je pars.

Moins surpris que mécontent, il lui demanda avec qui elle partait.

Tout de suite elle trouva et dit :

— Avec madame Marmet.

Il n'y avait rien à répondre. Madame Marmet était une espèce de dame de compagnie tout à fait honorable, et désignée spécialement pour l'Italie, où son mari, Marmet l'Étrusque, avait fait des fouilles dans les nécropoles. Il demanda seulement :

— L'avez-vous prévenue? Et quand pensez-vous partir?

— La semaine prochaine.

Il eut la sagesse de ne rien objecter pour le moment, jugeant que l'opposition ne ferait qu'affermir un caprice sans consistance, et craignant de donner un corps à cette idée folle. Il glissa.

— Assurément, c'est une agréable distraction que les voyages. J'ai pensé que nous pourrions, au printemps, visiter le Caucase, le Turkestan, la Transcaspie. Voilà un pays intéressant et peu connu. Le général Annenkoff mettrait à notre disposition des voitures, des trains entiers, sur la voie ferrée qu'il a construite. C'est un ami à moi; vous lui plaisez beaucoup. Il nous fournira une escorte de cosaques. Cela ne manquera pas d'allure.

Il s'obstinait à vouloir la prendre par la vanité, ne pouvant s'imaginer qu'elle ne fût pas d'âme mondaine et, comme lui, poussée par l'amour-propre. Elle répondit négligemment que ce serait peut-être un joli voyage. Alors il vanta les montagnes du Caucase, les villes anciennes, les bazars, les costumes, les armes. Il ajouta :

— Nous emmènerons quelques amis, la princesse Seniavine, le général Larivière, peut-être Vence ou Le Ménil.

Elle répondit, avec un petit rire sec, qu'on avait bien le temps de choisir les invités.

Il se fit attentif, prévenant.

— Vous ne mangez pas. Vous vous perdrez l'estomac.

Sans croire encore à ce prompt départ, pourtant, il s'en inquiétait. Ils avaient l'un et l'autre repris leur liberté, mais il n'aimait point être seul. Il ne se sentait lui-même qu'avec sa femme, et toute sa maison montée. Et puis, il avait résolu de donner deux ou trois grands dîners politiques pendant la session. Il voyait son parti grandir. C'était le moment de s'affirmer, de paraître avec éclat. Il dit mystérieusement :

— Telle circonstance peut se présenter où nous aurons besoin du concours de tous nos amis. Vous n'avez pas suivi la marche des événements, Thérèse?

— Non, mon ami.

— J'en suis fâché. Vous avez du jugement, une grande ouverture d'esprit. Si vous aviez

suivi la marche des événements, vous auriez
été frappée du courant qui ramène le pays aux
opinions modérées. Le pays est las des exagé-
rations. Il rejette les hommes compromis dans la
politique radicale et dans les persécutions reli-
gieuses. Il faudra un jour ou l'autre refaire un
ministère Casimir-Perier avec d'autres hommes,
et ce jour-là...

Il s'arrêta : elle l'écoutait vraiment trop peu
et trop mal.

Elle songeait, triste et désenchantée. Il lui
semblait que cette jolie femme qui, là-bas, sous
les ombres chaudes de la chambre close, trempait ses pieds nus dans la fourrure de l'ours brun,
et à qui un ami donnait des baisers sur la nuque
tandis qu'elle tordait ses cheveux devant la psyché, ce n'était point elle, ce n'était pas même
une femme, qu'elle connût beaucoup ni qu'elle
voulût connaître, mais une dame dont les affaires
ne l'intéressaient pas. Une épingle mal piquée
dans ses cheveux, une des épingles de la coupe
en verre de Bohême, lui glissa dans le cou.
Elle frissonna.

— Il faudra pourtant, dit M. Martin-Bellème,
donner trois ou quatre dîners à nos amis politiques. Nous mettrons les anciens radicaux avec
des gens de notre monde. Il sera bon de trouver
aussi quelques jolies femmes. On peut très bien

inviter madame Bérard de la Malle : voilà deux ans qu'on ne dit plus rien d'elle. Qu'en pensez-vous?

— Mais, mon ami, puisque je pars la semaine prochaine...

Il fut consterné.

Ils passèrent tous deux, muets et sombres, dans le petit salon où Paul Vence attendait. Il venait souvent, le soir, familièrement.

Elle lui tendit la main.

— Je suis bien contente de vous voir. Je vous fais des adieux, de petits adieux. Paris est froid et noir. Ce temps me fatigue et m'attriste. Je vais passer six semaines à Florence, chez miss Bell.

M. Martin-Bellème leva les yeux au ciel.

Vence demanda si elle n'était pas allée déjà plusieurs fois en Italie.

— Trois fois. Mais je n'ai rien vu. Cette fois je veux voir, me jeter, me tremper dans les choses. De Florence je ferai des promenades en Toscane, dans l'Ombrie. Et, pour finir, j'irai à Venise.

— Vous ferez bien. Venise, c'est le repos du dimanche, dans la grande semaine de l'Italie créatrice et divine.

— Votre ami Dechartre m'a parlé très joliment de Venise, de l'air de Venise, qui sème des perles.

— Oui, à Venise, le ciel est coloriste. A Florence, il est spirituel. Un vieil auteur a dit : « Le ciel de Florence, léger et subtil, nourrit les belles idées des hommes. » J'ai vécu des jours délicieux en Toscane. Je voudrais bien en vivre de nouveaux.

— Venez m'y retrouver.

Il soupira :

— Les journaux, les revues, la tâche quotidienne !...

M. Martin-Bellème dit qu'il fallait s'incliner devant ces raisons, et qu'on était trop heureux de lire les articles et les livres de monsieur Paul Vence pour vouloir le distraire de son travail.

— Oh ! mes livres !... On ne dit rien dans un livre de ce qu'on voudrait dire. S'exprimer, c'est impossible !... Eh ! oui, je sais parler avec ma plume, tout comme un autre. Mais parler, écrire, quelle pitié ! C'est une misère, quand on y songe, que ces petits signes dont sont formés les syllabes, les mots, les phrases. Que devient l'idée, la belle idée, sous ces méchants hiéroglyphes à la fois communs et bizarres ? Qu'est-ce qu'il en fait, le lecteur, de ma page d'écriture ? Une suite de faux sens, de contresens et de non-sens. Lire, entendre, c'est traduire. Il y a de belles traductions, peut-être. Il n'y en a pas de fidèles. Qu'est-ce que ça me fait qu'ils admirent mes livres, puisque c'est ce qu'ils ont mis dedans qu'ils admirent? Chaque lecteur substitue ses visions aux nôtres. Nous lui fournissons de quoi frotter son imagination. Il est horrible de donner matière à de pareils exercices. C'est une profession infâme.

— Vous plaisantez, dit M. Martin.

— Je ne crois pas, dit Thérèse. Il reconnaît que les âmes sont impénétrables aux âmes, et il en souffre. Il se sent seul quand il pense, seul quand il écrit. Quoi qu'on fasse, on est toujours seul au monde. C'est ce qu'il veut dire. Il a raison. On s'explique toujours, on ne se comprend jamais.

— Il y a les gestes, dit Paul Vence.

— Ne pensez-vous pas, monsieur Vence, que c'est encore un genre d'hiéroglyphes? Donnez-moi des nouvelles de M. Choulette? Je ne le vois plus.

Vence répondit que Choulette était très occupé pour le moment à réformer le tiers ordre de Saint François.

— L'idée de cette œuvre, madame, lui est venue d'une façon merveilleuse, un jour qu'il allait visiter Maria dans la rue où elle demeure derrière l'Hôtel-Dieu, une rue toujours humide, aux maisons penchantes. Vous savez que Maria est la sainte et la martyre qui expie les péchés du peuple. Il tira le pied de biche graissé par deux siècles de visiteurs. Soit que la martyre se trouvât chez le marchand de vin où elle était familière, soit qu'elle fût occupée dans sa chambre, elle n'ouvrit pas. Choulette sonna longtemps, et si fort que le pied de biche avec le cordon lui resta dans la main. Habile à concevoir les symboles et à pénétrer le sens caché des choses, il comprit tout de suite que ce cordon ne s'était pas détaché sans la permission des puissances spirituelles. Il le médita. Le chanvre était couvert d'une crasse noire et gluante. Il s'en fit une ceinture et connut qu'il était choisi pour ramener à la pureté première le tiers ordre de Saint-François. Il renonça à la beauté des femmes, aux délices de la poésie, aux éclats de la gloire, et il étudia la vie et la doctrine du bienheureux. Cependant il a vendu à son éditeur un livre intitulé *les Blandices*, qui renferme, dit-il, la description de toutes les sortes d'amours. Il se flatte de s'y être montré criminel avec quelque élégance. Mais, loin de contrarier ses entreprises mystiques, ce livre les favorise en ce sens que, corrigé par un ouvrage ultérieur, il deviendra très honnête et exemplaire, et parce que l'or, il dit même « les ors », qu'il a reçus en paiement, et qu'on ne lui aurait pas donnés d'un écrit plus chaste, lui serviront à faire un pèlerinage à Assise.

Madame Martin, amusée, demanda ce qu'il y avait de réellement vrai dans cette histoire. Vence répondit qu'il ne fallait pas chercher à le savoir.

Il avouait à demi qu'il était l'historien idéaliste du poète et qu'on ne devait pas prendre les aventures qu'il en contait au sens littéral et judaïque.

Du moins affirmait-il que Choulette publiait les *Blandices* et voulait visiter la cellule et le tombeau de saint François.

— Mais alors, s'écria madame Martin, je l'emmène en Italie. Monsieur Vence, trouvez-le et amenez-le-moi. Je pars la semaine prochaine.

M. Martin s'excusa de ne pouvoir rester plus longtemps. Il fallait qu'il terminât un rapport qui devait être déposé le lendemain.

Madame Martin dit qu'il n'y avait personne qui l'intéressât plus que Choulette. Paul Vence le tenait aussi pour une grande singularité humaine :

— Il n'est pas bien différent des saints dont nous lisons la vie extraordinaire. Il est sincère comme eux, d'une délicatesse exquise de sentiment et d'une violence d'âme terrible. S'il choque par beaucoup de ses actions, c'est qu'il est plus faible, moins soutenu, ou peut-être seulement observé de plus près. Et puis il y a de mauvais saints, comme de mauvais anges : Choulette est un mauvais saint, voilà tout ! Mais ses poèmes sont de vrais poèmes spirituels, et bien plus beaux que tout ce que firent en ce genre, au XVIIe siècle, les évêques de cour et les poètes de théâtre.

Elle l'interrompit :

— Pendant que j'y pense, je veux vous faire compliment de votre ami Dechartre. C'est un esprit charmant.

Elle ajouta :

— Peut-être un peu trop renfermé sur lui-même.

Vence lui rappela qu'il avait bien dit que Dechartre l'intéresserait.

— Je le sais par cœur, c'est un ami d'enfance.

— Vous avez connu sa famille ?

— Oui. Il est le fils unique de Philippe Dechartre.

— L'architecte ?...

— L'architecte qui, sous Napoléon III, restaura tant de châteaux et d'églises en Touraine et dans l'Orléanais. Il avait du goût et du savoir. Solitaire et très doux, il eut l'imprudence d'attaquer Viollet-le-Duc, alors tout-puissant. Ce qu'il lui reprochait, c'était de vouloir rétablir les édifices dans leur plan primitif, tels qu'ils avaient été ou tels qu'ils avaient dû être à l'origine. Philippe Dechartre voulait, au contraire, qu'on respectât tout ce que les siècles avaient ajouté peu à peu à une église, à une abbaye, à un château. Faire disparaître les anachronismes et ramener un édifice à son unité première, lui semblait une barbarie scientifique aussi redoutable que celle de l'ignorance. Il disait, il répétait sans cesse : « C'est un crime que d'effacer les empreintes successives imprimées dans la pierre par la main et l'âme de nos aïeux. Les pierres neuves taillées dans un vieux style sont de faux témoins. » Il voulait que la tâche de l'architecte archéologue fût bornée à soutenir et à consolider les murailles. Il avait raison. On lui donna tort. Il acheva de se nuire en mourant jeune, dans le triomphe de son rival. Il laissait pourtant à sa veuve et à son fils une fortune honnête. Jacques Dechartre fut élevé par sa mère, qui l'adorait. Je ne crois pas que la tendresse maternelle ait jamais été si impétueuse. Jacques est un charmant garçon ; mais c'est un enfant gâté.

— Il a l'air pourtant si indifférent, si facile à vivre, si loin de tout !

— Ne vous y fiez pas. C'est une imagination tourmentée et tourmentante.

— Est-ce qu'il aime les femmes ?

— Pourquoi me demandez-vous cela?

— Oh ! ce n'est pas pour un mariage.

— Oui, il les aime. Je vous ai dit que c'était un égoïste. Il n'y a que les égoïstes qui aiment vraiment les femmes. Après la mort de sa mère, il a eu une longue liaison avec une actrice connue, Jeanne Tancrède.

Madame Martin se rappelait un peu Jeanne Tancrède, pas très jolie, mais très bien faite, d'une grâce un peu traînante dans ses rôles d'amoureuse.

— Elle-même, reprit Paul Vence. Ils vivaient presque tout à fait ensemble dans une petite maison de la cité des Jasmins, à Auteuil. J'allais souvent les voir. Je le trouvais perdu dans ses rêves, oubliant de modeler une figure qui séchait sous ses linges, seul avec lui-même, suivant son idée, absolument incapable d'écouter personne ; elle, piochant ses rôles, le teint brûlé par le fard, les yeux tendres, jolie d'intelligence et d'activité. Elle se plaignait à moi qu'il fût distrait, maussade, difficile. Elle l'aimait bien et ne le trompait que pour avoir des rôles. Et, quand elle le trompait, c'était fait tout de suite. Après, elle n'y pensait plus. Une femme sérieuse. Mais elle se laissa voir, s'afficha avec Joseph Springer, dans l'espoir qu'il la ferait entrer à la

Comédie-Française. Dechartre se fâcha et rompit. Maintenant, elle trouve plus pratique de vivre avec ses directeurs, et Jacques plus agréable de faire des voyages.

— Est-ce qu'il la regrette?

— Comment voulez-vous qu'on sache ce qui se passe dans un esprit inquiet et mobile, égoïste et passionné, avide de se donner, prompt à se reprendre, s'aimant généreusement lui-même dans tout ce qu'il rencontre de beau au monde?

Elle changea brusquement de propos.

— Et votre roman, monsieur Vence?

— J'en suis au dernier chapitre, madame. Mon petit ouvrier ciseleur a été guillotiné. Il est mort avec cette indifférence des vierges sans désir, qui n'ont jamais senti aux lèvres le goût chaud de la vie. Les journaux et le public approuvent avec convenance l'acte de justice qui vient d'être accompli. Mais dans une mansarde, un autre ouvrier, sobre, triste et chimiste, se jure de commettre le meurtre expiatoire.

Il se leva et prit congé.

Elle le rappela.

— Monsieur Vence, vous savez que c'est sérieux. Amenez-moi Choulette.

Lorsqu'elle monta dans sa chambre, son mari,

sur le palier, la guettait, en robe de chambre de peluche mordorée, une espèce de bonnet de doge encadrant son visage pâle et creux. Il avait un air de gravité. Derrière lui, par la porte ouverte de son cabinet de travail, apparaissaient, sous la lampe, un amas de dossiers et de documents à couvertures bleues, les in-quarto ouverts des budgets annuels. Avant qu'elle pût gagner sa chambre, il lui fit signe qu'il voulait lui parler.

— Ma chère amie, je ne vous conçois pas. Vous êtes d'une inconséquence qui peut vous faire le plus grand tort. Vous désertez votre maison, sans motif, sans même un prétexte. Et vous voulez courir l'Europe avec qui? avec un bohème, un ivrogne, ce Choulette.

Elle répondit qu'elle voyagerait avec madame Marmet, et qu'il n'y avait rien là que de très convenable.

— Mais vous annoncez votre départ à tout le monde, et vous ne savez pas seulement si madame Marmet pourra vous accompagner.

— Oh! elle aura bientôt fait ses malles, la bonne madame Marmet. Il n'y a que son chien qui la retienne à Paris. Elle vous le laissera, vous le soignerez.

— Et votre père, est-il informé de vos projets?

C'était sa ressource d'invoquer l'autorité de Montessuy, quand la sienne était méconnue. Il savait que sa femme craignait beaucoup de mécontenter son père ou d'être mal jugée par lui. Il insista :

— Votre père est plein de sens et de tact. J'ai été heureux de me rencontrer plusieurs fois avec lui dans les conseils que je me suis permis de vous donner. Il trouve comme moi que la maison de madame Meillan n'était pas convenable pour une femme comme vous. Le monde y est très mêlé et la maîtresse de la maison favorise les intrigues. Vous avez un grand tort, je dois vous le dire : c'est de ne pas tenir assez compte de l'opinion du monde. Je me trompe bien si votre père ne trouve pas singulier que vous vous envoliez avec cette... légèreté. Et votre absence sera d'autant plus remarquée, ma chère amie, que dans le cours de cette législature, permettez-moi de vous le rappeler, les circonstances m'ont mis en vue. Mon mérite n'est pour rien assurément dans cette situation. Mais, si vous aviez consenti à m'écouter pendant le dîner, je vous aurais démontré que le groupe d'hommes politiques auxquels j'appartiens est à deux doigts du pouvoir. Ce n'est pas dans un pareil moment que vous devez renoncer à vos devoirs de maîtresse de maison. Vous le comprenez vous-même.

Elle lui répondit :

— Vous m'ennuyez.

Et, lui tournant le dos, elle alla s'enfermer dans sa chambre.

Ce soir-là, dans son lit, elle ouvrit un livre, comme à l'ordinaire, avant de s'endormir. C'était un roman. Elle tournait les feuillets avec distraction, quand elle trouva ces lignes :

L'amour est comme la dévotion : il vient tard. On n'est guère amoureuse ni dévote à vingt ans, à moins d'une disposition spéciale, d'une sorte de sainteté native. Les prédestinées elles-mêmes luttent long-temps contre cette grâce d'aimer plus terrible que la foudre qui tombe sur le chemin de Damas. Une femme, le plus souvent, ne cède à l'amour-passion qu'à l'âge où la solitude n'effraye plus. C'est qu'en effet la passion est un désert aride, une Thébaïde brû-lante. La passion, c'est l'ascétisme profane, aussi rude que l'ascétisme religieux.

Aussi voit-on que les grandes amoureuses sont aussi rares que les grandes pénitentes. Ceux qui connais-sent bien la vie et le monde savent que les femmes ne mettent pas volontiers sur leur poitrine délicate le cilice d'un véritable amour. Ils savent que rien n'est moins commun qu'un long sacrifice. Et considérez ce qu'une mondaine doit immoler quand elle aime. Liberté, quiétude, jeux charmants d'une âme libre, coquetterie, amusements, plaisirs, elle y perd tout. Le flirt est permis. Il est conciliable avec toutes les exigences de la vie élégante. L'amour point. C'est la moins mondaine des passions, la plus antisociale, la plus sauvage, la plus barbare. Aussi le monde le juge-t-il plus sévèrement que la galanterie et que la légèreté des mœurs. En un sens il a raison. Une Parisienne amoureuse dément sa nature et manque à sa fonction, qui est d'être à tous, comme une œuvre d'art. C'en est une, et la plus merveilleuse que l'industrie de l'homme ait jamais produite. C'est un prestigieux artifice, dû au concours de tous les arts mécaniques et de tous les arts libéraux, c'est l'œuvre commune, c'est le bien commun. Son devoir est de paraître.

Thérèse ferma le livre et songea que c'étaient là des rêves de romanciers qui ne connaissaient pas la vie. Elle le savait bien, elle, qu'il n'y avait dans la réalité ni Carmel de la passion, ni cilice de l'amour, ni vocation belle et terrible à laquelle la prédestinée résistait en vain; elle le savait, que l'amour, c'était seulement une petite ivresse courte d'où l'on sortait un peu triste... Si pourtant elle ne savait pas tout, s'il existait des amours où l'on s'abîmât délicieusement... Elle éteignit sa lampe. Les rêves de sa première jeunesse, du fond du passé, revenaient à elle.

VI

Il pleuvait. Madame Martin-Bellème voyait confusément, à travers les glaces ruisselantes de son coupé, la multitude des parapluies cheminer comme des tortues noires sous les eaux du ciel. Elle songeait. Ses pensées étaient grises et indistinctes comme les aspects des rues et des places que la pluie effaçait.

Elle ne savait plus pourquoi l'idée lui était venue d'aller passer un mois chez miss Bell. Et vraiment elle ne l'avait jamais bien su. C'était comme une source d'abord cachée par quelques brins de plantain, qui, maintenant, formait le courant d'une eau profonde et rapide. Elle se rappelait bien que le mardi soir, à dîner, elle

avait dit tout à coup qu'elle voulait partir, mais
elle ne remontait pas au premier filet de ce désir.
Ce n'était pas l'envie d'agir avec Robert Le
Ménil comme il agissait avec elle. Sans doute,
elle trouvait excellent d'aller se promener aux
Cascine tandis qu'il allait chasser le renard.
Cela lui paraissait d'une agréable symétrie. Robert, qui était toujours très content de la retrouver, ne la retrouverait pas à son retour. Elle
jugeait bon de lui donner cette juste contrariété.
Mais elle n'y avait pas songé tout d'abord. Et
depuis elle n'y songeait guère, et vraiment elle
ne partait pas pour le plaisir de lui faire de la
peine et dans l'espièglerie d'une petite ven-
geance. Elle gardait contre lui une pensée moins
piquante, plus sourde et plus dure. Surtout elle
ne voulait pas le revoir de sitôt. Sans que leur
liaison fût en rien rompue, il était devenu pour
elle un étranger. Il lui apparaissait un homme
comme les autres, mieux que la plupart des
autres, très bien d'aspect, de manières, d'un
caractère estimable, et qui ne lui déplaisait pas,
mais ne l'occupait pas beaucoup. Tout à coup
il était sorti de sa vie. Elle ne se rappelait pas
volontiers combien il y avait été mêlé. L'idée
d'être à lui la choquait, lui paraissait une incon-
venance. La prévision qu'ils se retrouveraient
ensemble dans le petit appartement de la rue

Spontini lui était assez pénible pour qu'elle l'écartât tout de suite. Elle aimait mieux croire qu'un événement imprévu, nécessaire, empêcherait leur réunion : la fin du monde, par exemple. M. Lagrange, de l'Académie des sciences, lui avait parlé la veille, chez madame de Morlaine, d'une comète qui, venue de l'abîme céleste, rencontrerait peut-être un jour la terre, l'envelopperait de sa chevelure flamboyante, la brûlerait de son haleine, donnerait à respirer aux animaux et aux plantes des poisons inconnus et ferait mourir tous les hommes dans un rire frénétique ou dans une morne stupeur. C'est cela ou quelque autre chose de ce genre qu'il lui fallait pour le mois prochain. Il n'était donc pas inexplicable qu'elle eût voulu partir. Mais qu'à son désir de s'envoler se mêlât une joie vague, qu'elle fût par avance sous le charme de ce qu'elle allait trouver, elle n'y savait point de raison.

La voiture la mit au coin de la petite rue de La Chaise.

C'est là, sous le toit d'une haute maison, au long du balcon, derrière cinq fenêtres chauffées le matin par le soleil, que, dans un étroit logement très propre, demeurait madame Marmet, depuis la mort de son mari.

La comtesse Martin était venue la voir à son jour. Elle trouva dans le salon modeste et reluisant M. Lagrange, sommeillant dans un fauteuil vis-à-vis de la bonne dame, douce et tranquille sous sa couronne de cheveux blancs.

Ce vieux savant mondain lui était resté fidèle. C'est lui qui, le lendemain des obsèques de Marmet, avait apporté à la malheureuse veuve le discours empoisonné de Schmoll, et qui, pensant la consoler, l'avait vue suffoquée de colère et de douleur. Elle s'était évanouie dans ses bras. Madame Marmet trouvait qu'il manquait de jugement. C'était son meilleur ami. Ils dînaient souvent ensemble aux tables riches.

Madame Martin, fine et ferme dans sa veste de zibeline entr'ouverte sur un flot de dentelles, réveilla de l'éclat charmant de ses yeux gris le bonhomme qui était sensible à la grâce des femmes. Il lui avait dit, la veille, chez madame de Morlaine, comment viendrait la fin du monde. Il lui demanda si elle n'avait pas eu peur en revoyant la nuit ces tableaux de la terre dévorée par les flammes, ou morte de froid, blanche comme la lune. Tandis qu'il lui parlait avec une galanterie affectée, elle regardait la bibliothèque d'acajou, qui occupait tout le panneau du salon opposé aux fenêtres. Il n'y restait guère de livres, mais sur la tablette inférieure s'allongeait un squelette avec ses armes. On s'étonnait de voir logé chez cette bonne dame ce guerrier étrusque gardant attaché à son crâne un casque de bronze vert, et portant sur sa poitrine disloquée les lames rongées de sa cuirasse. Il dormait, épars et farouche, parmi des boîtes de bonbons, des vases de porcelaine dorée, des saintes vierges en stuc et de menues boiseries découpées, souvenirs de Lucerne et du Righi. Madame Marmet, dans la gêne de son veuvage, avait vendu les livres de travail laissés par son mari; de tous les objets anciens recueillis par l'archéologue, elle n'avait conservé que cet Étrusque. Ce n'est pas qu'on n'eût essayé de l'en débarrasser. Les vieux confrères de Marmet lui en avaient trouvé le placement. Paul Vence avait obtenu de l'administration des musées qu'on l'achetât pour le Louvre. Mais la bonne veuve n'avait pas voulu s'en séparer. Il lui semblait qu'avec ce guerrier au casque de bronze vert, ceint d'un léger feuillage d'or, elle eût perdu le nom qu'elle portait dignement et cessé d'être la veuve de Louis Marmet, de l'Académie des inscriptions.

— Rassurez-vous, madame; une comète ne viendra pas de si tôt heurter la terre. De telles rencontres sont extrêmement peu probables.

Madame Martin répondit qu'elle ne voyait aucun inconvénient sérieux à ce que la terre et l'humanité fussent anéanties tout de suite.

Le vieux Lagrange se récria avec une sincérité

profonde. Il lui importait grandement que le cataclysme fût retardé.

Elle le regarda. Son crâne aride nourrissait à peine quelques cheveux teints en noir. Ses paupières traînaient comme des loques sur ses yeux encore souriants ; de longues peaux pendaient sur sa face jaune, et l'on devinait sous les habits un corps desséché.

Elle songea : « Il aime la vie ! »

Madame Marmet non plus ne voulait pas que la fin du monde fût si proche.

— Monsieur Lagrange, dit madame Martin, vous habitez, n'est-ce pas, une jolie petite maison dont les fenêtres, tapissées de glycine, regardent le Jardin des plantes ? Il me semble que c'est une joie de vivre dans ce jardin qui me fait penser aux arches de Noé de mon enfance et au paradis terrestre des vieilles bibles.

Mais il n'était pas charmé. La maison était petite, mal aménagée, infestée de rats.

Elle reconnut qu'on n'était bien nulle part, et qu'il y avait partout des rats, ou réels ou symboliques, des légions de petits êtres qui nous tourmentaient. Pourtant, elle aimait le Jardin des plantes ; elle voulait toujours y aller et n'y allait jamais. Il y avait aussi le Muséum, où elle n'était pas entrée, et qu'elle était curieuse de visiter.

Souriant, heureux, il s'offrit à lui en faire

les honneurs. C'était sa maison. Il lui montrerait les bolides. On en conservait là de superbes.

Elle ne savait pas du tout ce que c'était qu'un bolide. Mais elle se rappela qu'on lui avait dit qu'on voyait au Muséum des os de renne travaillés par les premiers hommes, des plaques d'ivoire sur lesquelles étaient gravés des animaux dont la race est depuis longtemps perdue. Elle demanda si c'était vrai. Lagrange ne souriait plus. Il répondit avec une indifférence maussade que ces objets concernaient un de ses confrères.

— Ah! dit madame Martin, ce n'est pas votre vitrine.

Elle s'apercevait que les savants ne sont pas curieux et qu'il est indiscret de les interroger sur ce qui n'est pas dans leur vitrine. Il est vrai que Lagrange avait fait sa fortune scientifique des pierres tombées du ciel. Cela l'avait amené à considérer les comètes. Mais il était sage. Depuis vingt ans il ne s'occupait plus guère que de dîner en ville.

Quand il fut parti, la comtesse Martin dit à madame Marmet ce qu'elle voulait d'elle.

— Je vais la semaine prochaine à Fiesole. chez miss Bell, et vous venez avec moi.

La bonne madame Marmet, le front placide sur des yeux fureteurs, garda un moment le silence, refusa mollement, se fit prier et consentit.

VII

Le rapide de Marseille était formé sur le quai, où couraient les facteurs et roulaient les camions dans la fumée et le bruit, sous la clarté livide qui tombait des vitrages. Devant les portières ouvertes, les voyageurs en long manteau allaient et venaient. A l'extrémité de la galerie aveuglée de suie et de poussière, apparaissait, comme au bout d'une lunette, un petit arc de ciel. Grand comme la main, l'infini du voyage. La comtesse Martin et la bonne madame Marmet étaient déjà dans leur coupé, sous le filet chargé de sacs, les journaux jetés près d'elles sur les coussins. Choulette ne venait pas, et madame Martin ne l'attendait plus. Il avait pourtant promis de se trouver à la gare. Il avait pris ses arrangements pour le départ et reçu de son éditeur le prix des *Blandices*. Paul Vence l'avait amené, un soir, à l'hôtel du quai de Billy. Il s'était montré doux, poli, plein de gaieté spirituelle et de joie naïve. Elle se promettait, depuis lors, quelque plaisir à voyager avec un homme de génie, et si original, d'une laideur pittoresque, d'une folie amusante, vieil enfant perdu, plein de vices sincères et d'innocence. Les portières se fermaient : elle ne l'attendait plus. Aussi n'avait-elle pas dû compter sur cette âme impulsive et vagabonde. Au moment où la machine commençait à pousser des souffles rauques, madame Marmet, qui regardait par la portière, dit tranquillement :

— Je crois que voici M. Choulette.

Il longeait le quai, boitant d'une jambe, le chapeau en arrière sur son crâne bossué, la barbe inculte et traînant un vieux sac de tapisserie. Il était presque terrible, et, malgré ses cinquante ans, avait l'air jeune, tant ses yeux bleus étaient clairs et luisaient, tant son visage jauni et creusé avait gardé d'audace ingénue, tant jaillissait de ce vieil homme ruineux l'éternelle adolescence du poète et de l'artiste. En le voyant, Thérèse regretta de s'être donné un compagnon si étrange. Il allait, jetant dans

chaque voiture un regard brusque, qui devenait peu à peu mauvais et méfiant. Mais quand,
arrivé au coupé des deux dames, il reconnut
madame Martin, il sourit si joliment et lui donna
le bonjour d'une voix si caressante, qu'il ne lui
restait plus rien du farouche vagabond errant sur
le quai, rien que la très vieille valise de tapisserie qu'il tirait par les anses à demi rompues.

Il la plaça dans le filet avec un soin minutieux, parmi les sacs corrects, enveloppés de
toile grise, où elle fit une tache éclatante et sor-
dide. On vit alors qu'elle était semée de fleurs
jaunes, sur un fond couleur de sang.

Très à son aise, il fit compliment à madame
Martin des pèlerines de son carrick carmélite.

— Excusez-moi, mesdames, ajouta-t-il, j'ai
craint d'être en retard. Je suis allé entendre ce
matin la messe de six heures à Saint-Séverin,
ma paroisse, dans la chapelle de la Vierge, sous
ces jolis piliers absurdes qui montent au ciel
en devises de mirliton, comme nous, pauvres
pécheurs que nous sommes.

— Alors, lui dit madame Martin, vous êtes
pieux aujourd'hui.

Et elle lui demanda s'il emportait le cordon de
l'ordre qu'il fondait.

Il prit un air grave et contristé.

— Je crains bien, madame, que M. Paul

Vence ne vous ait fait à ce sujet beaucoup de mensonges absurdes. Il m'est revenu qu'il allait semant dans les salons que mon cordon est un cordon de sonnette, et de quelle sonnette! Je serais désolé qu'on pût se laisser prendre un moment à des inventions si misérables. Mon cordon, madame, est un cordon symbolique. Il est représenté par un simple fil qu'on porte sous les vêtements après qu'un pauvre l'a touché, en signe que la pauvreté est sainte, et qu'elle sauvera le monde. Il n'y a de bien qu'en elle; et depuis que j'ai reçu le prix des *Blandices*, je me sens injuste et dur. Il est bon de savoir que j'ai mis dans mon sac quelques-unes de ces cordelettes mystiques.

Et, montrant du doigt l'horrible tapisserie couleur de sang rouillé:

— J'y ai mis aussi une hostie qu'un mauvais prêtre m'a donnée, les œuvres de M. de Maistre, des chemises et diverses autres choses.

Madame Martin leva les yeux, un peu effarée. Mais la bonne madame Marmet gardait sa placidité coutumière.

Tandis que le train roulait à travers les laideurs de la banlieue, sur cette frange noire qui borde tristement la ville, Choulette tira de sa poche un vieux portefeuille dans lequel il se mit à fouiller. Le scribe, caché sous le vagabond, se révélait. Choulette était paperassier sans vouloir le paraître. Il s'assura qu'il n'avait perdu ni les bouts de papier sur lesquels il notait au café ses idées de poèmes, ni la douzaine de lettres flatteuses que, salies, tachées, coupées à tous les plis, il portait sur lui constamment, prêt à les lire à des compagnons de rencontre, la nuit, sous les becs de gaz. Ayant reconnu qu'il ne lui manquait rien, il ôta du porte-feuille une lettre pliée dans une enveloppe ouverte. Longtemps il l'agita dans sa main avec un air d'impudence mystérieuse, puis il la tendit à la comtesse Martin. C'était une lettre de présentation que la marquise de Rieu lui avait donnée pour une princesse de la maison de France, une très proche parente du comte de Chambord, qui, veuve et vieille, vivait retirée aux portes de Florence. Ayant joui de l'effet qu'il pensait produire, il dit qu'il verrait peut-être cette princesse; que c'était une bonne personne, et pieuse.

— Une vraie grande dame, ajouta-t-il, et qui ne montre pas sa magnificence par des robes et des chapeaux. Elle porte ses chemises six semaines et quelquefois davantage. Les gentil-hommes de sa suite lui ont vu des bas blancs, très sales, qui lui tombaient sur les talons. Les vertus des grandes reines d'Espagne revivent en elle. O ces bas sales, quelle gloire véritable !

Il reprit la lettre et la renferma dans son portefeuille. Puis, s'étant armé d'un couteau à manche de corne, il attaqua de la pointe une figure à peine ébauchée dans la poignée de son bâton. Cependant il s'en donnait lui-même des louanges :

— Je suis habile dans tous les arts des mendiants et des vagabonds. Je sais ouvrir les serrures avec un clou et sculpter le bois avec un mauvais eustache.

La tête commençait à paraître. C'était un maigre visage de femme, qui pleurait.

Choulette y voulait exprimer la misère humaine, non point simple et touchante, telle que l'avaient pu sentir les hommes d'autrefois, dans un monde mêlé de rudesse et de bonté, mais hideuse et fardée, à cet état de laideur parfaite où l'ont portée les bourgeois libres penseurs et les militaires patriotes, issus de la Révolution française. Selon lui, le régime actuel n'était qu'hypocrisie et brutalité. Le militarisme lui faisait horreur.

— La caserne est une invention hideuse des temps modernes. Elle ne remonte qu'au xviiᵉ siècle. Avant, on n'avait que le bon corps de garde où les soudards jouaient aux cartes et faisaient des contes de Merlusine. Louis XIV est un précurseur de la Convention et de Bonaparte. Mais le mal a atteint sa plénitude depuis l'institution monstrueuse du service pour tous. Avoir fait une obligation aux hommes de tuer, c'est la honte des empereurs et des républiques, le crime des crimes. Aux âges qu'on dit barbares, les villes et les princes confiaient leur défense à des mercenaires qui faisaient la guerre en gens avisés et prudents; il n'y avait parfois que cinq ou six morts dans une grande bataille. Et quand les chevaliers allaient en guerre, du moins n'y étaient-ils point forcés; ils se faisaient tuer pour leur plaisir. Sans doute n'étaient-ils bons qu'à cela. Personne, au temps de saint Louis, n'aurait eu l'idée d'envoyer à la bataille un homme de savoir et d'entendement. Et l'on n'arrachait pas non plus le laboureur à la glèbe pour le mener à l'ost. Maintenant, on fait un devoir à un pauvre paysan d'être soldat. On l'exile de la maison dont le toit fume dans le silence doré du soir, des grasses prairies où paissent les bœufs, des champs, des bois paternels; on lui enseigne, dans la cour d'une vilaine caserne, à tuer régulièrement des hommes; on le menace, on l'injurie, on le met en prison; on lui dit que c'est un honneur, et, s'il ne veut point s'honorer de cette manière, on le fusille. Il obéit parce qu'il est sujet à la peur et de tous les animaux domestiques le plus doux, le plus riant et le plus docile. Nous sommes militaires, en France, et nous sommes citoyens. Autre motif d'orgueil, que d'être citoyen ! Cela consiste pour les pauvres à soutenir et à conserver les riches dans leur puissance et leur oisiveté. Ils y doivent travailler devant la majestueuse égalité des lois, qui interdit au riche comme au pauvre de coucher sous les ponts, de mendier dans les rues et de voler du pain. C'est un des bienfaits de la Révolution. Comme cette révolution a été faite par des fous et des imbéciles au profit des acquéreurs de biens nationaux et qu'elle n'aboutit en somme qu'à l'enrichissement des paysans madrés et des bourgeois usuriers, elle éleva, sous le nom d'égalité, l'empire de la richesse. Elle a livré la France aux hommes d'argent, qui depuis cent ans la dévorent. Ils y sont maîtres et seigneurs. Le gouvernement apparent, composé de pauvres diables piteux, miteux, marmiteux et calamiteux, est aux gages des financiers. Depuis cent ans, dans ce pays empoisonné, quiconque aime les pauvres est tenu pour traître à la société. Et l'on est un homme dangereux quand on dit qu'il est des misérables. On a fait même des lois contre l'indignation et la pitié. Et ce que je dis ici ne pourrait pas s'imprimer.

Choulette s'animait, agitait son couteau, tandis que, sous le soleil frileux, passaient les champs de terre brune, les bouquets violets des arbres dépouillés par l'hiver et les rideaux de peupliers au bord des rivières argentées.

Il regarda avec attendrissement la figure sculptée sur son bâton.

— Te voilà, lui dit-il, pauvre Humanité, maigre et pleurante, stupide de honte et de misère, telle que t'ont faite tes maîtres, le soldat et le riche.

La bonne madame Marmet, qui avait un neveu capitaine d'artillerie, jeune homme charmant, attaché à sa profession, était choquée de la violence avec laquelle Choulette attaquait l'armée. Madame Martin n'y voyait qu'une fantaisie amusante. Les idées de Choulette ne l'effrayaient pas. Elle n'avait peur de rien. Mais elle les trouvait un peu absurdes, elle ne pensait point que le passé eût jamais été meilleur que le présent.

— Je crois, monsieur Choulette, que les hommes ont été de tout temps ce qu'ils sont aujourd'hui, égoïstes, violents, avares et sans pitié. Je crois que les lois et les mœurs ont toujours été dures et cruelles aux malheureux.

Entre La Roche et Dijon, ils déjeunèrent dans le wagon-restaurant et y laissèrent Choulette seul avec sa pipe, son verre de bénédictine et son âme irritée.

Dans le coupé, madame Marmet parla avec une tendresse paisible du mari qu'elle avait perdu. Il l'avait épousée par amour; il lui faisait des vers admirables, qu'elle avait gardés et qu'elle ne montrait à personne. Il était très vif et très gai. On ne l'eût pas cru à le voir plus tard fatigué par le travail, affaibli par la maladie. Il avait étudié jusqu'au dernier moment. Souffrant d'une hypertrophie du cœur, il ne pouvait se coucher, et passait la nuit dans son fauteuil, avec ses livres sur une tablette. Deux heures avant sa mort, il essaya de lire encore. Il était affectueux et bon. Dans sa souffrance il garda toute sa douceur.

Madame Martin, faute de trouver mieux, lui dit :

— Vous avez eu de longues années heureuses, vous en gardez le souvenir; c'est encore une part de bonheur en ce monde.

Mais la bonne madame Marmet soupira, un nuage passa sur son front tranquille.

— Oui, dit-elle, Louis fut le meilleur des hommes et le meilleur des maris. Pourtant, il m'a rendue bien malheureuse. Il n'avait qu'un seul défaut, mais j'en ai cruellement souffert. Il était jaloux. Lui si bon, si tendre, si généreux, cette horrible passion le rendait injuste, tyrannique, violent. Je vous assure bien que ma conduite ne prêtait pas au soupçon. Je n'étais pas coquette. Mais j'étais jeune, fraîche ; je passais pour presque jolie. Cela suffisait. Il m'empêchait de sortir seule, me défendait de recevoir des visites en son absence. Quand nous étions au bal ensemble, je tremblais d'avance des scènes qu'il me ferait en voiture.

Et la bonne madame Marmet ajouta en soupirant :

— C'est vrai que j'aimais la danse. Mais il a fallu y renoncer. Il en souffrait trop.

La comtesse Martin laissait paraître sa surprise. Elle s'était toujours figuré Marmet comme un vieux monsieur timide et absorbé, un peu ridicule entre sa femme grasse, blanche, si douce, et le squelette coiffé de bronze et d'or de son guerrier étrusque. Mais l'excellente veuve lui confia qu'à cinquante-cinq ans, quand elle en avait cinquante-trois, Louis restait jaloux comme au premier jour.

Et Thérèse songea que Robert ne l'avait jamais tourmentée de sa jalousie. Était-ce de sa part une preuve de tact et de bon goût, une marque de confiance, ou ne l'aimait-il pas assez pour la faire souffrir ? Elle ne le savait pas et elle n'avait pas le cœur à tâcher de le savoir. Il aurait fallu fouiller dans des tiroirs de son âme qu'elle ne voulait pas ouvrir.

Elle murmura sans y prendre garde :

— Nous voulons être aimées, et quand on nous aime, on nous tourmente ou on nous ennuie.

La journée s'acheva en lectures et en rêveries. Choulette n'avait pas reparu. La nuit couvrit peu à peu de ses cendres grises les mûriers du Dauphiné. Madame Marmet s'endormit d'un sommeil paisible, reposant sur elle-même comme sur un amas d'oreillers. Thérèse la regarda et songea :

— C'est vrai qu'elle est heureuse, puisqu'elle aime à se rappeler.

La tristesse de la nuit lui entra dans le cœur. Et lorsque la lune se leva sur les champs d'oliviers, voyant passer ces douces lignes de plaines et de coteaux et couler les ombres bleues, Thérèse, dans ce paysage où tout parlait de paix et d'oubli et rien ne lui parlait d'elle, regretta la Seine, l'Arc de Triomphe et ses rayons d'avenues, les allées du Bois, où, du moins, les arbres et les pierres la connaissaient.

Soudain, avec une brusquerie sournoise, Choulette se jeta dans le wagon. Armé de son bâton noueux, le visage, la tête tout enveloppés de lainages rouges et de peaux farouches, il lui fit presque peur. C'est ce qu'il voulait. Ses attitudes violentes et sa mise sauvage étaient toujours étudiées. Sans cesse occupé d'effets puérils et bizarres, il se plaisait à paraître effrayant. Prompt lui-même à l'épouvante, il était content d'inspirer les terreurs qu'il éprouvait. Un moment auparavant, comme il fumait sa pipe, seul, au fond du couloir, il avait ressenti, en voyant la lune courir dans les nuées sur la Camargue, une de ces peurs sans cause, une de ces peurs d'enfant, qui bouleversaient son âme imagée et légère. Il était venu se rassurer auprès de la comtesse Martin.

— Arles, dit-il. Connaissez-vous Arles ? C'est la pure beauté ! J'ai vu dans le cloître de Saint-Trophime des colombes se poser sur les épaules des statues, et j'ai vu les petits lézards gris se chauffer au soleil sur les sarcophages des Aliscamps. Les tombes sont maintenant rangées des deux côtés du chemin qui mène à l'église. Elles sont en forme de cuve et servent la nuit de lit aux malheureux. Un soir, me promenant avec Paul Arène, je rencontrai une bonne vieille qui étendait des herbes sèches dans la tombe d'une vierge antique, expirée le jour de ses noces. Nous lui souhaitâmes une bonne nuit. Elle répondit : « Dieu vous entende. Mais un sort mauvais veut que cette cuve soit ouverte du côté du mistral. Si la fente se trouvait dans l'autre partie, je serais couchée comme la reine Jeanne. »

Thérèse ne répondit rien. Elle était assoupie. Et Choulette frissonna dans le froid de la nuit, ayant peur de la mort.

VIII

' Dans sa charrette anglaise, qu'elle conduisait elle-même, miss Bell avait amené de la gare de Florence, par les rampes de la colline, la comtesse Martin-Bellème et madame Marmet à sa maison de Fiesole qui, rose et couronnée d'un bandeau de balustres, regardait la ville incomparable. La femme de chambre suivait avec les bagages. Choulette, logé, par les soins de miss Bell, chez la veuve d'un sacristain, dans l'ombre de la cathédrale de Fiesole, n'était attendu que pour le dîner. Laide et gentille, les cheveux courts, en veste, une chemise d'homme sur sa poitrine de garçon, presque gracieuse avec très peu de hanches, la poétesse faisait à

ses amies françaises les honneurs du logis qui
reflétait les délicatesses ardentes de son goût.
Aux murs du salon, des vierges siennoises, pâles,
les mains longues, régnaient paisiblement au
milieu des anges, des patriarches et des saints,
dans les belles architectures dorées des trip-
tyques. Sur un socle se tenait debout une Made-
leine, vêtue de ses cheveux, effrayante de maigreur et de vieillesse, quelque mendiante de la
route de Pistoïa, brûlée par les soleils et les
neiges, qu'avait copiée dans l'argile, avec une
fidélité horrible et touchante, un précurseur
inconnu de Donatello. Et partout les armoiries
de miss Bell : des cloches et des clochettes. Les
plus grosses élevaient leur mont de bronze aux
angles de la chambre ; d'autres, se touchant, formaient leur chaîne au pied des murs. De plus
petites couraient tout le long des corniches. Il y
en avait sur le poêle, sur les coffres et sur les
bahuts. Les vitrines étaient remplies de cloches
d'argent et de vermeil. Grosses cloches de
bronze, marquées du lys florentin, sonnettes de
la Renaissance, faites d'une dame portant un
large vertugadin, sonnettes des trépassés, décorées
de larmes et d'ossements, sonnettes ajourées,
couvertes d'animaux symboliques et de feuil-
lages, qui sonnaient dans les églises au temps
de saint Louis, sonnettes de table du xviie siè-

cle, ayant une statuette pour poignée, clochettes plates et claires des vaches des vallées du Rutli, cloches indoues qu'on fait résonner mollement avec une corne de cerf, cloches chinoises en forme de cylindre; elles étaient venues là de tous les pays et de tous les temps, à l'appel magique de cette petite miss Bell.

— Vous regardez mes armes parlantes, dit-elle à madame Martin. Je crois que toutes ces misses Bell se plaisent ici et je ne serais pas trop étonnée si un jour elles se mettaient à chanter ensemble. Mais il ne faut pas les admirer toutes également. Il faut garder les louanges les plus pures et les plus ferventes pour celle-ci.

Et, frappant du doigt une cloche sombre et nue, qui rendit un son grêle :

— Celle-ci, reprit-elle, est une sainte villageoise du v⁰ siècle. C'est une fille spirituelle de saint Paulin de Nole, qui le premier fit chanter le ciel sur nos têtes. Elle est d'un métal rare, qu'on a nommé airain de Campanie. Bientôt je vous montrerai près d'elle une florentine de toute gentillesse, la reine des cloches. Elle va venir. Mais je vous ennuie, darling, avec ces babioles. Et j'ennuie aussi la bonne madame Marmet. C'est mal !

Elle les conduisit à leurs chambres.

Une heure après, madame Martin, reposée, fraîche, en déshabillé de foulard et de dentelle, descendit sur la terrasse où l'attendait miss Bell. L'air humide, tiédi par un soleil encore faible et déjà généreux, soufflait l'inquiète douceur du printemps. Thérèse, accoudée à la balustrade, baignait ses yeux dans la lumière. A ses pieds, les cyprès élevaient leurs quenouilles noires et les oliviers moutonnaient sur les pentes. Au creux de la vallée, Florence étendait ses dômes, ses tours et la multitude de ses toits rouges, à travers laquelle l'Arno laissait deviner à peine sa ligne ondoyante. Au delà, bleuissaient les collines.

Elle cherchait à reconnaître les jardins Boboli, où elle s'était promenée dans un premier voyage, les Cascine, qu'elle n'aimait guère, le palais Pitti, Sainte-Marie-de-la-Fleur. Puis l'infini charmant du ciel l'attira. Elle suivait dans les nuages les formes qui s'écoulent.

Après un long silence, Vivian Bell étendit la main vers l'horizon.

— Darling, je ne puis pas dire, je ne sais pas dire. Mais regardez, darling, regardez encore. Ce que vous voyez est unique au monde. Nulle part la nature n'est à ce point subtile, élégante et fine. Le dieu qui fit les collines de Florence était artiste. Oh ! il était joaillier, graveur en médailles, sculpteur, fondeur en bronze et peintre ; c'était un Florentin. Il n'a fait que cela au monde, darling! Le reste est d'une main moins délicate, d'un travail moins parfait. Comment voulez-vous que cette colline violette de San Miniato, d'un relief si ferme et si pur, soit de l'auteur du Mont Blanc? Ce n'est pas possible. Ce paysage, darling, a la beauté d'une médaille ancienne et d'une peinture précieuse. Il est une parfaite et mesurée œuvre d'art. Et voici une autre chose que je ne sais pas dire, que je ne sais pas comprendre, et qui est une chose véritable. Dans ce pays, je me sens, et vous vous sentirez comme moi, darling, à demi vivante et à demi morte, dans un état très noble, très triste et très doux. Regardez, regardez beaucoup; vous découvrirez la mélancolie de ces collines qui entourent Florence, et vous verrez une tristesse délicieuse monter de la Terre des morts.

Le soleil penchait à l'horizon. Les pointes des cimes s'éteignaient l'une après l'autre tandis que les nuées s'enflammaient dans le ciel.

Madame Marmet éternua.

Miss Bell fit apporter des châles et avertit les Françaises que les soirées étaient fraîches et malignes.

Et tout à coup :

— Darling, vous connaissez M. Jacques Dechartre? Eh bien, il m'a écrit qu'il serait

à Florence la semaine prochaine. Je suis contente que M. Jacques Dechartre se rencontre
avec vous dans notre ville. Il nous accompa-
gnera aux églises et aux musées, et il sera un
bon guide. Il comprend les belles choses parce
qu'il les aime. Et il a un exquis talent de sculpteur. Ses figures et ses médaillons sont encore
plus admirés en Angleterre qu'en France. Oh!
je suis si contente que M. Jacques Dechartre se
rencontre à Florence avec vous, darling!

IX

Le lendemain, comme, au sortir de Sainte-Marie-Nouvelle, elles traversaient la place où sont plantées, à l'imitation des cirques antiques, deux bornes de marbre, madame Marmet dit à la comtesse Martin :

— Je crois que voici M. Choulette.

Assis dans l'échoppe d'un cordonnier, sa pipe à la main, Choulette faisait des gestes rythmiques, et semblait réciter des vers. Le savetier florentin, tout en poussant l'alène, écoutait avec un bon sourire. C'était un petit homme chauve, qui représentait un des types familiers à la peinture flamande. Sur la table, parmi les formes de bois, les clous, les morceaux de cuir et les boules de poix, un pied de basilic étalait sa tête verte et ronde. Un moineau, à qui manquait une patte, qu'on avait remplacée par un bout d'allumette, sautillait gaiement sur l'épaule et sur la tête du vieillard.

Madame Martin, égayée à cette vue, appela du seuil Choulette qui prononçait très doucement des paroles chantantes, et elle lui demanda pourquoi il n'était pas allé avec elle visiter la chapelle des Espagnols.

Il se leva et répondit :

— Madame, vous vous occupez de vaines images, mais moi, je demeure dans la vie et dans la vérité.

Il pressa la main du savetier et suivit les deux dames.

— En allant à Sainte-Marie-Nouvelle, leur dit-il, j'ai vu ce vieillard qui, courbé sur son ouvrage et serrant la forme entre ses genoux comme dans un étau, cousait des chaussures grossières. J'ai senti qu'il était simple et bon. Je lui ai dit en italien : « Mon père, voulez-vous boire avec moi un verre de vin de Chianti ? » Il a bien voulu. Il est allé chercher un flacon et des verres, et j'ai gardé sa demeure.

Et Choulette montra deux verres et une bouteille posés sur le poêle.

— Quand il est revenu, nous avons bu

ensemble ; je lui ai dit des choses obscures et bonnes, et je l'ai charmé par la douceur des sons. Je retournerai dans son échoppe ; j'apprendrai de lui à faire des souliers et à vivre sans désirs. Après quoi, je n'aurai plus de tristesse. Car seuls le désir et l'oisiveté nous rendent tristes.

La comtesse Martin sourit.

— Monsieur Choulette, je ne désire rien, et pourtant je ne suis pas gaie. Est-ce qu'il faut aussi que je fasse des souliers?

Choulette répondit gravement :

— Il n'est pas temps encore.

Parvenus aux jardins des Oricellari, madame Marmet se laissa tomber sur un banc. Elle avait examiné à Sainte-Marie-Nouvelle les fresques tranquilles de Ghirlandajo, les stalles du chœur, la vierge de Cimabuë, les peintures du cloître. Elle l'avait fait avec soin, pour la mémoire de son mari, qui avait beaucoup aimé, disait-on, l'art italien. Elle était fatiguée. Choulette s'assit près d'elle et lui dit :

— Madame, pourriez-vous me dire s'il est vrai que le pape fait faire ses robes chez Worth?

Madame Marmet ne le croyait pas. Pourtant, Choulette l'avait entendu dire dans des cafés. Madame Martin était surprise que, catholique et socialiste, Choulette parlât avec si peu de respect d'un pape ami de la république. Mais il n'aimait guère Léon XIII.

— La sagesse des princes est courte, dit-il; le salut de l'Église viendra de la république italienne, ainsi que le croit et le veut Léon XIII, mais l'église ne sera pas sauvée de la manière que le pense ce pieux Machiavel. La révolution fera perdre au pape son denier inique avec le reste de son patrimoine. Et ce sera le salut. Le pape, dépouillé et pauvre, deviendra puissant. Il agitera le monde. On reverra Pierre, Lin, Clet, Anaclet et Clément, les humbles, les ignorants, les saints des premiers jours, qui changèrent la face de la terre. Si demain, par impossible, dans la chaire de Pierre s'asseyait un véritable évêque, un chrétien véritable, j'irais le trouver et je lui dirais: « Ne soyez pas le vieillard enseveli vivant dans une tombe d'or, laissez vos camériers, vos gardes nobles et vos cardinaux, quittez votre cour et les simulacres de la puissance. Venez à mon bras mendier votre pain par les nations. Couvert de haillons, pauvre, malade, mourant, allez le long des routes montrant en vous l'image de Jésus. Dites: « Je mendie mon pain pour la condamnation des riches. » Entrez dans les villes et criez de porte en porte avec une stupidité sublime : « Soyez humbles, soyez doux, soyez pauvres! » Annoncez dans les cités

8

noires, dans les bouges et dans les casernes, la paix et la charité. On vous méprisera, on vous jettera des pierres. Les gendarmes vous traîneront en prison. Vous serez aux humbles comme aux puissants, aux pauvres comme aux riches un sujet de risée, un objet de dégoût et de pitié. Vos prêtres vous déposeront et ils élèveront contre vous un antipape. Tous diront que vous êtes fou. Et il faut qu'ils disent vrai : il faut que vous soyez un fou : les fous ont sauvé le monde. Les hommes vous donneront la couronne d'épines et le sceptre de roseau et ils vous cracheront au visage, et c'est à ce signe que vous paraîtrez Christ et vrai roi : et c'est par de tels moyens que vous établirez le socialisme chrétien, qui est le royaume de Dieu sur la terre.

Ayant parlé de la sorte, Choulette alluma un de ces longs et tortueux cigares italiens, traversés par une paille. Il en tira quelques bouffées d'une vapeur infecte, puis il reprit tranquillement :

— Et ce serait pratique. On peut me refuser tout, excepté une vue très nette des situations. Ah! madame Marmet, vous ne saurez jamais à quel point il est vrai que les grandes œuvres de ce monde ont toujours été accomplies par des fous. Croyez-vous, madame Martin, que si saint François d'Assise avait été raisonnable, il aurait versé sur la terre, pour le rafraîchissement des peuples, les eaux vives de la charité et tous les parfums de l'amour?

— Je ne sais, répondit madame Martin. Mais les gens raisonnables m'ont toujours paru bien ennuyeux. Je puis le dire à vous, monsieur Choulette.

Ils retournèrent à Fiesole par le tramway à vapeur qui monte, en soufflant, la colline. La pluie tomba. Madame Marmet s'endormit et Choulette se lamenta. Tous ses maux revinrent l'assaillir à la fois : l'humidité de l'air lui donnait des douleurs au genou et il ne pouvait plier la jambe; son sac de voyage, égaré la veille dans le trajet de la gare à Fiesole, ne se retrouvait pas, et c'était un désastre irréparable; une revue parisienne venait de publier un de ses poèmes avec des fautes d'impression, coquilles aussi larges que des bénitiers, vastes comme la conque d'Aphrodite.

Il accusa les hommes et les choses de lui être hostiles et funestes. Il fut puéril, absurde, odieux. Madame Martin, qu'attristaient Choulette et la pluie, croyait que la montée ne finirait pas. Quand elle rentra à la maison des cloches, dans le salon, miss Bell, d'une écriture formée d'après l'italique des Aldes, copiait avec de l'encre d'or, sur une feuille de parchemin, les vers qu'elle avait trouvés dans la nuit. A la venue de son amie, elle leva sa petite tête laide, éclairée et brûlée par des yeux splendides.

— Darling, je vous présente le prince Albertinelli.

Le prince étalait contre le poêle sa beauté de jeune dieu, que fortifiait une barbe drue et noire. Il salua.

— Madame ferait aimer la France, si ce sentiment n'était pas déjà dans nos cœurs.

La comtesse et Choulette prièrent miss Bell de leur lire les vers qu'elle écrivait. Elle s'excusa, étrangère, de faire entendre ses incertaines cadences au poète français qu'elle goûtait le mieux après François Villon; puis, de sa jolie voix sifflante d'oiseau, elle récita:

Lors au pied des rochers où la source penchante,
Pareille à la Naïade et qui rit et qui chante,
Agite ses bras frais et vole vers l'Arno,
Deux beaux enfants avaient échangé leur anneau,
Et le bonheur d'aimer coulait dans leurs poitrines
Comme l'eau du torrent au versant des collines.
Elle avait nom Gemma. Mais l'amant de Gemma,
Nul entre les conteurs jamais ne le nomma.

Le jour, ces innocents, la bouche sur la bouche,
Mêlaient leurs jeunes corps dans la sauvage couche
De thym que visitait la chèvre. Et vers le soir,
A l'heure où l'artisan fatigué va s'asseoir

Sous les tilleuls, surpris, ils regagnaient la ville.
Nul n'avait souci d'eux dans la foule servile,
Et souvent ils pleuraient, se sentant trop heureux.
Ils comprirent que vivre était mauvais pour eux.

Or, dans cette prairie où déchirés de joie,
Ils étaient l'orme vert et la vigne qui ploie,
Et tordaient sous le ciel leur rameau gémissant,
S'élevait une plante étrange, aux fleurs de sang,
Qui dardait son feuillage en pâles fers de lance.
Les bergers la nommaient la Plante du silence.

Et Gemma le savait, que le sommeil divin
Et l'éternel repos et le rêve sans fin
Viendraient de cette plante à qui l'aurait mordue.

Un jour qu'elle riait sous l'arbuste étendue,
Elle en mit une feuille aux lèvres de l'ami.
Quand il fut dans la joie à jamais endormi,
Elle mordit aussi la feuille bien-aimée.
Aux pieds de son amant elle tomba pâmée.

Les colombes au soir sur eux vinrent gémir,
Et rien plus ne troubla leur amoureux dormir.

— Cela est bien joli, dit Choulette, et d'une Italie doucement voilée des brumes de Thulé!

— Oui, reprit la comtesse Martin, cela est joli. Mais, pourquoi, chère Vivian, vos deux beaux innocents voulaient-ils mourir?

— Oh! darling, parce qu'ils se sentaient aussi heureux que possible, et qu'ils ne désiraient plus rien. C'était désespérant, darling, désespérant. Comment ne comprenez-vous pas cela?

— Et vous croyez que, si nous vivons, c'est que nous espérons encore?

— Oh! oui, darling, nous vivons dans l'attente de ce que Demain, Demain, roi du pays des fées, apportera dans son manteau noir ou bleu, semé de fleurs, d'étoiles, de larmes. *Oh! bright king To-Morrow!*

X

On s'était habillé pour le dîner. Dans le salon, miss Bell dessinait des monstres, imités de Léonard. Elle les créait, pour savoir ce qu'il diraient ensuite, bien sûre qu'ils parleraient et qu'ils exprimeraient en rythmes bizarres des idées rares. Elle les écouterait. C'était de cette manière, le plus souvent, qu'elle trouvait ses poèmes.

Le prince Albertinelli fredonnait au piano la sicilienne : *O Lola !* Ses doigts mous effleuraient à peine les touches.

Choulette, plus rude encore que de coutume, demandait du fil et des aiguilles pour raccommoder lui-même ses habits. Il gémissait d'avoir perdu un humble nécessaire qu'il portait dans sa poche depuis trente ans, et qui lui était cher pour la douceur des souvenirs et la force des conseils qu'il en recevait. Il pensait avoir fait cette perte dans une salle profane du Pitti; il la reprochait aux Médicis et à tous les peintres italiens.

Regardant miss Bell d'un œil mauvais :

— Moi, c'est en recousant mes hardes que je compose mes vers. Je me plais au travail de mes mains. Je me chante mes chansons en balayant ma chambre : c'est pourquoi ces chansons sont allées au cœur des hommes, comme les vieilles chansons des laboureurs et des artisans, qui sont plus belles encore que les miennes, mais non pas plus naturelles. J'ai cette fierté de ne vouloir de serviteur que moi-même. La veuve du sacristain m'a demandé de réparer mes nippes. Je ne le lui ai pas permis. Il est mal de faire accomplir servilement par autrui les œuvres auxquelles nous pouvons travailler nous-mêmes avec une noble liberté.

Le prince jouait nonchalamment la nonchalante musique. Thérèse qui, depuis huit jours, courait les églises et les musées en compagnie de madame Marmet, songeait à l'ennui que lui causait sa compagne en découvrant sans cesse dans les figures des vieux peintres la ressem-

blanse de quelque personne à elle connue. Le
matin, au palais Ricardi, sur les seules fresques
de Benozzo Gozzoli, elle avait reconnu M. Garain, M. Lagrange, M. Schmoll, la princesse
Seniavine en page et M. Renan à cheval.
M. Renan, elle s'effrayait elle-même de le
retrouver partout. Elle ramenait toutes les idées
à son petit cercle d'académiciens et de gens du
monde, par un tour facile, qui agaçait son amie.
Elle rappelait avec une voix douce les séances
publiques de l'Institut, les cours de la Sorbonne,
les soirées où brillaient les philosophes spiri-
tualistes et mondains. Quant aux femmes, elles
étaient toutes, à son avis, charmantes et irréprochables. Elle dînait chez toutes. Et Thérèse
songeait : « Elle est trop prudente, la bonne
madame Marmet. Elle m'ennuie ». Et elle médi-
tait de la laisser à Fiesole et d'aller seule visiter les églises. Employant, au dedans d'elle-même,
un mot que Le Ménil lui avait appris, elle se
disait :

— Je vais semer madame Marmet.

Un vieillard svelte entra dans le salon. Ses
moustaches cirées et sa barbiche blanche lui
donnaient l'apparence d'un vieux militaire. Mais
son regard trahissait, sous les lunettes, cette
douceur fine des yeux usés dans la science et
dans la volupté. C'était un Florentin, ami de

miss Bell et du prince, le professeur Arrighi, jadis adoré des femmes et célèbre maintenant en Toscane et dans l'Émilie pour ses études sur l'agriculture.

Il plut tout de suite à la comtesse Martin, qui bien qu'elle ne se fît pas une idée favorable de la vie rustique en Italie, prit soin d'interroger le professeur sur ses méthodes et sur les résultats qu'il en obtenait.

Il procédait avec une énergie prudente.

— La terre, dit-il, est comme les femmes : elle veut qu'on ne soit avec elle ni timide ni brutal.

L'*Ave Maria*, sonné dans tous les campaniles, faisait du ciel un immense instrument de musique religieuse.

— Darling, dit miss Bell, remarquez-vous que l'air de Florence est sonore et tout argenté, le soir, du son des cloches?

— C'est singulier, dit Choulette, nous avons l'air de gens qui attendent.

Vivian Bell lui répondit qu'ils attendaient, en effet, M. Dechartre. Il était un peu en retard; elle craignait qu'il n'eût manqué le train.

Choulette s'approcha de madame Marmet et, très grave :

— Madame Marmet, vous est-il possible de regarder une porte, une simple porte de bois peint, comme la vôtre (je suppose) ou la mienne, ou celle-ci, ou toute autre, sans être saisie d'épouvante et d'horreur à la pensée du visiteur qui peut à tout moment venir? La porte de notre demeure, madame Marmet, ouvre sur l'infini. Y aviez-vous songé? Savons-nous jamais le vrai nom de celui ou de celle qui, sous une apparence humaine, avec une figure connue, dans des habits vulgaires, entre chez nous?

Pour lui, enfermé dans sa chambre, il n'en pouvait regarder la porte sans que la peur lui fît dresser les cheveux sur la tête.

Mais madame Marmet voyait les portes de son salon s'ouvrir sans épouvante. Elle savait le nom de tous ceux qui venaient chez elle : des personnes charmantes.

Choulette la regarda avec tristesse et, secouant la tête :

— Madame Marmet, madame Marmet, ceux que vous nommez de leur nom terrestre ont un autre nom, que vous ne connaissez pas, et qui est leur nom véritable.

Madame Martin demanda à Choulette s'il croyait que le malheur eût besoin de franchir le seuil pour entrer chez les gens.

— Il est ingénieux et subtil. Il vient par la fenêtre, il traverse les murs. Il ne se montre pas toujours : il est toujours là. Les pauvres portes sont bien innocentes de la venue de ce mauvais visiteur.

Choulette avertit sévèrement madame Martin de ne point nommer mauvaise la visite du malheur.

— Le malheur est notre plus grand maître et notre meilleur ami. C'est lui qui nous enseigne le sens de la vie. Mesdames, quand vous souffrirez, vous saurez ce qu'il faut savoir, vous croirez ce qu'il faut croire, vous ferez ce qu'il faut faire, vous serez ce qu'il faut être. Et vous aurez la joie, que chasse le plaisir. La joie est timide et ne se plaît point dans les fêtes.

Le prince Albertinelli dit que miss Bell et ses deux amies françaises n'avaient pas besoin d'être malheureuses pour être parfaites et que la doctrine du perfectionnement par la souffrance était une cruauté barbare, en horreur au beau ciel de l'Italie. Puis, dans la langueur de la conversation, il se remit à chercher prudemment les phrases de la gracieuse et banale sicilienne, craignant de glisser sur un air du *Trovatore*, de même allure.

Vivian Bell interrogeait tout bas les monstres qu'elle avait fait naître, et se plaignait de leurs réponses absurdes et narquoises.

— En ce moment, disait-elle, je ne voudrais

entendre que des figures de tapisseries qui diraient des choses pâles, anciennes et précieuses comme elles.

Et le beau prince, emporté maintenant au flot de la mélodie, chantait. Sa voix s'étalait, se nuait en queue de paon, se rengorgeait et puis mourait dans des « ah! ah! ah! » pâmés.

La bonne madame Marmet, les yeux sur la porte vitrée, dit :

— Je crois que voici M. Dechartre.

Il entra, l'air vif, animé, avec de la joie sur son visage grave.

Miss Bell l'accueillit par des petits cris d'oiseau.

— Monsieur Dechartre, nous étions très impatients de vous voir. M. Choulette disait du mal des portes..., oui, des portes qui sont aux maisons, et il disait aussi que le malheur est un vieux gentleman très obligeant. Vous avez perdu toutes ces belles choses. Vous vous êtes beaucoup fait attendre, monsieur Dechartre ; pourquoi ?

Il s'excusa : il n'avait pris que le temps de passer à son hôtel, et de faire très peu de toilette. Il n'était même pas allé saluer son bon et grand ami, le San Marco de bronze, si touchant dans sa niche, au mur d'Or San Michele. Il donna des louanges à la poétesse et salua la

9

comtesse Martin avec une joie à peine contenue :

— Avant de quitter Paris, je suis allé vous voir quai de Billy, où l'on m'a appris que vous étiez allée attendre le printemps à Fiesole, chez miss Bell. J'ai eu alors l'espoir de vous retrouver dans ce pays, que j'aime plus que jamais.

Elle lui demanda s'il avait passé d'abord à Venise, s'il avait revu, à Ravenne, les impératrices nimbées, les fantômes étincelants.

Non, il ne s'était arrêté nulle part.

Elle ne dit rien. Son regard restait fixé à l'angle du mur sur la cloche de Saint-Paulin.

Il lui dit :

— Vous regardez la nolette.

Vivian Bell jeta ses papiers et ses crayons.

— Vous verrez bientôt une merveille qui vous touchera davantage, monsieur Dechartre. J'ai mis la main sur la reine des petites cloches. Je l'ai trouvée à Rimini, dans un pressoir en ruine, qui sert aujourd'hui de magasin, où j'étais allée chercher de ces vieux bois pénétrés par l'huile, et qui sont devenus si durs, si sombres et si brillants. Je l'ai achetée, et l'ai fait emballer moi-même. Je l'attends, je ne vis plus. Vous verrez. Elle porte sur la panse un Christ en croix, entre la Vierge et saint Jean, avec la date de 1400 et les armes des Malatesta... Monsieur Dechartre, vous n'écoutez pas assez. Écoutez-moi beaucoup. En 1400, Lorenzo Ghiberti, qui fuyait la guerre et la peste, s'était réfugié à Rimini, chez Paolo Malatesta. C'est lui qui a certainement modelé les figures de ma cloche. Et vous verrez ici, la semaine prochaine, un ouvrage de Ghiberti.

On vint annoncer qu'elle était servie.

Elle s'excusa de les faire dîner à l'italienne. Son cuisinier était un poète de Fiesole.

A table, devant les *fiasconi* entourés de paille de maïs, ils parlèrent de ce bienheureux xv° siècle qu'ils aimaient. Le prince Albertinelli loua les artistes de ce temps pour leur universalité, pour l'amour fervent qu'ils donnaient à leur art et pour le génie qui les dévorait. Il parlait avec emphase, d'une voix caressante.

Dechartre les admirait. Mais il les admirait d'une autre manière.

— Pour louer convenablement ces hommes, dit-il, qui, de Cimabuë à Masaccio, travaillèrent d'un si bon cœur, je voudrais que la louange fût modeste et précise. Il faudrait d'abord les montrer dans l'atelier, dans la boutique où ils vivaient en artisans. C'est là, en les voyant à l'ouvrage, qu'on goûterait leur simplicité et leur génie. Ils étaient ignorants et rudes. Ils avaient lu peu de chose et vu peu de chose. Les collines qui entourent Florence fermaient l'horizon de leurs yeux et de leur âme. Ils ne connaissaient que leur ville, l'Écriture sainte et quelques débris de sculptures antiques, étudiés, caressés avec amour.

— Vous dites bien, fit le professeur Arrighi. Ils n'avaient souci que d'employer les meilleurs procédés. Leur esprit était tout tendu à préparer l'enduit et à bien broyer les couleurs. Celui qui imagina de coller une toile sur le panneau, pour que la peinture ne se fendît pas avec le bois, passa pour un homme merveilleux. Chaque maître avait ses recettes et ses formules, qu'il tenait soigneusement cachées.

— Bienheureux temps, reprit Dechartre, où l'on n'avait pas soupçon de cette originalité que nous cherchons si avidement aujourd'hui. L'apprenti tâchait de faire comme le maître. Il n'avait pas d'autre ambition que de lui ressembler, et c'était sans le vouloir qu'il se montrait différent des autres. Ils travaillaient non pour la gloire, mais pour vivre.

— Ils avaient raison, dit Choulette. Rien n'est meilleur que de travailler pour vivre.

— Le désir d'atteindre la postérité, poursuivit Dechartre, ne les troublait pas. Ne connaissant point le passé, ils ne concevaient point l'avenir, et leur rêve n'allait pas au delà de leur vie. Ils mettaient à bien faire une volonté puissante. Étant simples, ils ne se trompaient pas beaucoup, et voyaient la vérité que notre intelligence nous cache.

Cependant Choulette commençait de conter à madame Marmet la visite qu'il avait faite, dans la journée, à la princesse de la maison de France pour qui la marquise de Rieu lui avait donné une lettre de présentation. Il se plaisait à faire sentir que lui, le bohème et le vagabond, il avait été reçu par cette princesse royale chez laquelle ni miss Bell ni la comtesse Martin n'eussent été admises, et que le prince Albertinelli se flattait d'avoir rencontrée un jour dans une cérémonie.

— Elle se livre, dit le prince, aux pratiques d'une piété minutieuse.

— Elle est admirable de noblesse et de simplicité, dit Choulette. Dans sa maison, entourée de ses gentilshommes et de ses dames, elle fait observer l'étiquette la plus rigoureuse, afin que sa grandeur soit une pénitence, et elle va tous les matins laver le pavé de l'église. C'est une église de village où fréquentent les poules, tandis que le curé joue à la briscola avec le sacristain.

Et Choulette, se penchant sur la table, imita avec sa serviette la laveuse accroupie. Puis, relevant la tête, il dit gravement :

— Après une attente congrue dans des salons consécutifs, j'ai été admis à lui baiser la main.

Et il se tut.

Madame Martin impatientée demanda :

— Enfin, qu'est-ce qu'elle vous a dit, cette princesse admirable de noblesse et de simplicité?

— Elle m'a dit : « Avez-vous visité Florence? On m'assure qu'il s'y est ouvert depuis peu de très beaux magasins, qui sont éclairés le soir. » Elle m'a dit encore : « Nous avons ici un bon pharmacien. Ceux d'Autriche ne sont pas meilleurs. Il m'a posé à la jambe, voilà six semaines, un emplâtre qui n'est pas encore tombé. » Telles sont les paroles que Marie-Thérèse daigna m'adresser. O simple grandeur! ô vertu chrétienne! ô fille de Saint-Louis! ô merveilleux écho de votre voix, très sainte Élisabeth de Hongrie!

Madame Martin sourit. Elle pensait que Choulette se moquait. Mais il s'en défendit, indigné. Et miss Bell donna tort à son amie. C'était, disait-elle, un penchant des Français de toujours croire qu'on plaisante.

Puis on revint aux idées d'art qui, dans ce pays, se respirent avec l'air.

— Pour moi, dit la comtesse Martin, je ne suis pas assez savante pour admirer Giotto et son école. Ce qui me frappe, c'est la sensualité de cet art du XVe siècle, qu'on dit chrétien. Je n'ai vu de piété et de pureté que dans les images, pourtant bien jolies, de Fra Angelico. Le reste, ces figures de vierges et d'anges, sont voluptueuses, caressantes, et parfois d'une ingénuité perverse. Qu'ont-ils de religieux, ces jeunes rois mages, beaux comme des femmes, ce saint Sébastien, brillant de jeunesse, qui est comme le Bacchus douloureux du christianisme ?

Dechartre lui répondit qu'il pensait de même et qu'il fallait bien qu'ils eussent raison, elle et lui, puisque Savonarole était de leur avis, et que, ne trouvant de piété à aucun ouvrage d'art, il voulait les brûler tous.

— On voyait déjà, dit-il, à Florence, au temps de ce superbe Manfred, à demi musulman, des hommes qu'on disait de la secte d'Épicure et qui cherchaient des arguments contre l'existence de Dieu. Le beau Guido Cavalcanti méprisait les ignorants qui croyaient à l'âme immortelle. On citait de lui ce mot : « La mort des hommes est toute semblable à celle des bêtes. » Plus tard, quand l'antique beauté sortit des tombeaux, le ciel chrétien parut triste. Les peintres qui travaillaient dans les églises et dans les cloîtres n'étaient ni dévots, ni chastes. Le Pérugin était athée, et ne s'en cachait pas.

— Oui, dit miss Bell, mais on disait qu'il

avait la tête dure, et que les vérités célestes ne pouvaient percer son crâne épais. Il était âpre et avare, et tout à fait enfoncé dans les intérêts matériels. Il ne pensait qu'à acheter des maisons.

Le professeur Arrighi prit la défense de Pietro Vanucci de Pérouse.

— C'était, dit-il, un homme probe. Et le prieur des Gesuati de Florence eut bien tort de se défier de lui. Ce religieux pratiquait l'art de fabriquer du bleu d'outremer en broyant des pierres de lapis-lazuli calcinées. L'outremer valait alors son poids d'or ; et le prieur, qui avait sans doute des secrets, estimait le sien plus précieux que le rubis et le saphir. Il demanda à Pietro Vanucci de décorer les deux cloîtres de son couvent, et il attendait des merveilles, moins de l'habileté du maître que de la beauté de cet outremer répandu sur les ciels. Tout le temps que le peintre travailla dans les cloîtres à l'histoire de Jésus-Christ, le prieur se tenait à son côté et lui présentait la poudre précieuse dans un petit sac qu'il ne lâchait jamais. Pietro y puisait, sous le regard du saint homme, et trempait son pinceau chargé de couleur dans un godet plein d'eau, avant d'en frotter l'enduit de la muraille. Il employait de la sorte une grande quantité de poudre. Et le bon Père, voyant son sachet maigrir et s'épuiser, soupirait :

« Jésus! combien cette chaux dévore d'outremer! » Quand les fresques furent terminées,
quand le Pérugin eut reçu du religieux le prix
convenu, il lui mit dans la main un paquet de
poudre bleue : « Ceci est à vous, mon Père.
Votre outremer que je prenais avec mon pinceau descendait au fond de mon godet, où je
le recueillais chaque jour. Je vous le rends.
Apprenez à vous fier aux hommes de bien. »

— Oh! dit Thérèse, il n'y a rien d'extraordinaire à ce que le Pérugin ait été avare et probe.
Ce ne sont pas toujours les gens intéressés qui
sont les moins scrupuleux. Il y a beaucoup
d'avares honnêtes.

— Naturellement, darling ! dit miss Bell. Les
avares ne veulent rien devoir, et les prodigues
trouvent très supportable d'avoir des dettes. Ils
ne pensent guère à l'argent qu'ils ont; et ils
pensent encore moins à celui qu'ils doivent. Je
n'ai pas dit que Pietro Vanucci, de Pérouse,
était un homme sans probité. J'ai dit qu'il avait
la tête dure, et qu'il achetait des maisons, beaucoup. Je suis bien contente d'apprendre qu'il
a rendu l'outremer au prieur des Gesuati.

— Puisque votre Pietro était riche, dit Choulette, il devait rendre l'outremer. Les riches sont
moralement tenus d'être probes ; les pauvres, non.

A ce moment, Choulette, à qui le maître

d'hôtel présenta le bassin d'argent, tendit les mains pour recevoir l'eau parfumée de l'aiguière. C'était un vase ciselé et une coupe à double fond que miss Bell faisait passer, selon l'usage antique, à ses convives, après le repas.

— Je me lave les mains, dit-il, du mal que madame Martin fait ou peut faire par ses paroles ou autrement.

Et il se leva, farouche, après miss Bell, qui sortait de table au bras du professeur Arrighi.

Dans le salon, elle dit, en servant le café :

— Monsieur Choulette, pourquoi nous condamnez-vous aux tristesses sauvages de l'égalité? Pourquoi? La flûte de Daphnis ne chanterait pas bien, si elle était faite de sept roseaux égaux. Vous voulez détruire les belles harmonies du maître et des serviteurs, de l'aristocrate et des artisans. Oh! vous êtes un barbare, monsieur Choulette. Vous avez de la pitié pour les nécessiteux et vous n'avez pas de pitié pour la divine Beauté que vous exilez de ce monde. Vous la chassez, monsieur Choulette, vous la répudiez nue et pleurante. Soyez-en sûr; elle ne restera pas sur la terre quand les pauvres petits hommes seront tous faibles, chétifs, ignorants. Oh! défaire les groupes ingénieux que forment dans la société les hommes de conditions diverses, les humbles avec les magnifiques, c'est être l'ennemi des pauvres comme des riches, c'est être l'ennemi du genre humain.

— Les ennemis du genre humain! répondit Choulette en sucrant son café, c'est ainsi que le dur Romain nommait les chrétiens qui lui enseignaient l'amour.

Dechartre, pendant ce temps, assis près de madame Martin, l'interrogeait sur ses goûts d'art et de beauté, soutenait, conduisait, animait ses admirations, la poussait parfois avec une brusquerie caressante, voulait qu'elle vît tout ce qu'il avait vu, qu'elle aimât tout ce qu'il aimait.

Il ne désirait pas moins qu'elle allât dans les jardins dès la fine pointe du printemps. Il la contemplait d'avance sur les nobles terrasses, il voyait déjà la lumière jouer à sa nuque et dans ses cheveux, l'ombre des lauriers descendre sur l'orbe assombri de ses yeux. Pour lui, la terre et le ciel de Florence n'avaient plus à faire qu'à servir de parure à cette jeune femme.

Il la loua de cette simplicité avec laquelle elle s'habillait, dans le caractère de sa forme et de sa grâce, de la franchise charmante des lignes qui naissaient de chacun de ses mouvements. Il aimait, disait-il, ces toilettes animées et vivantes, souples, spirituelles et libres, qu'on voit si rarement, qu'on n'oublie pas.

Très adulée, elle n'avait jamais entendu de

louanges qui lui fissent plus de plaisir. Elle savait qu'elle s'habillait très bien, avec un goût hardi et sûr. Mais aucun homme, excepté son père, ne lui avait fait à ce sujet les compliments d'un connaisseur. Elle croyait les hommes capables seulement de sentir l'effet d'une toilette, sans en comprendre les détails ingénieux. Quelques-uns, qui avaient l'intelligence du chiffon, la dégoûtaient par un air efféminé et des goûts équivoques. Elle se résignait à ne voir apprécier les élégances de sa mise que par des femmes, qui y apportaient un esprit petit, de la malveillance et de l'envie. L'admiration artiste et mâle de Dechartre la surprit et lui plut. Elle reçut agréablement les louanges qu'il lui donnait, sans songer à les trouver trop intimes et presque indiscrètes.

— Alors, vous regardez les toilettes, monsieur Dechartre?

Non, il n'en regardait guère. On voyait si peu de femmes bien habillées, même en ce temps, où les femmes s'habillent aussi bien et mieux que jamais! Il ne prenait pas plaisir à voir marcher des paquets. Mais qu'une femme passât devant lui ayant le rythme et la ligne, il l'en bénissait.

Il poursuivit, d'une voix un peu plus élevée :

— Je ne puis songer à une femme qui prend

soin de se parer chaque jour, sans méditer la grande leçon qu'elle donne aux artistes. Elle s'habille et se coiffe pour peu d'heures, et c'est un soin qui n'est pas perdu. Nous devons, comme elle, orner la vie sans penser à l'avenir. Peindre, sculpter, écrire pour la postérité n'est que la sottise de l'orgueil.

— Monsieur Dechartre, demanda le prince Albertinelli, que dites-vous, pour miss Bell, d'un peignoir mauve semé de fleurs d'argent ?

— Moi, dit Choulette, je pense si peu à l'avenir terrestre que j'ai écrit mes plus beaux poèmes sur des feuilles de papier à cigarettes. Elles se sont facilement évanouies, ne laissant à mes vers qu'une espèce d'existence métaphysique.

C'était un air de négligence qu'il se donnait. En fait, il n'avait jamais perdu une ligne de son écriture. Dechartre était plus sincère. Il n'avait point envie de se survivre. Miss Bell l'en blâma.

— Monsieur Dechartre, pour que la vie soit grande et pleine, il faut y mettre le passé et l'avenir. Nos œuvres de poésie et d'art, il faut les accomplir en l'honneur des morts, et dans la pensée de ceux qui naîtront. Et nous participerons ainsi de ce qui fut, de ce qui est et de ce qui sera. Vous ne voulez pas être immortel, monsieur Dechartre. Prenez garde que le Dieu vous entende.

Il répondit :

— Il me suffit de vivre un moment encore.

Et il prit congé, promettant de revenir le lendemain de bonne heure pour conduire madame Martin à la chapelle Brancacci.

Une heure plus tard, dans la chambre de goût esthétique, tapissée d'étoffes où des citronniers, chargés d'énormes fruits d'or, formaient comme un bois de féerie, Thérèse, la tête sur l'oreiller et son beau bras nu replié sur la tête, songeait, sous la lampe, et voyait flotter confusément devant elle les images de sa nouvelle vie : Vivian Bell et ses cloches, ces figures des préraphaélites légères comme des ombres, ces dames, ces cavaliers isolés, indifférents, au milieu des scènes pieuses, un peu tristes et regardant qui vient ; mieux plaisants ainsi, et plus amis dans leur douce léthargie ; et, le soir, à la villa de Fiesole, le prince Albertinelli, le professeur Arrighi, Choulette, les propos agiles, le jeu bizarre des idées, et Dechartre, l'œil jeune sur un visage un peu fatigué, l'air africain avec son teint bistré et sa barbe en pointe.

Elle songea qu'il avait une imagination charmante, une âme plus riche que toutes celles qui s'étaient ouvertes à elle, et un attrait auquel elle ne résistait plus. Elle lui avait toujours reconnu le don de plaire. Elle lui en découvrait maintenant la volonté. Cette idée lui fut délicieuse; elle ferma les yeux comme pour la retenir. Puis, subitement, elle tressaillit.

Elle avait senti un coup sourd, frappé au dedans d'elle, dans le mystère de son être, un heurt douloureux. Elle eut la vision brusque, inattendue, de son ami, le fusil sous le bras, dans les bois. Il allait, de son pas ferme et régulier, dans l'allée profonde. Elle ne pouvait voir son visage, et cela la troublait. Elle ne lui en voulait plus. Elle n'était plus mécontente de lui. Maintenant, c'est d'elle-même qu'elle était mécontente. Et Robert allait droit devant lui sans tourner la tête, loin, toujours plus loin, jusqu'à n'être plus qu'un point noir dans le bois désolé. Elle se jugeait brusque et capricieuse, et dure, de l'avoir quitté sans adieu, même sans une lettre. C'était son ami, son seul ami. Elle n'en avait jamais eu d'autre. Elle pensa : « Je ne voudrais pas qu'il fût malheureux à cause de moi. »

Peu à peu, elle se rassura. Il l'aimait sans doute; mais il n'était pas très sensible, pas ingénieux, heureusement, à s'inquiéter et à se tourmenter. Elle se dit : « Il chasse. Il est content.

Il voit sa tante de Lannoix, qu'il admire... »
Elle se tranquillisa et se remit dans la gaieté
charmante et profonde de Florence. Elle avait
mal vu, aux Offices, un tableau que Dechartre
aimait. C'était une tête coupée de Méduse, une
œuvre où Léonard, disait le sculpteur, avait
exprimé la minutieuse profondeur et la finesse
tragique de son génie. Elle voulait la revoir,
déçue de ne l'avoir pas bien vue d'elle-même.
Elle éteignit sa lampe et s'endormit.

Le matin, elle rêva qu'elle rencontrait, dans
une église déserte, Robert Le Ménil enveloppé
d'une pelisse de fourrure qu'elle ne lui connaissait pas. Il l'attendait, mais une foule de prêtres
et de fidèles, survenue tout à coup, les avait
séparés. Elle ne savait ce qu'il était devenu.
Elle n'avait pu voir son visage et cela l'effrayait.
S'étant réveillée, elle entendit à sa fenêtre,
qu'elle avait laissée ouverte, un petit cri monotone et triste, et elle vit dans l'aube laiteuse
passer une hirondelle. Alors, sans cause, sans
raison, elle pleura. Elle pleura sur elle avec un
désespoir d'enfant.

XI

De bonne heure, elle prit plaisir à s'habiller avec un soin délicat et caché. Son cabinet de toilette, sorti d'une fantaisie esthétique de Vivian Bell, avec sa poterie grossièrement vernissée, ses grandes cruches de cuivre et le damier de ses carreaux de faïence, ressemblait à une cuisine, mais à une cuisine de féerie. Il était rustique et merveilleux à point pour que la comtesse Martin eût la surprise agréable de s'y croire Peau-d'Ane. Tandis que sa femme de chambre la coiffait, elle entendit Dechartre et Choulette qui causaient ensemble sous ses fenêtres. Elle refit tout ce qu'avait fait Pauline, et découvrit hardiment cette ligne de la nuque, qu'elle avait fine et pure.

Elle se regarda une dernière fois dans la glace et descendit au jardin.

Dans le jardin, planté d'ifs comme un cimetière heureux, Dechartre disait des vers de Dante en regardant Florence : « A l'heure où notre esprit, plus étranger à la chair... »

Près de lui, Choulette, assis sur la balustrade de la terrasse, les jambes pendantes et le nez dans sa barbe, sculptait la figure de la Misère sur son bâton de vagabond.

Et Dechartre reprenait les rimes de la cantique : « A l'heure où notre esprit, plus étranger à la chair et moins obsédé de pensées, est presque divin dans ses visions... »

Elle venait, le long des buis taillés, sous son ombrelle, dans sa robe couleur de maïs. Le fin soleil d'hiver l'enveloppait d'or pâle.

Dechartre mit de la joie dans le bonjour qu'il lui donna.

Elle lui dit :

— Vous récitez des vers que je ne connais pas. Je ne connais que Métastase. Mon professeur d'italien aimait beaucoup Métastase et n'aimait que lui. Quelle est cette heure où l'esprit est divin dans ses visions ?

— Madame, c'est l'aube du jour. Ce peut être aussi l'aube de la foi et de l'amour.

Choulette doutait que le poète eût voulu

parler des rêves du matin, qui laissent au réveil une impression si vive et parfois si pénible, et qui ne sont pas étrangers à la chair. Mais Dechartre n'avait cité ces vers que dans le ravissement de l'aube d'or qu'il avait vue ce matin sur les collines blondes. Il s'était depuis longtemps inquiété des images formées pendant les sommeil, et il croyait que ces images ne se rapportent pas à l'objet qui nous occupe le plus, mais au contraire à des idées délaissées pendant le jour.

Alors Thérèse se rappela son rêve du matin, le chasseur perdu dans l'allée profonde.

— Oui, disait Dechartre, ce que nous voyons la nuit, ce sont les restes malheureux de ce que nous avons négligé dans la veille. Le rêve est souvent la revanche des choses qu'on méprise ou le reproche des êtres abandonnés. De là son imprévu et parfois sa tristesse.

Elle resta un moment songeuse et dit :

— C'est peut-être vrai.

Puis, vivement, elle demanda à Choulette s'il avait achevé le portrait de la Misère à la pomme de sa canne. Cette Misère était devenue une Pietà, et Choulette y reconnaissait la Vierge. Il avait même composé un quatrain pour l'écrire dessous en spirale, un quatrain didactique et moral. Il ne voulait plus écrire que dans le style

des commandements de Dieu mis en vers françois. Les quatre vers étaient de cette simple et
bonne sorte. Il consentit à les dire :

Je pleure au pied de la Croix.
Avec moi pleure, aime et crois.
Sous cet arbre salutaire
Qui doit ombrager la terre.

Comme au jour de son arrivée, Thérèse s'accouda
à la balustrade de la terrasse et chercha dans le
lointain, au fond de la mer de lumière, les cimes
de Vallombrose, presque aussi fluides que le ciel.
Jacques Déchartre la regardait. Il croyait la
voir pour la première fois, tant il découvrait de
délicatesse sur ce visage, où le travail de la vie
et de l'âme avait mis des profondeurs sans en
altérer la grâce jeune et fraîche. La lumière,
qu'elle aimait, lui était indulgente. Et, vraiment,
elle était jolie, baignée dans ce jour léger de Florence, qui caresse les belles formes et nourrit
les nobles pensées. Un rose fin montait à ses
joues bien arrondies. Ses prunelles, d'un gris
bleuissant, riaient; et, quand elle parlait,
l'éclair de ses dents avait une douceur ardente.
Il la prit d'un regard qui embrassait le buste
souple, les hanches pleines et la cambrure hardie
de la taille. Elle tenait son ombrelle de la main

gauche, l'autre main jouait nue avec des violettes. Dechartre avait le goût, l'amour, la folie des belles mains. Les mains présentaient à ses yeux une physionomie aussi frappante que le visage, un caractère, une âme. Celles-là le ravissaient. Il les trouvait sensuelles et spirituelles. Il lui semblait qu'elles étaient nues par volupté. Il en adorait les doigts fuselés, les ongles roses, la paume un peu grasse et tendre, traversée de lignes élégantes comme des arabesques et s'élevant à la base des doigts en petits monts harmonieux. Il les examina avec une attention charmée jusqu'à ce qu'elle les eût fermées sur le manche de son ombrelle. Alors, un peu en arrière d'elle, il la regarda encore. Le buste et les bras d'une ligne gracile et pure, les hanches riches, les chevilles fines, dans sa belle forme d'amphore vivante, elle lui plut toute.

— Monsieur Dechartre, cette tache noire, là-bas, ce sont les jardins Boboli, n'est-ce pas? Je les ai vus, il y a trois ans. Ils n'avaient guère de fleurs. Pourtant, avec leurs grands arbres tristes, je les aimais.

Il fut presque surpris qu'elle parlât, qu'elle pensât. Le son clair de cette voix l'étonnait comme s'il ne l'avait pas encore entendue.

Il répondit au hasard, et sourit avec effort

pour cacher le fond brutal et précis de son désir. Il fut gauche et maladroit. Elle ne parut pas s'en apercevoir. Elle semblait contente. Cette voix profonde, qui se voilait et défaillait, la caressait à son insu. Elle disait, comme lui, des choses faciles:

— Cette vue est bien belle. Le temps est doux.

XII

Le matin, la tête sur l'oreiller brodé d'un écusson en forme de cloche, Thérèse songeait aux promenades de la veille, à ces Vierges si fines dans un encadrement d'anges, à ces innombrables enfants, peints ou sculptés, tous beaux, tous heureux, qui chantent ingénuement par la ville l'alleluia de la grâce et de la beauté. Dans la chapelle illustre des Brancacci, devant ces fresques pâles et resplendissantes comme une aube divine, il lui avait parlé de Masaccio, dans un langage si vif et si coloré, qu'elle avait cru le voir, l'adolescent maître des maîtres, la bouche entr'ouverte, l'œil sombre et bleu, distrait, mourant, ravi. Et elle avait aimé ces merveilles d'un matin plus charmant que le jour. Dechartre était pour elle l'âme de ces formes magnifiques, l'esprit de ces nobles choses. C'est par lui, c'est en lui qu'elle comprenait l'art et la vie. Elle ne s'intéressait aux spectacles du monde qu'autant qu'il s'y intéressait lui-même.

Comment cette sympathie lui était-elle venue? Elle n'en avait pas un souvenir précis. D'abord, lorsque Paul Vence voulut le lui présenter, elle n'avait aucun désir de le connaître, aucun pressentiment qu'il lui plairait. Elle se rappelait des bronzes élégants, de fines cires signées de son nom, qu'elle avait remarqués au salon du Champ-de-Mars ou chez Durand-Ruel. Mais elle n'imaginait pas qu'il pût être lui-même agréable, ni plus séduisant que tant d'artistes et d'amateurs d'art dont elle s'amusait dans ses déjeuners intimes. Quand elle le vit, il lui plut; elle eut l'idée paisible de l'attirer, de le voir souvent. Le soir qu'il dîna chez elle, elle s'aperçut qu'elle avait pour lui un goût très noble qui la flattait elle-même. Mais, bientôt après, il l'irrita un peu: elle s'impatientait de le voir trop enfermé en lui-même et dans son monde intérieur, trop peu occupé d'elle. Elle aurait voulu le troubler. C'est dans cet état d'impatience, et d'ailleurs énervée, se sentant seule au monde, qu'elle l'avait rencontré, un soir, devant la grille du Musée des religions, et qu'il lui avait parlé de Ravenne et de cette impératrice assise sur une chaise d'or dans son tombeau. Elle l'avait trouvé grave et charmant, la voix chaude, l'œil doux, dans l'ombre de la nuit, mais trop étranger, trop lointain, trop inconnu. Elle en éprouvait comme un malaise, et ne savait plus, à ce moment, le long des buis qui bordent la terrasse, si elle avait envie de le voir tous les jours ou de ne le revoir jamais.

Depuis qu'elle l'avait retrouvé à Florence, elle se plaisait uniquement à le sentir près d'elle, à l'entendre. Il lui rendait la vie aimable, diverse et colorée, neuve, toute neuve. Il lui révélait les joies délicates et les tristesses délicieuses de la pensée, il éveillait les voluptés qu'elle portait dormantes en elle. Maintenant elle était bien décidée à le garder. Mais comment? Elle prévoyait les difficultés ; son esprit lucide et son tempérament les lui présentaient toutes. Un moment elle essaya de se tromper elle-même : elle se dit que peut-être, rêveur, exalté, distrait, perdu dans ses études d'art, il n'avait pas le goût violent des femmes, et qu'il resterait assidu sans se montrer exigeant. Mais aussitôt, secouant sur l'oreiller sa belle tête qui trempait dans les sombres ruisseaux de sa chevelure, elle ne voulut pas se rassurer sur cette idée. Si Dechartre n'était pas un amoureux, il perdait pour elle tout son charme.

Elle n'osa plus songer à l'avenir. Elle vivait dans l'heure présente; heureuse, inquiète et fermant les yeux.

Elle rêvait ainsi, dans l'ombre traversée de flèches de lumière, quand Pauline lui apporta des lettres avec le thé du matin. Sur une enveloppe marquée au chiffre du cercle de la rue Royale, elle reconnut l'écriture rapide et simple de Le Ménil. Elle s'attendait à recevoir cette lettre, surprise seulement que ce qui devait arriver arrivât en effet, comme dans son enfance, lorsque la pendule infaillible sonnait l'heure de la leçon de piano.

Dans sa lettre, Robert lui faisait des reproches raisonnables. Pourquoi être partie sans rien dire, sans laisser un mot d'adieu? Depuis son retour à Paris, il attendait chaque matin une lettre qui n'était pas venue. Il était plus heureux l'année précédente, quand il trouvait à son réveil, deux ou trois fois par semaine, des lettres si gentilles et si bien tournées, qu'il regrettait de ne pouvoir faire imprimer. Inquiet, il avait couru chez elle.

« J'ai été ahuri d'apprendre votre départ. Votre mari m'a reçu. Il m'a dit que, cédant à ses conseils, vous étiez allée finir l'hiver à Florence, auprès de miss Bell. Depuis quelque temps il vous trouvait pâle, maigrie. Il avait pensé qu'un changement d'air vous ferait du bien. Vous ne vouliez pas partir; mais, comme vous étiez de plus en plus souffrante, il est parvenu à vous décider.

» Je n'ai pas vu, moi, que vous eussiez maigri. Il me semblait qu'au contraire votre santé ne laissait rien à désirer. Et puis Florence n'est pas une bonne station d'hiver. Je ne comprends rien à votre départ, j'en suis très tourmenté. Rassurez-moi de suite, je vous en prie…

» Si vous croyez que c'est agréable pour moi d'avoir de vos nouvelles par votre mari et de recevoir ses confidences! Il s'afflige de votre absence et il est désolé que les obligations de la vie publique le retiennent en ce moment à Paris. J'ai entendu dire au cercle qu'il avait des chances de devenir ministre. Ça m'étonne, parce qu'on n'a pas l'habitude de choisir les ministres parmi les gens du monde. »

Puis il lui contait ses histoires de chasse. Il avait rapporté pour elle trois peaux de renard, dont une très belle; la peau d'un brave animal qu'il avait tiré de son terrier par la queue et qui, s'étant retourné, l'avait mordu à la main. « Après tout, disait-il, cette bête était dans son droit. »

A Paris il avait des ennuis. Son petit cousin se présentait au cercle. Il craignait qu'il ne fût

blackboulé. La candidature était déjà affichée.
Dans ces conditions, il n'osait lui conseiller de la
retirer; c'était prendre une bien grande respon-
sabilité. D'un autre côté, un échec serait
vraiment désagréable. Il terminait en la sup-
pliant de donner de ses nouvelles et de revenir
bientôt.

Ayant lu cette lettre, elle la déchira très doucement, la jeta au feu, et, avec une tristesse
sèche, dans une rêverie sans grâce, la regarda
brûler.

Sans doute, il avait raison. Il disait ce qu'il
devait dire; il se plaignait comme il devait se
plaindre. Que lui répondre? Continuer à lui faire
une mauvaise querelle, le bouder encore? Il
s'agissait bien de bouderie, maintenant! Le
sujet de leur querelle lui était devenu si indifférent qu'elle avait besoin de réflexion pour se le
rappeler. Oh! non, elle n'avait plus envie de le
tourmenter. Combien, au contraire, elle se sentait douce envers lui! Voyant qu'il l'aimait avec
confiance, dans une tranquillité têtue, elle s'en
attristait et s'en effrayait. Il n'avait pas changé,
lui. Il était le même homme qu'avant. Elle
n'était plus la même femme. Ils étaient séparés
maintenant par des choses imperceptibles et fortes
comme ces influences de l'air qui font vivre
ou mourir. Quand sa femme de chambre vint

l'habiller, elle n'avait pas commencé d'écrire la réponse.

Soucieuse, elle songeait : « Il a confiance en moi. Il est tranquille. » C'est ce qui l'impatientait le plus. Elle s'irritait contre ces gens simples qui ne doutent ni d'eux ni des autres.

Étant descendue au salon des cloches, elle y trouva Vivian Bell écrivant, qui lui dit :

— Voulez-vous savoir, darling, ce que je faisais en vous attendant? Rien et tout. Des vers. Oh! darling, il faut que la poésie, ce soit notre âme épanchée naturellement.

Thérèse embrassa miss Bell, et, la tête sur l'épaule de son amie :

— On peut regarder?

— Oh! darling, regardez. Ce sont des vers faits sur le modèle des chansons populaires de votre pays.

Et Thérèse lut :

> Elle jeta la pierre blanche
> A l'eau du lac bleu.
> La pierre dans l'onde tranquille
> Sombra peu à peu.
> Alors la jeteuse de pierres
> Eut honte et douleur
> D'avoir mis dans le lac perfide
> Le poids de son cœur.

— C'est un symbole, Vivian? expliquez-le-moi.

10.

— Oh! darling, pourquoi expliquer, pourquoi? Une image poétique doit avoir plusieurs sens. Celui que vous aurez trouvé sera pour vous le sens véritable. Mais il y en a un très clair, my love : c'est qu'il ne faut pas se débarrasser légèrement de ce qu'on a mis dans son cœur.

Les chevaux étaient attelés. Elles allèrent, comme il était convenu, visiter la galerie Albertinelli, via del Moro. Le prince les attendait et Dechartre devait les retrouver dans le palais. En chemin, tandis que la voiture glissait sur les larges dalles de la chaussée, Vivian Bell répandait en petits mots chantants sa gaieté fine et précieuse. Comme elles descendaient entre des maisons roses ou blanches, des jardins en étages, ornés de statues et de fontaines, elle montra à son amie la villa, cachée sous les pins bleuissants, où les dames et les cavaliers du Décaméron allèrent fuir la peste qui ravageait Florence et se divertirent en disant des contes galants, facétieux ou tragiques. Puis elle avoua la bonne pensée qu'elle avait eue la veille.

— Vous étiez allée, darling, au Carmine avec M. Dechartre, et vous aviez laissé à Fiesole madame Marmet, qui est une agréable vieille dame, une modérée et polie vieille dame. Elle sait beaucoup d'anecdotes sur les personnes de distinction qui habitent Paris. Et lorsqu'elle les conte, elle fait comme mon cuisinier Pampaloni quand il sert les œufs sur le plat : il ne les sale pas, mais il met la salière à côté. La langue de madame Marmet est très douce. Le sel est à côté, dans ses yeux. C'est le plat de Pampaloni, my love : chacun le mange à son goût. Oh ! j'aime beaucoup madame Marmet. Hier, après votre départ, je l'ai trouvée seule et triste dans un coin du salon. Elle pensait à son mari, et c'était une pensée de deuil. Je lui ai dit : « Voulez-vous que je pense aussi à votre mari ? J'y penserai bien volontiers avec vous. On m'a appris qu'il était un savant homme, et membre de la Société royale de Paris. Madame Marmet, parlez-moi de lui. » Elle m'a répondu qu'il s'était voué aux Étrusques, et qu'il leur avait donné sa vie entière. Oh ! darling, j'ai tout de suite chéri la mémoire de ce monsieur Marmet qui vécut pour les Étrusques. Et c'est alors qu'une bonne idée m'est venue. J'ai dit à madame Marmet : « Nous avons à Fiesole, dans le palais Pretorio, un modeste petit musée étrusque. Venez le visiter avec moi ! Voulez-vous ? » Elle m'a répondu que c'est ce qu'elle désirait le plus connaître de toute l'Italie. Nous sommes allées toutes deux au palais Pretorio ; nous avons vu une lionne et beaucoup de petits

hommes de bronze, grotesques, très gras ou très
maigres. Les Étrusques étaient un peuple sérieusement gai. Ils faisaient des caricatures d'airain.
Mais ces marmousets, les uns accablés de leur
gros ventre, les autres étonnés de montrer tous
leurs os à nu, madame Marmet les regardait avec
une admiration douloureuse. Elle les contemplait
comme... il y a un mot français très beau que
je cherche... comme les monuments et les tro-
phées de M. Marmet.

Madame Martin sourit. Mais elle était soucieuse. Elle trouvait le ciel maussade, les rues
laides, les passants vulgaires.

— Oh! darling, le prince sera bien content de
vous recevoir dans son palais.

— Je ne crois pas.

— Pourquoi, darling, pourquoi?

— Parce que je ne lui plais guère.

Vivian Bell affirma que le prince, au contraire, était un grand admirateur de la comtesse
Martin.

Les chevaux s'arrêtèrent devant le palais Albertinelli. A la sombre façade, de rustique appareil,
étaient scellés ces anneaux de bronze, qui, jadis,
dans les nuits de fête, portaient des torches de
résine. Ces anneaux marquent, à Florence,
l'habitation des plus illustres familles. Le palais
avait ainsi un air de fierté farouche. Au dedans,

il se laissait voir vide, oisif, ennuyé. Le prince s'empressa à leur rencontre et les conduisit, à travers les salons démeublés, jusqu'à la galerie. Il s'excusa de montrer des toiles qui n'étaient pas sans doute d'un aspect flatteur. La galerie avait été formée par le cardinal Giulio Albertinelli, à l'époque où dominait le goût, maintenant tombé, du Guide et des Carrache. Son ancêtre s'était plu à rassembler les ouvrages de l'école de Bologne. Mais il ferait voir à madame Martin quelques peintures qui n'avaient pas déplu à miss Bell ; entre autres, un Mantegna.

La comtesse Martin reconnut du premier coup d'œil une galerie banale et douteuse ; elle s'ennuya tout de suite parmi la multitude des petits Parrocel, laissant voir dans leurs ténèbres, à la lueur d'un coup de feu, un bout d'armure et une croupe de cheval blanc.

Un valet de chambre vint présenter une carte.

Le prince lut tout haut le nom de Jacques Dechartre. En ce moment, il tournait le dos aux deux visiteuses. Son visage prit cette expression de mécontentement cruel qu'on ne voit qu'à des marbres d'empereurs romains. Dechartre était sur le palier de l'escalier d'honneur.

Le prince alla au-devant de lui avec un sourire languissant. Déjà, ce n'était plus Néron, c'était Antinoüs.

— J'ai moi-même, hier, lui dit miss Bell, engagé M. Dechartre à venir au palais Albertinelli. Je savais vous faire plaisir. Il désirait voir votre galerie.

Et c'était vrai que Dechartre avait désiré s'y trouver avec madame Martin. Maintenant, tous quatre, ils allaient parmi les Guide et les Albane.

Miss Bell gazouillait au prince de jolies choses sur ces vieillards et ces vierges dont les manteaux bleus étaient agités par une tempête immobile. Dechartre, pâle, énervé, s'approcha de Thérèse et lui dit tout bas :

— Cette galerie est un dépôt où les marchands de tableaux du monde entier accrochent le rebut de leurs magasins. Et le prince y vend ce que des juifs n'avaient pu vendre.

Il la conduisit devant une sainte famille exposée sur un chevalet drapé de velours vert, et portant sur la bordure le nom de Michel-Ange.

— J'ai vu cette sainte famille chez des marchands de Londres, de Bâle et de Paris. Comme ils n'en ont pas trouvé les vingt-cinq louis qu'elle vaut, ils ont chargé le dernier des Albertinelli d'en demander cinquante mille francs.

Le prince, les voyant chuchoter, et devinant assez bien ce qu'ils disaient, s'approcha très gracieux :

— Il existe une réplique de ce tableau qu'on

a offerte un peu partout. Je n'affirme pas que
celui-ci soit l'original. Mais il est toujours resté
dans la famille, et les vieux inventaires l'attri-
buent à Michel-Ange. C'est tout ce que je puis dire.

Et le prince retourna vers miss Bell, qui
cherchait les primitifs.

Dechartre était mal à l'aise. Depuis la veille,
il pensait à Thérèse. Il avait toute la nuit songé
et travaillé sur son image. Il la revoyait délicieuse, mais autrement délicieuse et plus désirable encore qu'il ne l'avait rêvée dans l'insom-
nie; moins fondue et flottante, d'un goût de chair
plus vif, plus fort, plus âcre, et aussi d'une âme
plus mystérieuse et plus impénétrable. Elle était
triste; elle lui parut froide et distraite. Il se dit
qu'il n'était rien pour elle, qu'il devenait importun et ridicule. Il s'assombrit et s'irrita. Il lui
murmura amèrement dans l'oreille :

— J'avais réfléchi. Je ne voulais pas venir.
Pourquoi suis-je venu?

Elle comprit tout de suite ce qu'il voulait dire,
et qu'il la craignait maintenant, et qu'il était
impatient, timide et maladroit. Il lui plaisait
ainsi, et elle lui savait gré du trouble et des
désirs qu'elle lui donnait.

Elle eut un battement de cœur. Mais, affectant de comprendre qu'il regrettait de s'être
dérangé pour de la mauvaise peinture, elle lui

répondit qu'en effet cette galerie n'avait rien
d'intéressant. Déjà sous la terreur de lui dé-
plaire, il fut rassuré et crut que vraiment, indifférente et distraite, elle n'avait saisi ni l'accent ni
la signification de la parole échappée.

Il reprit :

— Non, rien d'intéressant.

Le prince, qui retenait les deux visiteuses à
déjeuner, pria leur ami de rester avec elles. Dechartre s'excusa. Il allait sortir lorsque, dans le
grand salon vide, orné sur les consoles de boîtes
de confiseur, il se trouva seul avec madame
Martin. Il avait eu l'idée de la fuir, il n'avait plus
maintenant, que l'idée de la revoir. Il lui rappela
qu'elle devait, le lendemain, visiter le Bargello.

— Vous avez bien voulu me permettre de vous
accompagner.

Elle lui demanda s'il ne l'avait pas trouvée
ennuyeuse et maussade aujourd'hui. Oh! non,
il ne l'avait pas trouvée ennuyeuse, mais il
avait cru voir qu'elle était un peu triste.

— Hélas! ajouta-t-il, vos tristesses, vos joies,
je n'ai pas même le droit de les connaître.

Elle tourna sur lui un regard rapide, presque
dur.

— Vous ne pensez pas que je vais vous prendre
pour confident, n'est-ce pas?

Et elle s'éloigna brusquement.

XIII

Après dîner, dans le salon plein de cloches et de clochettes, sous les lampes dont les grands abat-jour ne laissaient monter qu'une obscure lumière vers les Vierges siennoises aux longues mains, la bonne madame Marmet se chauffait au poêle, une chatte blanche sur ses genoux. La soirée était fraîche. Madame Martin, les yeux encore pleins d'air léger, de cimes violettes et d'yeuses antiques tordant leurs bras monstrueux sur le chemin, souriait de fatigue heureuse. Elle était allée avec miss Bell, Dechartre et madame Marmet, à la Chartreuse d'Ema. Et maintenant, dans la fine ivresse de ses visions, elle oubliait les soucis de l'avant-veille, les lettres

importunes, les reproches lointains, et ne songeait pas qu'il y eût autre chose au monde que
des cloîtres ciselés et peints, avec un puits dans
l'herbe de la cour, des villages aux toits rouges
et des routes où, bercée de paroles flatteuses, elle
voyait poindre le printemps. Dechartre venait de
modeler pour miss Bell la maquette en cire d'une
petite Béatrice. Vivian peignait des anges. Penché
sur elle, avec mollesse, le prince Albertinelli,
la hanche amplement arrondie, se caressait la
barbe et lançait autour de lui des œillades de
courtisane.

Répondant à une réflexion de Vivian Bell sur
le mariage et l'amour :

— Il faut qu'une femme choisisse, dit-il. Avec
un homme aimé des femmes, elle n'est pas tranquille. Avec un homme que les femmes n'aiment
pas, elle n'est pas heureuse.

— Darling, demanda miss Bell, que choi-
sissez-vous pour une amie qui vous serait chère?

— Je souhaiterais, Vivian, que mon amie fût
heureuse, et je souhaiterais aussi qu'elle fût tranquille. Elle voudrait l'être en haine de la trahison, des soupçons humiliants, des basses défiances.

— Mais, darling, puisque le prince a dit
qu'une femme ne pouvait pas avoir à la fois le
bonheur et la sécurité, dites ce que choisit votre
amie, dites-le, darling.

— On ne choisit pas, Vivian, on ne choisit pas. Ne me faites pas dire ce que je pense du mariage.

A ce moment, Choulette parut, l'air magnifique d'un de ces mendiants dont s'honorent les portes des petites villes. Il venait de jouer à la briscola avec des paysans, dans un cabaret de Fiesole.

— Voici M. Choulette, dit miss Bell. C'est lui qui nous enseignera ce que nous devons penser du mariage. Je suis encline à l'écouter comme un oracle. Il ne voit pas ce que nous voyons, et il voit ce que nous ne voyons pas. Monsieur Choulette, que pensez-vous du mariage?

Il s'assit et leva en l'air un doigt socratique :

— Parlez-vous, mademoiselle, de l'union solennelle de l'homme et de la femme? En ce sens, le mariage est un sacrement. D'où il suit que c'est presque toujours un sacrilège. Quant au mariage civil, c'est une formalité. L'importance qu'on y donne dans notre société est une niaiserie qui eût bien fait rire les femmes de l'ancien régime. Nous devons ce préjugé, comme tant d'autres, à cette effervescence des bourgeois, à cette poussée des fiscaux et des robins, qu'on a appelée la Révolution et qui semble admirable aux gens qui en vivent. C'est la mère Gigogne

des bêtises. Depuis un siècle il sort quotidienne-
ment de nouvelles inepties de ses jupes trico-
lores. Le mariage civil n'est en réalité qu'une
inscription, comme tant d'autres, que l'État
prend pour s'assurer de la condition des personnes : car, dans un État policé, chacun doit
avoir sa fiche. Et toutes ces fiches se valent au
regard du fils de Dieu. Moralement, cette inscription dans un gros registre n'a pas même
la vertu d'induire une femme à prendre un
amant. Trahir le serment prêté devant un maire,
qui y songe seulement ? Pour se donner les joies
de l'adultère, il faut être une personne pieuse.

— Mais, monsieur, dit Thérèse, nous avons
été mariées à l'église.

Puis, d'un accent de sincérité :

— Je ne comprends pas qu'un homme se
marie, ni qu'une femme, à l'âge où l'on sait ce
que l'on fait, puisse faire cette folie.

Le prince la regarda avec défiance. Il avait
de la finesse, mais il était tout à fait incapable
de concevoir qu'on pût jamais parler sans but,
avec désintéressement et pour exprimer des
idées générales. Il s'imagina que la comtesse
Martin-Bellème lui découvrait des projets qu'elle
voulait traverser. Et, comme déjà il songeait à
se défendre et à se venger, il lui fit des yeux de
velours et lui parla avec une tendre galanterie :

— Vous montrez, madame, la fierté des belles
et intelligentes Françaises, que le joug irrite. Les
Françaises aiment la liberté, et nulle d'elles n'en
est plus digne que vous. Moi-même, j'ai un peu
vécu en France. J'ai connu et admiré l'élégante
société de Paris, les salons, les fêtes, les conversations, le jeu. Mais dans nos montagnes, sous
nos oliviers, nous redevenons des rustiques. Nous
reprenons des mœurs champêtres, et le mariage
est pour nous une idylle pleine de fraîcheur.

Vivian Bell examina la maquette que Dechartre
avait laissée sur la table.

— Oh! c'est bien ainsi qu'était Béatrice, j'en
suis sûre. Et savez-vous, monsieur Dechartre,
qu'il y a de méchants hommes qui disent que
Béatrice n'a pas existé?

Choulette déclara qu'il était du nombre de
ces méchants. Il ne croyait pas que Béatrice
eût plus de réalité que ces autres dames par
lesquelles les vieux poètes d'amour représen-
taient quelque idée scolastique d'une ridicule
subtilité.

Impatient des louanges égarées qu'il ne recevait pas, jaloux de Dante, comme de tout l'univers, très fin lettré d'ailleurs, il crut trouver le
défaut de l'armure et frappa :

— Je soupçonne, dit-il, que la jeune sœur
des anges n'a jamais vécu que dans l'imagination

sèche de l'altissime poète. Encore y semble-
t-elle une pure allégorie, ou plutôt un exercice
de calcul et un thème d'astrologie. Dante qui,
entre nous, était un bon docteur de Bologne et
avait beaucoup de lunes dans la tête, sous son
bonnet pointu, Dante croyait à la vertu des
nombres. Ce géomètre enflammé rêvait sur des
chiffres, et sa Béatrice est une fleur d'arithmé-
tique. Voilà tout!

Et il alluma sa pipe.

Vivian Bell se récria:

— Oh! ne parlez pas ainsi, monsieur Choulette. Vous me faites de la peine, et si notre
ami M. Gebhart vous entendait, il serait très
fâché contre vous. Pour vous punir, le prince
Albertinelli va vous lire le cantique dans
laquelle Béatrice explique les taches de la lune.
Prenez la *Divine Comédie*, Eusebio. C'est ce
livre blanc que vous voyez sur la table. Ouvrez-
le et lisez.

Pendant la lecture sous la lampe, Dechartre,
assis sur le canapé auprès de la comtesse Martin, parlait tout bas de Dante avec enthou-
siasme, comme du plus sculpteur des poètes.
Il vint à rappeler à Thérèse la peinture qu'ils
avaient vue ensemble, l'avant-veille, à Santa-
Maria, sur la porte des Servi, fresque presque
effacée, où l'on devinait à peine encore le poète

au chaperon ceint de lauriers, Florence et les sept cercles. C'en était assez pour exalter l'artiste. Mais elle n'avait rien distingué, elle n'avait pas été émue. Et puis, elle en convenait : Dante, trop sombre, ne l'attirait guère. Dechartre, accoutumé à ce qu'elle entrât dans toutes ses idées d'art et de poésie, éprouva de la surprise et un peu de mécontentement. Il lui dit tout haut :

— Il y a des choses grandes et fortes que vous ne sentez pas.

Miss Bell, levant la tête, demanda quelles étaient ces choses que darling ne sentait pas ; et, quand elle apprit que c'était le génie de Dante, elle s'écria avec une fausse colère ;

— Oh ! vous n'honorez pas le père, le maître digne de toutes louanges, le dieu fleuve ? Je ne vous aime plus, darling. Je vous déteste.

Et, comme un reproche à Choulette et à la comtesse Martin, elle rappela la piété de ce citoyen de Florence qui prit à l'autel les cierges allumés en l'honneur de Jésus-Christ, et les porta devant le buste de Dante.

Le prince avait repris sa lecture interrompue :

Au dedans d'elle nous reçut la perle éternelle...

Dechartre s'obstina à vouloir faire admirer à Thérèse ce qu'elle ne connaissait pas. Certes il lui eût facilement sacrifié Dante et tous les poètes avec le reste de l'univers. Mais près de lui, tranquille et désirée, elle l'irritait à son insu par le charme de sa beauté riante. Il s'obstinait à lui imposer ses idées, ses passions d'art, jusqu'à ses fantaisies et ses caprices. Il la pressait tout bas, en paroles serrées et querelleuses. Elle lui dit :

— Mon Dieu ! que vous êtes violent.

Alors, il se pencha à son oreille, et d'une voix ardente qu'il cherchait à étouffer :

— Il faut que vous me preniez avec mon âme. Je n'aurais pas de joie à vous gagner avec une âme étrangère.

Cette parole donna à Thérèse un petit frisson de peur et de joie.

XIV

Le lendemain à son réveil, elle se dit qu'il fallait répondre à Robert. Il pleuvait. Elle écoutait languissamment les gouttes d'eau tomber sur la terrasse. Vivian Bell, soigneuse et raffinée, avait fait placer sur la table toute une papeterie artiste : des feuillets imitant le vélin des missels, et d'autres, d'un violet pâle, semés d'une cendre d'argent ; des plumes de celluloïd, blanches et légères, qu'il fallait manier comme des pinceaux ; une encre irisée qui, sur la page, se nuait d'azur et d'or. Thérèse s'impatientait de ces délicatesses et de ces préciosités, mal appropriées à une lettre qu'elle aurait voulue simple et peu voyante. En s'apercevant que ce nom d' « ami », donné à Robert à la première ligne, jouait sur le papier argenté, se teintait en gorge de pigeon et en coquille de nacre, il lui vint aux lèvres un demi-sourire. Les premières phrases lui donnèrent de la peine. Elle précipita le reste, parla beaucoup de Vivian Bell et du prince Albertinelli, un peu de Choulette, dit qu'elle avait vu Dechartre de passage à Florence. Elle vanta quelques tableaux des musées, mais sans goût et seulement pour remplir les pages. Elle savait que Robert n'entendait rien à la peinture; qu'il admirait uniquement un petit cuirassier, de Detaille, acheté chez Goupil. Elle le revoyait, ce petit cuirassier, qu'il lui avait montré un jour, avec orgueil, dans sa chambre à coucher, près de la glace, sous des portraits de famille. Tout cela, de loin, lui semblait mesquin, ennuyeux et triste. Elle finit sa lettre par des mots d'amitié, d'une douceur qui n'était pas feinte. Car, vraiment, elle ne s'était jamais sentie à ce point paisible et clémente envers son ami. En quatre pages, elle avait peu dit et fait comprendre moins encore. Elle annonçait seulement qu'elle resterait un mois à Florence, dont l'air lui faisait du bien. Elle écrivit ensuite à son père, à son mari et à la princesse Senia-vine. Elle descendit l'escalier, ses lettres à la main. Dans l'antichambre, elle en jeta trois sur le plateau d'argent destiné à recevoir les papiers pour la poste. Se méfiant des yeux fureteurs de madame Marmet, elle glissa dans sa poche la lettre à Le Ménil, comptant sur le hasard des promenades pour la couler dans une boîte.

Presque aussitôt, Dechartre vint prendre les trois amies pour les accompagner dans la ville. Comme il attendait un moment dans l'antichambre, il vit les lettres sur le plateau.

Sans croire en aucune manière à la divination des âmes par l'écriture, il était sensible à la forme des lettres comme à une sorte de dessin qui peut avoir aussi son élégance. L'écriture de Thérèse le charmait pour le souvenir d'elle et comme une fraîche relique, et il en goûtait aussi la franchise mordante, le tour hardi et simple. Il contempla les adresses sans les lire, avec une admiration sensuelle.

Ils visitèrent, ce matin-là, Sainte-Marie-Nouvelle, où la comtesse Martin était déjà allée avec madame Marmet. Mais miss Bell leur avait fait honte de n'avoir pas vu la belle Ginevra de' Benci, sur une fresque du chœur. « Il fallait, disait Vivian, visiter dans la lumière du matin cette figure matinale. » Tandis que la poétesse et Thérèse causaient ensemble, Dechartre, attaché à madame Marmet, écoutait avec patience des anecdotes où des académiciens dînaient chez des femmes élégantes; et il entrait dans les soucis de cette dame, très préoccupée depuis plusieurs jours d'acheter une voilette de tulle. Elle n'en trouvait pas à son goût dans les magasins de Florence, et elle regrettait la rue du Bac.

Au sortir de l'église, ils passèrent devant l'échoppe du savetier que Choulette avait pris pour son maître. Le bonhomme rapiéçait des chaussures rustiques. Le basilic élevait près de lui sa boule verte, et le moineau à la patte de bois pépiait.

Madame Martin demanda au vieillard s'il se portait bien, s'il avait assez de travail pour vivre, s'il était content. A toutes ces questions il répondait par le « oui » charmant de l'Italie, le « si », qui chantait doucement dans sa bouche édentée. Elle lui fit dire l'histoire de son moineau. La pauvre bestiole avait un jour trempé sa patte dans la poix bouillante.

— J'ai fait au petit compagnon une jambe de bois avec une allumette, et il se perche sur mon épaule comme autrefois.

— C'est ce bon vieil homme, dit miss Bell, qui enseigne la sagesse à M. Choulette. Il y avait à Athènes un cordonnier nommé Simon, qui écrivait des livres de philosophie et qui était l'ami de Socrate. J'ai toujours trouvé que M. Choulette ressemblait à Socrate.

Thérèse demanda au cordonnier de dire son nom, son histoire. Il se nommait Serafino Stoppini, natif de Stia. Il était vieux. Il avait eu des peines dans sa vie.

Il souleva ses lunettes sur son front, découvrant des yeux bleus, très doux et presque éteints sous leurs paupières rouges :

— J'ai eu une femme, des enfants, je n'en ai plus. J'ai su des choses que je ne sais plus.

Miss Bell et madame Marmet s'en étaient allées à la recherche d'une voilette.

« Il n'a au monde, songea Thérèse, que ses outils, une poignée de clous, le baquet où il trempe ses cuirs et un pot de basilic, et il est heureux. »

Elle lui dit :

— Cette plante sent bon et elle fleurira bientôt.

Il répondit :

— Si la pauvre petite fleurit, elle mourra.

Thérèse, en le quittant, laissa sur la table une pièce de monnaie.

Dechartre était près d'elle. Gravement, presque sévèrement, il lui dit :

— Vous le saviez?...

Elle le regarda et attendit.

Il acheva :

— ... que je vous aime.

Elle continua un moment d'attacher sur lui, en silence, le regard de ses yeux clairs dont les paupières battaient. Puis elle fit de la tête signe que oui. Et, sans qu'il essayât de la retenir, elle alla rejoindre miss Bell et madame Marmet qui l'attendaient au bout de la rue.

XV

Thérèse, en quittant Dechartre, fut déjeuner avec son amie et madame Marmet chez une très vieille dame florentine que Victor-Emmanuel avait aimée lorsqu'il était duc de Savoie. Depuis trente ans, elle n'était pas sortie une fois de son palais sur l'Arno où, fardée et peinte, coiffée d'une perruque violette, elle jouait de la guitare dansl es grandes salles blanches. Elle recevait la belle société de Florence, et miss Bell allait souvent la voir. A table, cette recluse de quatre-vingt-sept ans interrogea la comtesse Martin sur le monde élégant de Paris, dont elle suivait le mouvement dans les journaux et dans les conversations avec une frivolité qui devenait auguste

par la durée. Solitaire, elle gardait le respect et
le culte du plaisir.

Au sortir du palazzo, pour fuir le vent qui
soufflait sur le fleuve, l'aigre libeccio, miss
Bell conduisit ses amies dans les vieilles rues
étroites aux maisons de pierre noire, qui brusquement s'entr'ouvrent sur l'horizon où, dans la
pureté de l'air, rit une colline, avec trois arbres
grêles. Elles allaient, et Vivian montrait à son
amie, sur les façades sordides où pendaient des
loques rouges, quelque joyau de marbre, une
Vierge, une fleur de lys, une Sainte Catherine
dans une volute de feuillage. Ils allèrent, par ces
ruelles de l'antique cité, jusqu'à l'église d'Or San
Michele, où il était convenu que Dechartre les
retrouverait. Thérèse songeait à lui, maintenant,
avec une attention intéressée et minutieuse. Madame Marmet pensait à chercher une voilette;
on lui donnait l'espoir d'en trouver une sur le
Corso. Cette affaire lui rappela une distraction
de M. Lagrange qui, un jour, dans son cours
public, en chaire, tira de sa poche une voilette à
pois d'or et s'en essuya le front, croyant se servir
de son mouchoir. Les auditeurs étaient surpris,
et l'on chuchotait. C'était la voilette que lui avait
confiée, la veille, sa nièce, mademoiselle Jeanne
Michot, qu'il accompagnait au théâtre. Et madame
Marmet expliqua comment, la trouvant dans la

poche de son pardessus, il l'avait prise sur lui,
pensant la rendre à sa nièce, et comment, par
mégarde, il la déploya et l'agita sur l'assistance
qui souriait.

Au nom de Lagrange, Thérèse se rappela
l'étoile flamboyante annoncée par le savant, et
se dit avec une tristesse narquoise que c'était le
moment qu'elle vînt finir le monde pour la tirer
d'affaire. Mais, au-dessus des murs précieux de
la vieille église, elle vit le ciel qui, séché par le
vent de la mer luisait d'un bleu pâle et cruel.
Miss Bell lui montra une des statues de bronze
qui, dans leurs niches ciselées, ornent les façades
de l'église.

— Voyez, darling, comme ce Saint Georges
est jeune et fier. Saint Georges était autrefois
le chevalier dont rêvaient les jeunes filles. Et
vous savez que Juliette s'écria en voyant Roméo :
« Vraiment, c'est un beau Saint Georges ! »

Mais darling lui trouvait un air correct,
ennuyeux et têtu. A ce moment, elle se rappela
tout à coup la lettre qui était restée dans sa poche.

— Je crois que voici M. Dechartre, dit la
bonne madame Marmet.

Il les avait cherchées dans l'église, devant le
tabernacle d'Orcagna. Il aurait dû se rappeler l'attrait irrésistible que le Saint Georges de Donatello exerçait sur miss Bell. Il admirait aussi

cette figure fameuse. Mais il gardait une amitié particulière au Saint Marc, rustique et franc, qu'ils pouvaient voir dans sa niche, à gauche, vers cette ruelle sur laquelle passe un massif arc-boutant appuyé à la vieille maison des Cardeurs de laine.

En s'approchant de la statue qu'il désignait, Thérèse découvrit une boîte aux lettres contre le mur de la rue étroite que regardait le saint. Dechartre, cependant, s'étant placé à l'endroit convenable pour voir son bon Marc, parlait de lui avec une abondante amitié.

— C'est à lui que je fais ma première visite, dès mon arrivée à Florence. J'y ai manqué une seule fois. Il me le pardonnera: c'est un homme excellent. Il n'est guère apprécié de la foule et n'attire point l'attention. Pour moi, je me plais dans sa société. Il est vivant. Je comprends qu'après lui avoir donné une âme, Donatello lui ait crié: « Marc, pourquoi ne parles-tu pas? »

Madame Marmet, lasse d'admirer le Saint Marc et sentant au visage les brûlures du libeccio, entraîna miss Bell vers la rue Calzaioli, à la recherche d'une voilette.

Elles s'éloignèrent toutes deux, laissant darling et Dechartre à leurs admirations. On se retrouverait chez la marchande de modes.

— Je l'aimais, poursuivit le sculpteur, je l'aimais ce Saint Marc, parce que j'y sentais, mieux encore que dans le Saint Georges, la main et l'âme de Donatello, qui fut toute sa vie un bon et pauvre ouvrier. Je l'aime encore plus aujourd'hui, parce qu'il me rappelle, dans sa candeur vénérable et touchante, ce vieux savetier de Santa-Maria-Novella à qui vous parliez si gentiment ce matin.

— Ah! dit-elle, je ne sais plus son nom. Avec M. Choulette, nous l'appelons Quentin Matsys, parce qu'il ressemble aux vieillards de ce peintre.

Comme ils tournaient l'angle de l'église pour voir la façade qui regarde la vieille maison des Cardeurs de laine, portant sous son auvent de tuiles rouges l'agneau héraldique, elle se trouva devant la boîte aux lettres, si poudreuse et si rouillée, qu'il semblait que le facteur n'en approchât jamais. Elle y coula sa lettre, sous le regard ingénu de Saint Marc.

Dechartre la vit et sentit comme un coup sourd frappé dans sa poitrine. Il essaya de parler, de sourire, mais la main gantée qui jetait la lettre lui restait devant les yeux. Il se rappelait avoir vu, le matin, des lettres de Thérèse sur le plateau de l'antichambre. Pourquoi n'avait-elle pas mis celle-ci avec les autres? La raison n'était pas difficile à deviner.

Il restait immobile, songeur, regardait sans voir. Il essayait de se rassurer : peut-être était-ce une lettre insignifiante qu'elle avait voulu cacher à l'agaçante curiosité de madame Marmet.

— Monsieur Dechartre, il serait temps de rejoindre nos amies chez la modiste du Corso.

Peut-être écrivait-elle à madame Schmoll, qui était brouillée avec madame Marmet. Et tout de suite il s'apercevait de la niaiserie de ces suppositions.

C'était bien clair. Elle avait un amant. Elle lui écrivait. Peut-être qu'elle lui disait : « J'ai vu Dechartre aujourd'hui, le pauvre garçon est amoureux de moi. » Mais qu'elle écrivît cela ou autre chose, elle avait un amant. Il n'y avait pas encore songé. La savoir à un autre, brusquement, il en ressentait une souffrance de toute la chair et de toute l'âme. Et cette main, cette petite main glissant la lettre lui restait dans les yeux et y faisait une atroce brûlure.

Elle ne savait pas pourquoi il était devenu tout à coup muet, sombre. C'est en le voyant jeter un regard anxieux sur la boîte aux lettres qu'elle devina. Elle le trouva bizarre d'être jaloux sans en avoir le droit ; mais elle ne s'en fâcha pas.

Arrivés sur le Corso, ils virent de loin miss Bell

et madame Marmet qui sortaient de la boutique de modes.

Dechartre dit à Thérèse, d'une voix impérieuse et suppliante :

— J'ai à vous parler. Il faut que je vous voie seule demain ; soyez le soir, à six heures, Lungarno Acciaoli.

Elle ne répondit rien.

XVI

Quand, dans son manteau carmélite, elle vint à Lungarno Acciaoli, vers six heures et demie, Dechartre, l'accueillit d'un regard humble et radieux dont elle fut touchée. Le soleil couchant empourprait les eaux grossies de l'Arno. Ils restèrent un moment silencieux. Tandis que, suivant la ligne monotone des palais, ils allaient vers le Pont Vieux, elle lui parla la première.

— Vous voyez, je suis venue. J'ai cru que je devais venir. Je ne me sens pas innocente de ce qui est arrivé. Je le sais bien : j'ai fait ce qu'il fallait pour que vous fussiez avec moi ce que vous êtes maintenant. Mon attitude vous a donné des pensées que vous n'auriez pas eues.

Il semblait ne pas comprendre. Elle reprit :

— J'étais égoïste, j'étais imprudente. Vous me plaisiez; j'avais du goût pour votre esprit, je ne pouvais plus me passer de vous. J'ai fait ce que j'ai pu pour vous attirer, pour vous retenir. J'ai été coquette... Je ne l'étais pas froidement, ni avec perfidie, mais je l'étais.

Il secoua la tête, niant qu'il s'en fût jamais aperçu.

— Si ! j'ai été coquette. Ce n'est pourtant pas mon habitude. Mais je l'ai été avec vous. Je ne dis pas que vous avez essayé d'en profiter, comme d'ailleurs vous aviez le droit de le faire, ni que vous en ayez tiré vanité. Je n'ai pas remarqué que vous fussiez fat. Il est possible que vous n'en ayez rien vu. Les hommes supérieurs manquent quelquefois de finesse. Mais je sais bien que je n'ai pas été ce que je devais être. Et je vous en demande pardon. Voilà pourquoi je suis venue. Restons bons amis, puisqu'il en est temps encore.

Il lui dit, avec une sombre douceur, qu'il l'aimait. Les premières heures de cet amour avaient été faciles et délicieuses. Il ne voulait que la voir et la revoir encore. Mais bientôt elle l'avait troublé, arraché hors de lui, déchiré. Le mal avait éclaté soudain et violent, un jour, sur la terrasse de Fiesole. Et maintenant, il n'avait plus le courage de souffrir et de se taire. Il criait vers elle. Il n'était pas venu avec un dessein arrêté. S'il avait dit sa passion, c'était par force et malgré lui, dans un inexorable besoin de parler d'elle à elle-même, puisqu'elle était pour lui le seul être qui existât au monde. Sa vie n'était plus en lui, elle était en elle. Qu'elle le sût donc, qu'il l'aimait, et que ce n'était pas avec de molles et vagues tendresses, mais dans une ardeur sèche et cruelle. Hélas! il avait l'imagination exacte et précise. Il savait, il voyait sans cesse ce qu'il voulait, et c'était une torture.

Et puis il lui semblait que, mêlés l'un à l'autre, ils auraient les joies qui valent que la vie soit vécue. Leur existence serait une œuvre d'art belle et cachée. Ils penseraient, comprendraient, sentiraient ensemble. Ce serait un monde merveilleux d'émotions et d'idées.

— Nous ferions de la vie un jardin délicieux.

Elle feignit de prendre le change sur l'innocence de ce rêve.

— Vous savez bien que je suis sensible au charme de votre esprit. Je me suis fait un besoin de vous voir et de vous entendre. Je ne vous l'ai que trop laissé voir. Comptez sur mon amitié, et ne vous tourmentez plus.

Elle lui tendit la main. Il ne la prit pas et répondit brusquement:

— Je ne veux pas de votre amitié. Je n'en veux pas. Il faut que je vous aie tout entière, ou que je ne vous voie plus jamais. Vous le savez bien. Pourquoi me tendez-vous la main avec des paroles dérisoires? Que vous l'ayez voulu ou non, vous m'avez donné de vous une envie désespérée, un goût mortel. Vous êtes devenue mon mal, ma souffrance, ma torture. Et vous me demandez d'être un agréable ami. C'est maintenant que vous êtes coquette et cruelle. Si vous ne pouvez pas m'aimer, laissez-moi partir; j'irai je ne sais où, vous oublier, vous haïr. Car je me sens pour vous un fond de haine et de colère. Oh! je vous aime, je vous aime!

Elle crut ce qu'il disait, craignit qu'il ne s'en allât, et eut peur de la tristesse et de l'ennui de vivre sans lui. Elle dit :

— Je vous ai trouvé dans la vie. Je ne veux pas vous perdre. Je ne le veux pas.

Timide et violent, il balbutiait ; les paroles s'étouffaient dans sa gorge. Le crépuscule descendait des montagnes lointaines, et les derniers reflets du soleil pâlissaient à l'orient sur la colline de San Miniato. Elle dit encore :

— Si vous connaissiez ma vie, si vous aviez vu combien elle était vide avant vous, vous sauriez ce que vous êtes pour moi, et vous ne penseriez plus à m'abandonner.

Mais, par le son tranquille de sa voix et par
le mouvement égal de ses pas sur les dalles, elle
l'irritait. Il lui criace qu'il souffrait, le désir brû-
lant qu'il avait d'elle, la torture de l'idée fixe,
comment partout, à toute heure, la nuit, le jour,
il la voyait, l'appelait, lui tendait les bras. Il la
connaissait maintenant, la maladie divine.

— La grâce de votre pensée, votre courage
élégant, votre fierté spirituelle, je les respire
comme les parfums de votre chair. Il me semble,
quand vous parlez, que votre âme flotte sur vos
lèvres, et je me meurs de ne pouvoir y appuyer
ma bouche. Votre âme n'est pour moi que l'odeur
de votre beauté. J'avais gardé les instincts des
hommes primitifs, vous les avez réveillés. Et je
sens que je vous aime avec une simplicité sauvage.

Elle le regarda doucement et ne répondit rien.
A ce moment, ils virent, dans la nuit tombée,
rouler de loin vers eux des lumières et des
chants lugubres. Et puis, comme des fantômes
chassés par le vent, apparurent les pénitents
noirs. Le crucifix courait devant eux. C'étaient
les Frères de la Miséricorde, qui, sous la
cagoule, tenant des torches et chantant des
psaumes, portaient un mort au cimetière. Selon
la coutume italienne, le cortège allait de nuit,
d'un pas rapide. Les croix, le cercueil, les ban-

nières bondissaient sur le quai désert. Jacques
et Thérèse se rangèrent contre la muraille pour
laisser passer cette trombe funèbre, les prêtres,
les enfants de chœur, les hommes sans visage
et, galopant avec eux, la Mort importune, qu'on
ne salue pas sur cette terre voluptueuse.

L'avalanche noire avait passé. Les femmes
pleuraient en courant après ce cercueil emporté
par des fantômes chaussés de gros souliers ferrés.

Thérèse soupira :

— Que nous aura servi de nous tourmenter
sur cette terre?

Il ne sembla pas l'entendre et reprit d'une voix
apaisée :

— Avant de vous connaître, je n'étais pas
malheureux. J'aimais la vie. J'y étais retenu par
des curiosités, des rêves. Je goûtais les formes et
l'esprit des formes, les apparences qui caressent
et qui flattent. J'avais la joie de voir et de rêver.
Je jouissais de tout et ne dépendais de rien. Mes
désirs, abondants et légers, m'emportaient sans
fatigue. Je m'intéressais à tout et je ne voulais
rien : on ne souffre que par la volonté. Je le sais
aujourd'hui. Je n'avais point une volonté sombre.
Sans le savoir, j'étais heureux. Oh! c'était peu
de chose, c'était seulement ce qu'il faut pour
vivre. Maintenant, je ne l'ai plus. Mes plaisirs,
l'intérêt que je prenais aux images de la vie

et de l'art, le vif amusement de créer de mes mains une figure rêvée, vous m'avez fait tout perdre, et vous ne m'avez pas même laissé le regret. Je ne voudrais plus de ma liberté, de ma tranquillité passées. Il me semble qu'avant vous je ne vivais pas. Et, maintenant que je me sens vivre, je ne puis vivre ni loin de vous ni près de vous. Je suis plus misérable que ces mendiants que nous avons vus sur la route d'Ema. Ils avaient de l'air à respirer. Et moi, je ne puis respirer que vous, que je n'ai pas. Pourtant, je me réjouis de vous avoir rencontrée. Cela seul compte dans mon existence. Tout à l'heure, je croyais vous haïr. Je me trompais. Je vous adore et je vous bénis du mal que vous m'avez fait. J'aime tout ce qui me vient de vous.

Ils approchaient des arbres noirs, dressés à l'entrée du pont San Niccola. De l'autre côté du fleuve, les terrains vagues étalaient leur tristesse agrandie par la nuit. Le voyant calme et plein d'une langueur douce, elle crut que son amour, tout dans l'imagination, s'envolait en paroles et que ses désirs coulaient en rêveries. Elle ne s'était pas attendue à une résignation si prompte. Elle était presque déçue d'échapper au danger qu'elle avait craint.

Elle lui tendit la main, plus hardiment cette fois que la première.

— Allons, soyons amis. Il est tard. Retournons, et conduisez-moi jusqu'à ma voiture, que j'ai laissée place de la Seigneurie. Je serai pour vous ce que j'étais, une excellente amie. Vous ne m'avez pas fâchée.

Mais il l'entraîna du côté de la campagne, dans la solitude croissante de la rive.

— Non, je ne vous laisse pas partir sans vous avoir dit ce que je voulais vous dire. Mais je ne sais plus parler, je ne trouve pas les mots. Je vous aime, je vous veux. Je veux savoir que vous êtes à moi. Je vous jure que je ne passerai pas une nuit encore dans l'horreur d'en douter.

Il la prit, la serra dans ses bras; et, visage contre visage, épiant la lueur de son regard à travers l'obscurité de la voilette:

— Il faut que vous m'aimiez. Je le veux, et c'est vous aussi qui l'avez voulu. Dites que vous êtes à moi. Dites-le!

S'étant dégagée avec douceur, elle répondit d'une voix faible et lente:

— Je ne peux pas. Je ne peux pas. Vous voyez bien que j'agis franchement avec vous. Je vous disais tout à l'heure que vous ne m'avez pas fâchée. Mais je ne peux pas faire ce que vous voulez.

Et rappelant à sa pensée l'absent qui l'attendait, elle répéta:

— Je ne peux pas.

Penché sur elle, il interrogeait anxieusement ce regard dont la double étoile tremblait et se voilait.

— Pourquoi? Vous m'aimez, je le sens, je le vois. Vous m'aimez. Pourquoi me faire ce tort de n'être pas à moi?

Il l'attira contre sa poitrine, voulant mettre sa bouche et son âme sur ces lèvres voilées. Cette fois, elle se déroba avec une volonté agile et dit :

— Je ne peux pas. Ne m'en demandez pas plus. Je ne peux pas être à vous.

Il eut un tremblement des lèvres, une convulsion de tout le visage. Il lui cria :

— Vous avez un amant et vous l'aimez. Pourquoi vous moquiez-vous de moi?

— Je vous jure que je n'avais pas envie de me moquer de vous, et que si j'aimais quelqu'un au monde, ce serait vous.

Mais il ne l'écoutait plus.

— Laissez-moi! laissez-moi!

Et il fuyait vers la campagne noire. L'Arno, maintenant répandu sur la rive, formait dans les terres grasses des lagunes où la lune, à demi voilée, brisait ses clartés incertaines. Il allait, par les flaques d'eau et de boue, d'une marche rapide, aveugle, affreuse.

Elle eut peur et poussa un cri. Elle l'appela. Mais il ne tourna pas la tête et ne répondit pas. Il fuyait avec une tranquillité effrayante. Elle courut après lui. Les pieds froissés par les cailloux, sa jupe alourdie d'eau, elle le rejoignit, le tira vivement à elle :

— Qu'est-ce que vous alliez faire?

Alors, la regardant, il vit dans ses yeux la peur qu'elle avait eue, et il lui dit :

— Ne craignez rien. J'allais sans voir. Je vous assure que je ne cherchais pas à mourir. Oh! soyez tranquille. Je suis désespéré, mais je suis très calme. Je vous fuyais. Je vous demande pardon. Mais je ne pouvais plus, non, je ne pouvais plus vous voir. Laissez-moi, je vous en supplie. Adieu!

Elle répondit, troublée et faible :

— Venez! Nous ferons ce que nous pourrons.

Il restait sombre et ne parlait pas.

Elle répéta :

— Allons, venez!

Elle lui prit le bras. La vive douceur de cette main le ranima. Il lui dit :

— Vous voulez bien?

— Je ne veux pas vous perdre.

— Vous me promettez?...

— Il faut bien.

Et, dans son inquiétude et son angoisse, elle

sourit presque en pensant qu'il avait si vite réussi
par sa folie.

Il lui dit :

— Demain !

Elle, vivement, avec un instinct de défense :

— Ah ! non, pas demain !

— Vous ne m'aimez pas ; vous regrettez d'avoir
promis.

— Non, je ne regrette pas, mais...

Il l'implorait, la suppliait. Elle le regarda
un moment, détourna la tête, hésita, et dit très
bas :

— Samedi.

XVII

Après le dîner, miss Bell dessinait dans le salon. Elle traçait sur le canevas des profils d'Étrusques barbus, pour un coussin que devait broder madame Marmet. Le prince Albertinelli choisissait les laines avec un sentiment féminin des nuances. La soirée s'avançait quand Choulette, ayant, selon sa coutume, joué à la briscola, avec le cuisinier, chez le traiteur, parut, joyeux et comme plein de l'esprit d'un dieu. Il alla s'asseoir sur le canapé, à côté de madame Martin, et la regarda tendrement. Une volupté mousseuse pétillait dans ses yeux verts. Il l'enveloppait, en lui parlant, de louanges poétiques et pittoresques. C'était comme l'ébauche d'une

chanson amoureuse qu'il improvisait près d'elle.
En des phrases courtes, tourmentées et bizarres, il
lui disait le charme qu'elle exhalait,

Elle songea :

— Lui aussi !

Et elle s'amusa à le taquiner. Elle lui demanda
s'il n'avait pas trouvé à Florence, dans les bas
quartiers, quelqu'une de ces personnes auxquelles
il s'adressait le plus volontiers. Car on savait ses
préférences. Il avait beau le nier : on n'ignorait
pas à quelle porte il avait trouvé le cordon de
son tiers ordre. Ses amis l'avaient rencontré sur
le boulevard Saint-Michel avec des demoiselles en
cheveux. Son goût pour ces malheureuses créatures se retrouvait dans ses plus beaux poèmes.

— Oh ! monsieur Choulette, autant que je
puis en juger, elles sont bien mal, vos préférées.

Il répondit avec solennité :

— Madame, vous pouvez recueillir le grain
des calomnies semées par M. Paul Vence et me le
jeter à poignées. Je ne m'en garderai pas. Il n'est
pas nécessaire que vous sachiez que je suis chaste,
et que j'ai l'âme pure. Mais ne jugez point avec
légèreté celles que vous appelez des malheureuses, et qui vous devraient être sacrées, puisqu'elles sont malheureuses. La fille méprisée et
perdue, c'est l'argile docile au doigt du potier
divin ; c'est la victime expiatoire et l'autel de

l'holocauste. Les prostituées sont plus près de Dieu que les femmes honnêtes : elles ont perdu la superbe et dépouillé l'orgueil. Elles ne se glorifient pas du néant dont la matrone s'honore. Elles possèdent l'humilité, qui est la pierre angulaire des vertus agréables au ciel. Il leur suffira d'un court repentir pour y être les premières, car leurs péchés, sans malice et sans joie, portent en eux leur rachat et leur pardon. Leurs fautes, qui sont des douleurs, participent des mérites attachés à la douleur. Asservies à l'amour brutal, elles se sont privées de toute volupté, et elles approchent par là des hommes qui se sont faits eunuques en vue du royaume de Dieu. Elles sont comme nous des coupables, mais la honte coule sur leur crime comme un baume, la souffrance le purifie comme un charbon ardent. C'est pourquoi Dieu entendra le premier regard qu'elles lèveront vers lui. Un trône est préparé pour elles à la droite du Père. Dans le royaume de Dieu, la reine et l'impératrice seront heureuses de s'asseoir aux pieds de la rôdeuse de barrières. Car ne croyez pas que la maison céleste soit construite sur le plan humain. Il s'en faut de tout, madame.

Pourtant il concéda qu'il y avait plus d'un chemin conduisant au salut. On pouvait suivre celui de l'amour.

— L'amour des hommes est bas, dit-il, mais
il s'élève en pentes douloureuses et mène à Dieu.

Le prince s'était levé. Baisant la main à miss
Bell, il lui dit :

— A samedi.

— Oui, à après-demain, à samedi, reprit
Vivian.

Thérèse tressaillit. Samedi ! Ils parlaient de
samedi tranquillement, comme d'un jour ordinaire et prochain. Jusque-là elle n'avait pas voulu
penser que samedi viendrait si tôt et si naturellement.

On s'était séparé depuis une demi-heure. Thérèse, étourdie et lasse, songeait dans son lit,
quand elle entendit gratter à la porte de la
chambre. Le battant s'entr'ouvrit et la petite tête
de Vivian parut entre les grands citronniers de
la portière.

— Je ne vous ennuie pas, darling? Vous
n'avez pas sommeil?

Non, darling n'avait pas envie de dormir. Elle
se souleva sur son coude. Vivian s'assit sur le
lit, si légère qu'elle ne le creusa pas.

— Darling, je sais que vous avez beaucoup de
raison. Oh! j'en suis sûre. Vous êtes raisonnable
comme M. Sadler est violoniste. Il joue un peu
faux quand il veut. Et vous aussi, quand vous

ne raisonnez pas tout à fait juste, c'est que vous
vous donnez un plaisir de virtuose. Oh! darling,
vous avez beaucoup de raison et de jugement.
Et je viens vous demander un conseil.

Surprise et un peu inquiète, Thérèse se défendit d'avoir de la raison. Elle s'en défendit avec
sincérité. Mais Vivian ne l'écouta pas.

— J'ai beaucoup lu François Rabelais, my
love. C'est dans Rabelais et dans Villon que j'ai
appris le français. Ils sont de vieux bons maîtres
de langage. Mais, darling, connaissez-vous le
Pantagruel? Oh! le *Pantagruel* est une belle et
noble ville pleine de palais, dans l'aube res-
plendissante, avant que les balayeurs soient passés. Oh! non, darling, les balayeurs n'ont pas
enlevé les ordures, et les filles de service n'ont
pas lavé les parvis de marbre. Et j'ai vu que
les dames françaises ne lisaient pas le *Pantagruel.* Vous ne le connaissez pas? Non? Oh! ce
n'est pas nécessaire. Dans le *Pantagruel,* Pa-
nurge demande s'il doit se marier, et il se
couvre de ridicule, my love. Eh bien, moi, je
suis tout aussi risible que lui, puisque je vous
fais la même question.

Thérèse répondit avec un malaise qu'elle ne
cachait pas :

— Oh! pour cela, chérie, ne me demandez
rien. Je vous ai déjà dit mon avis.

— Mais, darling, vous avez dit seulement que les hommes ont tort de se marier. Je ne peux pourtant pas prendre le conseil pour moi.

Madame Martin regarda la petite tête garçonnière de miss Bell, qui exprimait bizarrement la pudeur amoureuse.

Elle dit, en l'embrassant :

— Chérie, il n'y a pas d'homme, au monde, assez exquis et délicat pour vous.

Puis, avec une expression de gravité affectueuse :

— Vous n'êtes pas un enfant : si l'on vous aime et que vous aimiez, faites ce que vous croirez devoir faire, sans mêler à l'amour des intérêts et des combinaisons qui n'ont rien à voir avec les sentiments. C'est le conseil d'une amie.

Miss Bell hésita un moment à comprendre. Puis elle rougit et se leva. Elle était choquée.

XVIII

Le samedi, à quatre heures, Thérèse vint, comme elle avait promis, à la porte du cimetière des Anglais. Elle trouva Dechartre devant la grille. Il était sérieux et troublé; il parlait à peine. Elle fut contente qu'il ne montrât pas sa joie. Il la conduisit le long des murs déserts des jardins jusqu'à une rue étroite qu'elle ne connaissait pas. Elle lut sur un écriteau: *Via Alfieri*. Après y avoir fait cinquante pas, il s'arrêta devant une allée sombre:

— C'est là, dit-il.

Elle le regarda avec une infinie tristesse.

— Vous voulez que j'entre?

Elle le vit résolu et le suivit sans rien dire,

dans l'ombre humide de l'allée. Il traversa une
cour où l'herbe poussait entre les dalles. Au fond
s'élevait un pavillon à trois fenêtres avec des colonnes et un fronton orné de chèvres et de nymphes.
Sur le perron moussu, il tourna dans la serrure
une clef qui grinçait et résistait. Il murmura :

— Elle est rouillée.

Elle répondit, sans pensée et sans âme :

— Toutes les clefs sont rouillées dans ce
pays-ci.

Ils montèrent un escalier si tranquille sous
son bandeau grec, qu'il semblait avoir oublié
le bruit des pas. Il poussa une porte et fit entrer
Thérèse dans la chambre. Sans rien voir, elle
alla droit à la fenêtre ouverte qui donnait sur
le cimetière. Au-dessus du mur s'élevaient les
cimes des pins, qui ne sont pas funèbres sur
cette terre où le deuil se mêle à la joie sans
la troubler, où la douceur de vivre s'étend
jusqu'à l'herbe des morts. Il la prit par la
main et la mena à un fauteuil. Elle resta debout
et regarda la chambre qu'il avait préparé pour
qu'elle ne s'y trouvât pas trop perdue ni à l'aventure. Quelques lés de vieille indienne, à figures
de comédie, mettaient sur les murs la tristesse
aimable des gaietés passées. Il avait accroché
dans un coin un pastel effacé qu'ils avaient vu
ensemble chez l'antiquaire, et que, pour sa grâce

évanouie, elle appelait l'ombre de Rosalba. Un
fauteuil d'aïeule, des chaises blanches ; sur le guéridon, des tasses peintes et des verres de Venise.
A tous les angles, des paravents de papier colo-
rié, où l'on voyait des masques, des grotesques
et des bergeries, l'âme légère de Florence, de
Bologne et de Venise, au temps des grands-ducs
et des derniers doges. Elle remarqua qu'il avait
pris soin de cacher le lit derrière un de ces
paravents à feuillets gaiement historiés. Une
glace, des tapis, et c'était tout. Il n'avait pas osé
davantage dans une ville où les brocanteurs
ingénieux le suivaient à la piste.

Il ferma la fenêtre et alluma le feu. Elle
s'assit dans le fauteuil, et, tandis qu'elle y restait toute droite, il s'agenouilla devant elle, lui
prit les mains, les baisa et la regarda longtemps
avec un émerveillement craintif et fier. Puis il
posa, prosterné, ses lèvres sur le bout de la bottine.

— Qu'est-ce que vous faites?

— Je baise vos pieds qui sont venus.

Il se releva, la tira doucement à lui, et, cherchant ses lèvres, il lui mit un long baiser sur la
bouche. Elle restait inerte, la tête renversée, les
yeux clos. Sa toque glissa, ses cheveux se répandirent.

Elle se donna sans plus rien défendre d'elle.

Deux heures après, quand déjà le déclin du

soleil allongeait démesurément les ombres sur les dalles, Thérèse, qui avait voulu marcher seule dans la ville, se trouva devant les deux obélisques de Sainte-Marie-Nouvelle, sans savoir comment elle était venue jusque-là. Elle vit, à l'angle de la place, le vieux savetier qui tirait le ligneul d'un geste éternel. Son moineau sur l'épaule, il souriait.

Elle entra dans l'échoppe, s'assit sur l'escabeau. Et là, elle dit en français :

— Quentin Matsys, mon ami, qu'est-ce que j'ai fait, et qu'est-ce que je vais devenir ?

Il la regarda tranquillement, avec une bonté riante, sans comprendre ni s'inquiéter. Rien ne l'étonnait plus. Elle secoua la tête.

— Ce que j'ai fait, mon bon Quentin, c'est parce qu'il souffrait et que je l'aimais. Je ne regrette rien.

Il répondit à son habitude par le « oui » sonore de l'Italie :

— Si ! si !

— N'est-ce pas, Quentin, que je n'ai pas mal fait ? Mais qu'est-ce qui va arriver maintenant, mon Dieu ?

Elle allait partir. Il lui fit signe d'attendre un peu. Il cueillit avec soin un brin de basilic et le lui offrit.

— Pour le parfum, signora !

XIX

C'était le lendemain.

Ayant posé soigneusement sur la table du salon son bâton noueux, sa pipe et son antique sac de tapisserie, Choulette salua madame Martin qui lisait à la fenêtre. Il allait à Assise. Il s'était vêtu d'une casaque de peau de chèvre et il ressemblait aux vieux bergers des Nativités.

— Adieu, madame. Je quitte Fiesole, vous, Dechartre, le trop beau prince Albertinelli et cette gentille ogresse de miss Bell. Je vais visiter la montagne d'Assise, qu'il faut, dit le poëte, nommer, non plus Assise, mais orient, parce que c'est de là que s'est levé le soleil de l'amour. Je vais m'agenouiller devant la crypte heureuse au fond de laquelle saint François repose nu, dans une auge de pierre, avec une pierre pour oreiller. Car il ne voulut pas emporter même un linceul de ce monde où il laissait la révélation de toute joie et de toute bonté.

— Adieu, monsieur Choulette. Rapportez-moi une médaille de sainte Claire. J'aime beaucoup sainte Claire.

— Vous avez bien raison, madame. C'était une dame remplie de force et de prudence. Quand saint François, malade et presque aveugle, vint passer quelques jours à Saint-Damien, auprès de son amie, elle lui bâtit de ses mains une cabane dans le jardin. Il se réjouit. Une langueur douloureuse et la brûlure de ses paupières lui ôtaient le sommeil. Une troupe de rats énormes venait l'attaquer la nuit. Alors il composa un cantique plein d'allégresse pour bénir le splendide frère Soleil, et notre sœur l'Eau, chaste, utile et pure. Mes plus beaux vers, ceux même du *Jardin clos*, ont moins de charme inévitable et de splendeur naturelle. Et il est juste qu'il en soit ainsi, parce que l'âme de saint François était plus belle que n'est la mienne. Meilleur que tous ceux de mes contemporains qu'il m'a été donné de connaître, je ne vaux rien. Quand François eut trouvé sa chanson du Soleil, il fut très content. Il songea : Nous irons, mes frères et moi, dans les villes, nous nous tiendrons avec un luth sur la place publique, le jour du marché. Les bonnes gens s'approcheront de nous, et nous leur dirons : « Nous sommes les jongleurs du bon Dieu, et nous allons vous chanter un lai. Si vous en êtes contents, vous nous donnerez une récompense. » Ils s'y engageront. Et quand nous aurons chanté, nous leur rappellerons leur promesse. Nous leur dirons : « Vous nous devez une récompense. Et celle que nous vous demandons, c'est que vous vous aimiez les uns les autres. » Sans doute que, pour tenir leur parole et ne pas faire de tort aux pauvres jongleurs de Dieu, ils éviteront de nuire à autrui.

Madame Martin trouvait que saint François était le plus aimable des saints.

— Son œuvre, reprit Choulette, fut détruite alors qu'il vivait encore. Pourtant il mourut heureux, parce qu'en lui était la joie avec l'humilité. Il était en effet le doux chanteur de Dieu. Et il convient qu'un autre pauvre poète reprenne sa tâche et enseigne au monde la vraie religion et la vraie joie. Ce sera moi, madame, si toutefois je puis dépouiller la raison avec l'orgueil. Car toute beauté morale est accomplie en ce monde par cette sagesse inconcevable qui vient de Dieu et ressemble à la folie.

— Je ne vous découragerai pas, monsieur

Choulette. Mais je suis inquiète du sort que vous ferez aux pauvres femmes dans votre société nouvelle. Vous les enfermerez toutes dans des couvents.

— J'avoue, répondit Choulette, qu'elles m'embarrassent beaucoup dans mon projet de réformation. La violence avec laquelle on les aime est âcre et mauvaise. Le plaisir qu'elles donnent n'est point pacifique et ne conduit pas à la joie. J'ai commis pour elles, dans ma vie, deux ou trois crimes abominables, qu'on ne connaît pas. Je doute que je vous invite jamais à souper, madame, dans la nouvelle Sainte-Marie-des-Anges.

Il prit sa pipe, son sac de tapisserie et son bâton à tête humaine :

— Les fautes de l'amour seront pardonnées. Ou plutôt, on ne fait rien de mal quand on aime seulement. Mais l'amour sensuel est fait de haine, d'égoïsme et de colère autant que d'amour. Pour vous avoir trouvée belle, un soir, sur ce canapé, j'ai été assailli d'une nuée de pensées violentes. Je revenais de l'albergo, où j'avais entendu le cuisinier de miss Bell improviser magnifiquement douze cents vers sur le printemps. J'étais inondé d'une joie céleste que votre vue m'a fait perdre. Il faut qu'une vérité profonde soit renfermée dans la malédiction d'Ève. Car, près de vous, je suis devenu triste et mauvais. J'avais sur les lèvres de douces paroles. Elles mentaient. Je me sentais au dedans de moi-même votre adversaire et votre ennemi, je vous haïssais. En vous voyant sourire, j'ai eu envie de vous tuer.

— Vraiment?

— Oh! madame, c'est un sentiment très naturel, et que vous avez dû inspirer bien des fois. Mais le vulgaire l'éprouve sans en avoir conscience, tandis que mon imagination vive me représente sans cesse à moi-même. Je contemple mon âme, parfois splendide, souvent hideuse. Si vous l'aviez vue en face ce soir-là, vous auriez crié d'épouvante.

Thérèse sourit :

— Adieu, monsieur Choulette, n'oubliez pas ma médaille de sainte Claire.

Il posa sa valise à terre; et levant le bras, l'index dressé, comme qui montre et enseigne :

— Vous n'avez rien à craindre de moi. Mais celui que vous aimerez et qui vous aimera vous fera du mal. Adieu, madame.

Il reprit ses bagages et sortit. Elle vit sa longue forme rustique disparaître derrière les cytises du jardin.

Dans l'après-midi, elle alla à San-Marco, où Dechartre l'attendait. Elle désirait et craignait de le revoir si tôt. Elle ressentait une angoisse qu'apaisait un sentiment inconnu, d'une douceur profonde. Elle ne retrouvait pas la stupeur de la première fois qu'elle s'était donnée par amour, la vision brusque de l'irréparable. Elle était sous des influences plus lentes, plus vagues et plus puissantes. Cette fois, une rêverie charmante trempait le souvenir des caresses reçues et baignait la brûlure. Elle était abîmée de trouble et d'inquiétude, mais elle n'éprouvait ni honte ni regrets. Elle avait agi moins par sa volonté que par une force qu'elle devinait meilleure. Elle s'absolvait sur son désintéressement. Elle ne comptait sur rien, n'ayant rien calculé. Sans doute, elle avait eu le tort de se donner quand elle n'était pas libre, mais aussi n'avait-elle rien exigé. Peut-être n'était-elle pour lui qu'une fantaisie violente et sincère. Elle ne le connaissait pas. Elle n'avait pas fait l'épreuve de ces belles imaginations vives et flottantes, qui passent de haut, pour le bien comme pour le mal, la médiocrité commune. S'il s'éloignait d'elle brusquement et disparaissait, elle ne le lui reprocherait pas, elle ne lui en voudrait pas; — du moins elle le croyait. — Elle garderait en elle le souvenir et l'empreinte de ce qu'on pouvait trouver au monde de plus rare et de plus précieux. Il était peut-être incapable d'un attachement véritable. Il avait cru l'aimer. Il l'avait aimée

une heure. Elle n'osait pas en souhaiter davantage, dans l'embarras d'une situation fausse dont
sa franchise et sa fierté s'irritaient et qui troublait
la lucidité de son intelligence. Pendant que le
fiacre l'emportait à San-Marco, elle parvint à se
persuader qu'il ne lui dirait rien de ce qu'elle
avait été pour lui la veille et que le souvenir de
la chambre amoureuse, d'où l'on voyait s'élever
dans le ciel les fuseaux noirs des pins, ne laisserait
à l'un et à l'autre que le rêve d'un rêve.

Il lui tendit la main devant le marchepied.
Avant qu'il eût parlé, elle vit dans son regard
qu'il l'aimait et qu'il la demandait encore, et elle
s'aperçut en même temps qu'elle le voulait
ainsi.

— Vous, dit-il..., vous, toi!... Je suis là
depuis midi, j'attendais, sachant que vous ne
viendriez pas encore, mais ne pouvant vivre
qu'à la place où je devais vous voir. C'est
vous!... Parlez, que je vous voie et que je vous
entende.

— Vous m'aimez donc encore?

— C'est maintenant que je t'aime. Je croyais
vous aimer, quand vous n'étiez qu'un fantôme
chargé de mes désirs. Maintenant, tu es la chair
où j'ai mis mon âme. C'est vrai, dites, c'est vrai
que vous êtes à moi? Qu'ai-je donc fait pour
obtenir le plus grand, l'unique bien de ce

monde? Et ces hommes dont la terre est couverte, ils croient vivre! Moi seul je vis! Dis, qu'ai-je fait pour t'obtenir?

— Oh! ce qu'il fallait faire, c'est bien moi qui l'ai fait. Je vous le dis franchement. Si nous en sommes venus là, c'est ma faute. Voyez-vous, elles ne l'avouent pas toujours, mais c'est toujours la faute des femmes. Aussi, quoi qu'il arrive, je ne vous ferai pas de reproches.

Une troupe agile et criarde de mendiants, de guides, de proxénètes, détachée du porche, les entourait avec une importunité où se mêlait encore une certaine grâce que ne perdent jamais les légers Italiens. Leur subtilité leur faisait deviner des amoureux, et ils savaient que les amoureux sont prodigues. Dechartre leur jeta quelques pièces d'argent, et tous retournèrent à leur paresse heureuse.

Un gardien municipal accueillit les visiteurs. Madame Martin regrettait de ne pas trouver un moine. La robe blanche des dominicains était si belle, à Santa-Maria-Novella, sous les arcades du cloître!

Ils visitèrent les cellules où, sur la chaux nue, Fra Angelico, aidé de son frère Benedetto, peignit pour les religieux, ses compagnons, des peintures innocentes.

— Vous rappelez-vous le soir d'hiver où, vous

rencontrant sur un pont de chèvre qui franchissait une tranchée devant le musée Guimet, je vous ai accompagnée jusqu'à cette petite rue bordée de jardinets qui mène au quai de Billy? Avant de nous séparer, nous nous sommes arrêtés un moment au bord du parapet, sur lequel court un maigre rideau de buis. Vous avez regardé ce buis desséché par l'hiver. Et quand vous êtes partie, je l'ai regardé longtemps.

Ils étaient dans la cellule qu'habita Savonarole, prieur du couvent de San-Marco. Le guide leur montra le portrait et les reliques du martyr.

— Qu'est-ce que vous pouviez me trouver de bien ce jour là? Il ne faisait pas clair.

— Je vous voyais marcher. C'est par les mouvements que les formes parlent. Chacun de vos pas me disait les secrets de votre beauté précise et charmante. Oh! je n'ai jamais eu l'imagination discrète à votre égard. Je n'osais vous parler. En vous voyant j'avais peur. J'étais épouvanté devant celle qui pouvait tout pour moi. Présente, je vous adorais en tremblant. Loin de vous, j'avais toutes les impiétés du désir.

— Je ne m'en doutais pas. Mais vous rappelez-vous la première fois que nous nous sommes vus, quand Paul Vence vous a présenté? Vous étiez assis à côté du paravent. Vous regardiez les miniatures qui y sont accrochées. Vous m'avez dit :

« Cette dame, peinte par Siccardi, ressemble à la mère d'André Chénier. » Je vous ai répondu : « C'est l'aïeule de mon mari. Comment était la mère d'André Chénier? » Et vous avez dit : « On a son portrait : une Levantine affalée. »

Il se défendit d'avoir parlé d'une façon si impertinente.

— Mais si! Je me rappelle mieux que vous.

Ils allaient dans le blanc silence du couvent. Ils visitèrent la cellule que le bienheureux Angelico orna de la plus suave peinture. Et là, devant la Vierge qui, dans un ciel pâle, reçoit de Dieu le Père la couronne immortelle, il prit Thérèse dans ses bras et lui mit un baiser sur la bouche, presque au regard de deux Anglaises qui allaient par les corridors, consultant le Bædeker. Elle lui dit :

— Nous allions oublier la cellule de saint Antonin.

— Thérèse, je souffre, dans mon bonheur, de tout ce qui est de vous et qui m'échappe. Je souffre de ce que vous ne viviez pas de moi seul et pour moi seul. Je voudrais vous avoir toute et vous avoir eue toute dans le passé.

Elle fit un petit mouvement d'épaules.

— Oh! le passé!

— Le passé, c'est la seule réalité humaine. Tout ce qui est est passé.

Elle leva vers lui ses yeux dont les prunelles ressemblaient à ces cieux charmants mêlés de soleil et de pluie :

— Eh bien, je puis vous le dire : je ne me suis jamais sentie vivre qu'avec vous.

En rentrant à Fiesole, elle trouva une lettre brève et menaçante de Le Ménil. Il ne comprenait rien à son absence prolongée, à son silence. Si elle ne lui annonçait pas tout de suite son retour, il allait la retrouver.

Elle lut, nullement surprise, mais accablée de voir que tout ce qui devait arriver arrivait et que rien ne lui serait épargné de ce qu'elle avait craint. Elle pouvait encore le calmer et le rassurer. Elle n'avait qu'à lui dire qu'elle l'aimait, qu'elle retournerait bientôt à Paris, qu'il devait renoncer à l'idée folle de la rejoindre ici, que Florence était un village où ils seraient vus de suite. Mais il fallait écrire : « Je t'aime. » Il fallait l'endormir avec des paroles caressantes. Elle n'en eut pas le courage. Elle lui laissa entrevoir la vérité. Elle s'accusa elle-même en termes enveloppés. Elle parla obscurément des âmes emportées dans le flot de la vie, et du peu qu'on est sur l'océan mouvant des choses. Elle lui demanda avec une tristesse affectueuse de lui garder un bon souvenir dans un petit coin de son âme.

Elle alla porter la lettre à la poste sur la place de Fiesole. Les enfants jouaient à la marelle dans le crépuscule. Elle regarda du haut de la colline la coupe élégante qui porte dans son creux, comme un joyau, la belle Florence. Et la paix du soir la fit tressaillir. Elle jeta la lettre dans la boîte. Seulement alors, elle eut la vision nette de ce qu'elle avait fait et de ce qu'il en résulterait.

XX

Sur la place de la Seigneurie, où le soleil fleuri
du printemps répandait ses roses jaunes, midi
sonnant dissipait la foule rustique des marchands
de grains et de pâtes assemblés pour le marché.
Au pied des Lanzi, devant l'assemblée des statues,
les glaciers ambulants avaient dressé, sur des
tables tendues de cotonnade rouge, les petits
châteaux qui portaient à leur base l'inscription :
Bibite ghiacciate. Et la joie facile descendait du
ciel sur la terre. Thérèse et Jacques, revenant
d'une promenade matinale aux jardins Boboli,
passaient devant l'illustre loggia. Thérèse regardait la Sabine de Jean de Bologne avec cette
curiosité intéressée d'une femme qui examine une

autre femme. Mais Dechartre ne regardait que Thérèse. Il lui dit :

— C'est merveilleux comme la vive lumière du jour flatte votre beauté, vous aime et caresse la nacre fine de vos joues.

— Oui, dit-elle. La lumière des bougies me durcit les traits. Je l'avais remarqué. Je ne suis pas une femme de soir, malheureusement : c'est plutôt le soir que les femmes ont l'occasion de se montrer et de plaire. Le soir, la princesse Seniavine a un beau teint mat et doré ; au soleil, elle est jaune comme un citron. Il faut avouer qu'elle ne s'en inquiète guère. Elle n'est pas coquette.

— Et vous l'êtes ?

— Oh ! oui. Autrefois je l'étais pour moi, maintenant je le suis pour vous.

Elle regardait encore la Sabine qui, des bras et des reins, grande, longue et robuste, s'efforçait d'échapper à l'étreinte du Romain.

— Est-ce qu'il faut qu'une femme, pour être belle, ait cette sécheresse de forme et cette longueur de membres ? Je ne suis pas comme cela, moi.

Il prit soin de la rassurer. Mais elle n'était pas inquiète. Elle regardait maintenant le petit château du glacier ambulant dont les cuivres reluisaient sur une nappe de coton écarlate. Une envie subite lui était venue de manger une glace, là, debout, comme elle avait vu faire tout à l'heure à des ouvrières de la ville. Il dit :

— Attendez un instant.

Il se mit à courir vers la rue qui suit le côté gauche des Lanzi et disparut.

Au bout d'un moment il revint, lui tendant une petite cuiller de vermeil à demi dépouillé par le temps, et dont le manche se terminait par le lys de Florence, au calice émaillé de rouge.

— C'est pour prendre votre glace. Le glacier ne donne pas de cuiller. Il vous aurait fallu tirer la langue. Ç'aurait été très joli. Mais vous n'avez pas l'habitude.

Elle reconnut la cuiller, un petit joyau qu'elle avait remarqué la veille dans la vitrine d'un antiquaire voisin des Lanzi.

Ils étaient heureux, ils répandaient leur joie pleine et simple en paroles légères qui n'avaient point de sens. Et ils riaient quand le Florentin leur tenait, avec une mimique sobre et puissante, des propos renouvelés des vieux conteurs italiens. Elle s'amusait du jeu parfait de ce visage antique et jovial. Mais elle ne comprenait pas toujours les paroles. Elle demandait à Jacques :

— Qu'est-ce qu'il a dit ?

— Vous voulez le savoir ?

Elle le voulait.

— Eh bien ! il a dit qu'il serait heureux si

les puces de son lit étaient faites comme vous.

Quand elle eut mangé sa glace, il la pressa
d'aller revoir Or San-Michele. C'était si près ! Ils
traverseraient la place en biais et découvriraient
tout de suite le vieux joyau de pierre. Ils allèrent.
Ils regardèrent le Saint Georges et le Saint Marc
de bronze. Dechartre revit sur le mur écaillé de
la maison la boîte aux lettres, et il se rappela avec
une exactitude douloureuse la petite main gantée
qui y avait jeté une lettre. Il la trouvait hideuse,
cette gueule de cuivre qui avait avalé le secret
de Thérèse. Il ne pouvait en détourner les yeux.
Toute sa gaieté s'en était allée. Cependant, elle
s'appliquait à aimer la rude statue de l'évangéliste.

— C'est vrai qu'il a l'air honnête et franc
et que, s'il parlait, il ne sortirait de sa bouche
que des paroles de vérité.

Il répliqua amèrement :

— Ce n'est pas la bouche d'une femme.

Elle comprit sa pensée; et d'un ton très doux :

— Mon ami, pourquoi me parlez-vous ainsi ?
Je suis franche, moi.

— Qu'appelez-vous être franche? Vous savez
qu'une femme est obligée de mentir.

Elle hésita. Puis :

— Une femme est franche quand elle ne fait
pas de mensonges inutiles.

XXI

Thérèse glissait, vêtue de gris sombre, sous les cytises en fleurs. Les buissons d'arbouses couvraient d'étoiles argentées le bord escarpé de la terrasse et, sur le penchant des coteaux, les lauriers dardaient leur flamme odorante. La coupe de Florence était toute fleurie.

Vivian Bell allait, blanche, dans le jardin embaumé.

— Vous le voyez, darling, Florence est vraiment la ville de la fleur, et ce n'est pas à tort qu'elle porte le lys rouge pour emblème. C'est fête aujourd'hui, darling.

— Ah! c'est fête aujourd'hui?...

— Darling, vous ne savez pas que nous som—

mes au premier jour de mai, à *Primavera?* Vous
ne vous êtes pas éveillée ce matin dans une féerie
charmante? Oh! darling, vous ne célébrez pas la
fête de la Fleur? Vous ne vous sentez pas joyeuse,
vous qui aimez les fleurs? Car vous les aimez,
my love, je le sais; vous êtes tendre pour elles.
Vous m'avez dit qu'elles éprouvaient de la joie
et de la douleur, qu'elles souffraient comme nous.

— Ah! j'ai dit qu'elles souffraient comme
nous?

— Oh! vous l'avez dit. C'est leur fête aujour-
d'hui. Il faut la célébrer selon la coutume des
aïeux, dans les rites consacrés par les vieux
peintres.

Thérèse entendait sans comprendre. Elle froissait sous son gant la lettre qu'elle venait de recevoir, une lettre portant le timbre-poste italien et
ne contenant que deux lignes :

« Je suis descendu cette nuit à l'hôtel de la
Grande-Bretagne, Lungarno Acciaoli. Je vous
attends dans la matinée. N° 18. »

— Oh! darling, vous ne savez pas que c'est
la coutume, à Florence, de fêter le renouveau,
au premier mai de chaque année? Mais alors,
vous ne compreniez pas tout à fait ce que voulait
dire le tableau de Botticelli consacré à la fête
de la fleur, ce *Printemps* délicieux et d'une joie
rêveuse. Autrefois, darling, en ce premier jour

de mai, toute la ville était en liesse. Les jeunes filles, vêtues d'habits de fête et couronnées d'aubépine, allaient en long cortège par le Corso, sous des arcs de fleurs, et formaient des chœurs sur l'herbe nouvelle, à l'abri des lauriers. Nous ferons comme elles. Nous danserons dans le jardin.

— Ah! nous danserons dans le jardin?

— Oui, darling, et je vous apprendrai des pas toscans du xvᵉ siècle, qui ont été retrouvés dans un manuscrit par M. Morisson, le doyen des bibliothécaires de Londres. Revenez vite, my love; nous mettrons des chapeaux de fleurs et nous danserons.

— Oui, chérie, nous danserons.

Et, poussant la grille, elle s'enfuit par le petit chemin, qui, raviné comme un lit de torrent, cachait ses pierres sous des buissons de roses. Elle se jeta dans la première voiture qu'elle trouva. Le cocher avait des bleuets à son chapeau et au manche de son fouet.

— Hôtel de la Grande-Bretagne, Lungarno Acciaoli!

Elle savait où c'était, Lungarno Acciaoli... Elle y était allée le soir, et elle revoyait l'or déchiré du soleil sur la nappe agitée du fleuve. Puis ç'avait été la nuit, le murmure sourd des eaux dans le silence, les paroles, les regards qui l'avaient troublée, le premier baiser de l'ami, le commence-

14

ment de l'irréparable amour. Oh! oui, elle se
rappelait Lungarno Acciaoli et la rive du fleuve
au delà du Pont Vieux... Hôtel de la Grande-
Bretagne... Elle savait: un grande façade de
pierre sur le quai. C'était encore heureux, puisqu'il devait venir, qu'il fût venu là. Il aurait
tout aussi bien pu descendre à l'hôtel de la
Ville, place Manin, où était Dechartre. C'était
encore heureux qu'ils ne fussent pas porte à
porte, dans le même corridor... Lungarno Acciaoli!... Ce mort qu'ils avaient vu passer à la
course, emporté par les cagoules, il était tranquille, quelque part, dans un petit cimetière
fleuri...

— Numéro 18.
C'était une chambre nue d'hôtel, avec son
poêle, à la mode italienne. Un jeu de brosses
minutieusement étalé sur la table et l'Indicateur
des chemins de fer. Pas un livre, pas un journal.
Il était là: elle vit une grande souffrance sur son
visage osseux, un air de fièvre. Elle en éprouva
une impression grave et pénible. Il attendit un
mot, un geste; mais elle restait étrangère, n'osant
rien. Il lui offrit une chaise. Elle l'écarta et resta
debout.
— Thérèse, il y a quelque chose que je ne sais
pas. Parlez.

Après un moment de silence, elle répondit avec une lenteur pénible :

— Mon ami, quand j'étais à Paris, pourquoi êtes-vous parti?

A la tristesse de l'accent, il crut, il voulut deviner un reproche affectueux. Son visage se colora. Il répondit ardemment :

— Ah! si j'avais prévu! Cette partie de chasse, au fond, vous pensez bien que je m'en souciais peu! Mais vous, votre lettre, celle du 27 (il avait le don des dates), m'a jeté dans une inquiétude horrible. Il était arrivé quelque chose à ce moment-là. Dites-moi tout.

— Mon ami, je croyais que vous ne m'aimiez plus.

— Mais maintenant que vous savez le contraire?

— Maintenant...

Elle resta les bras tombants et les mains jointes. Puis, avec une tranquillité affectée :

— Mon Dieu! mon ami, nous nous sommes pris sans savoir. On ne sait jamais. Vous êtes jeune, plus jeune que moi, puisque nous sommes à peu près du même âge. Vous avez, sans doute, des projets pour l'avenir.

Il la regarda fièrement en face. Elle continua, moins assurée :

— Vos parents, eux, votre mère, vos tantes, votre oncle le général, en ont pour vous, des projets. C'est bien naturel. J'aurais pu devenir un obstacle. Il vaut mieux que je disparaisse de votre vie. Nous garderons un bon souvenir l'un de l'autre.

Elle lui tendit sa main gantée. Il croisa les bras :

— Alors, tu ne veux plus de moi? Tu crois que tu m'auras rendu heureux comme pas un homme ne l'a été, et puis mis de côté, et que c'est fini comme cela! Vraiment, tu crois que tu en as fini avec moi!... Qu'est-ce que vous venez me dire? Une liaison, cela se dénoue. On se prend, on se quitte... Eh bien, non! vous n'êtes pas une personne qu'on quitte, vous.

— Oui, vous aviez peut-être mis en moi plus qu'on ne met d'ordinaire en pareil cas. J'étais pour vous plus qu'un amusement. Mais, si je ne suis pas la femme que vous croyiez, si je vous ai trompé, si je suis légère... Vous savez: on l'a dit... Eh bien! si je n'ai pas été avec vous ce que je devais être...

Elle hésita, et reprit d'un ton grave et pur qui contrastait avec ses paroles :

— Si, pendant que je vous appartenais, j'ai eu des entraînements, des curiosités, si je vous dis que je ne suis pas faite pour un sentiment sérieux...

Il l'interrompit :

— Tu mens.

— Oui, je mens. Et je ne mens pas bien. Je voulais gâter notre passé. J'avais tort. Il est ce que vous savez. Mais...

— Mais?...

— Ah! cela! je vous l'ai toujours dit : je ne suis pas sûre. Il y a des femmes, à ce qu'on dit, qui peuvent répondre d'elles. Je vous ai averti que je n'étais pas comme elles, et que je ne répondais pas de moi.

Il donna de la tête à droite et à gauche, comme une bête qu'on irrite et qui hésite encore à foncer.

— Qu'est-ce que tu veux dire? Je ne comprends pas. Je ne comprends rien. Parle clairement... clairement, entends-tu? Il y a quelque chose entre nous. Je ne sais pas quoi. Je veux le savoir. Qu'est-ce qu'il y a?

— Je vous le dis, mon ami, il y a que je ne suis pas une femme sûre d'elle-même, et que vous ne deviez pas compter sur moi. Non! vous ne le deviez pas. Je n'avais rien promis... Et puis, si j'avais promis, qu'est-ce que des paroles?

— Tu ne m'aimes plus. Oh! tu ne m'aimes plus, je le vois bien. Mais, tant pis pour toi! moi, je t'aime. Il ne fallait pas te donner. N'espère pas te reprendre. Je t'aime et je te garde... Alors, tu croyais te tirer d'affaire tout tranquillement? Écoute-moi un peu. Tu as tout fait pour que je t'aime, pour que je te sois attaché, pour que je ne puisse pas vivre sans toi. Nous avons connu ensemble des plaisirs inimaginables. Et tu n'en refusais pas ta part. Oh! je ne te prenais pas de force. Tu voulais bien. Il y a six semaines encore, tu ne demandais pas mieux. Tu étais tout pour moi. J'étais tout pour toi. Il y avait des moments où nous ne savions plus si j'étais toi ni si tu étais moi; et puis tu veux que tout d'un coup je ne sache plus, que je ne te connaisse plus, que tu sois pour moi une étrangère, une dame qu'on rencontre dans le monde. Ah! tu as un bel aplomb, toi! Voyons, est-ce que j'ai rêvé? Tes baisers, ton souffle sur mon cou, tes cris, ce n'est donc pas vrai? J'invente tout ça, dis? Oh! il n'y a pas de doute: tu m'aimais. Je le sens encore sur moi, ton amour. Eh bien! je n'ai pas changé. Je suis ce que j'étais. Tu n'as rien à me reprocher. Je ne t'ai pas trompée avec d'autres femmes. Ce n'est pas pour m'en faire un mérite. Je n'aurais pas pu. Quand on t'a connue, on trouve aux plus jolies un goût fade. Je n'ai jamais eu l'idée de te tromper. Je me suis toujours conduit envers vous en galant homme. Pourquoi ne m'aimeriez-vous plus? Mais réponds-moi, parle donc. Dis que tu m'aimes encore. Dis-le, puisque c'est vrai. Viens, viens! Thérèse, tu sentiras tout de suite que tu m'aimes comme tu m'aimais autrefois, dans le petit nid de la rue Spontini, où nous avons été si heureux. Viens !

Il se jeta sur elle, ardent, les bras avides. Elle, les yeux pleins d'effroi, le repoussa avec une horreur glaciale.

Il comprit, s'arrêta et dit :

— Tu as un amant !

Elle abaissa lentement la tête, et puis la releva, grave et muette.

Alors il la frappa à la poitrine, à l'épaule, au visage. Et aussitôt, il recula de honte. Il baissait les yeux et se taisait. Les doigts aux lèvres et se rongeant les ongles, il s'aperçut que sa main s'était déchirée à une épingle du corsage et saignait. Il se jeta dans un fauteuil, tira son mouchoir pour essuyer le sang et demeura comme indifférent et sans pensée.

Elle, adossée à la porte, la tête droite, pâle, le regard vague, détachait sa voilette déchirée et redressait son chapeau avec un soin instinctif. Au petit bruit, naguère délicieux, que faisaient autour d'elle les étoffes froissées, il tressaillit, la regarda et redevint furieux.

— Qui est-ce? Je veux le savoir.

Elle ne bougea pas. Son visage blanc portait la marque brûlante du poing qui l'avait frappé. Elle répondit, avec une fermeté douce:

— Je vous ai dit tout ce que je pouvais vous

dire. Ne me demandez plus rien. Ce serait inutile.

Il la regarda d'un regard cruel qu'elle ne lui connaissait pas.

— Oh! ne me dites pas son nom. Je n'aurai pas de peine à le trouver.

Elle se taisait, attristée pour lui, inquiète pour un autre, pleine d'angoisses et d'alarmes, et pourtant sans regrets, sans amertume, sans affliction, ayant son âme ailleurs.

Il eut comme un vague sentiment de ce qui se passait en elle. Dans sa colère de la voir si douce et si sereine, de la trouver belle autrement qu'il ne l'avait eue, et belle pour un autre, il eut envie de la tuer, et lui cria :

— Va-t'en! va-t'en!

Puis, accablé par cet effort de haine qui ne lui était pas naturel, il se prit la tête dans les mains et se mit à sangloter.

Cette douleur la toucha, lui rendit l'espoir de le calmer, d'adoucir les adieux. Elle se fit l'illusion qu'elle pouvait peut-être le consoler d'elle. Amicale et confiante, elle vint s'asseoir près de lui.

— Mon ami, blâmez-moi. Je suis blâmable, et plus encore pitoyable. Méprisez-moi, si vous voulez et si l'on peut mépriser une malheureuse créature qui est le jouet de la vie. Enfin, jugez-moi comme vous voudrez. Mais gardez-moi un peu d'amitié dans votre colère, un souvenir aigre et doux, comme ces temps d'automne, où il y a du soleil et de la bise. C'est ce que je mérite. Ne soyez pas dur à la visiteuse agréable et frivole qui passa à travers votre vie. Faites-moi des adieux comme à une voyageuse qui s'en va on ne sait où, et qui est triste. Il y a toujours tant de tristesse à partir! Vous étiez irrité contre moi, tout à l'heure. Oh! je ne vous le reproche pas. J'en souffre seulement. Gardez-moi un peu de sympathie. Qui sait? L'avenir est toujours inconnu. Il est bien vague, bien obscur devant moi. Que je puisse me dire que j'ai été bonne, simple, franche avec vous, et que vous ne l'avez pas oublié. Avec le temps, vous comprendrez, vous pardonnerez. Dès aujourd'hui ayez un peu de pitié.

Il ne l'écoutait pas, apaisé seulement par la caresse de cette voix, où les sons coulaient limpides et clairs. Il dit en sursaut :

— Vous ne l'aimez pas. C'est moi que vous aimez. Alors?...

Elle hésita, glissa :

— Ah! dire ce qu'on aime ou ce qu'on n'aime pas, c'est une chose qui n'est pas facile pour une femme, au moins pour moi. Car je ne sais pas comment font les autres. Mais la vie n'est pas clémente. On est jetée, poussée, ballottée...

Il la regarda, très calme. Il lui était venu une

idée; il avait pris une résolution. C'était simple. Il pardonnait, il oubliait, pourvu qu'elle lui revînt tout de suite.

— Thérèse, vous ne l'aimez pas? C'était une erreur, un moment d'oubli, une chose horrible et stupide que vous avez faite, par faiblesse, par surprise, peut-être de dépit. Jurez-moi que vous ne le reverrez plus.

Il lui prit le bras :

— Jurez-le-moi.

Elle se taisait, les dents serrées, le visage sombre; il lui tordit le poignet. Elle cria :

— Vous me faites mal !

Cependant il suivait son dessein. Il la traîna jusqu'à la table, sur laquelle se trouvaient, près du jeu de brosses, une bouteille d'encre et quelques feuilles de papier à lettres avec une grande vignette bleue représentant la façade de l'hôtel, aux fenêtres innombrables.

— Écrivez ce que je vais vous dicter. Je ferai porter la lettre.

Et, comme elle résistait, il la fit tomber à genoux. Fière et tranquille, elle dit :

— Je ne peux pas, je ne veux pas.

— Pourquoi?

— Parce que... Vous voulez le savoir?... Parce que je l'aime.

Brusquement, il lui lâcha le bras. S'il avait eu

son revolver sous la main, peut-être l'aurait-il
tuée. Mais, presque aussitôt, sa fureur s'était
mouillée de tristesse; et maintenant, désespéré,
c'est lui qui aurait bien voulu mourir.

— Est-ce vrai, ce que vous dites là? Est-ce
donc possible? Est-ce donc vrai?

— Est-ce que je sais, moi? Est-ce que je peux
dire? Est-ce que je comprends encore? Est-ce
que j'ai encore une idée, un sentiment, une
lueur de quoi que ce soit? Est-ce que...

Avec un peu d'effort, elle ajouta:

— Est-ce que je suis dans ce moment à autre
chose qu'à ma tristesse et à votre désespoir?

— Tu l'aimes! tu l'aimes! Qu'est-ce qu'il a,
comment est-il, pour que vous l'aimiez?

Il était stupide de surprise, dans un abîme
d'étonnement. Mais ce qu'elle avait dit les avait
pourtant séparés. Il n'osait plus la manier brutalement, la saisir, la frapper, la pétrir comme
sa chose mauvaise et rétive, mais sa chose à lui.
Il répétait :

— Vous l'aimez! vous l'aimez! Mais qu'est-ce
qu'il vous a dit, qu'est-ce qu'il vous a fait, pour
que vous l'aimiez? Je vous connais : je ne vous
ai pas dit toutes les fois que vos idées me cho-
quaient. Je parie que ce n'est même pas un
homme du monde. Et vous croyez qu'il vous
aime? vous le croyez? Eh bien! vous vous trom-

pez : il ne vous aime pas. Il est flatté, tout simplement. Il vous lâchera à la première occasion. Quand il vous aura assez compromise, il vous enverra promener. Et vous roulerez dans la galanterie. L'année prochaine, on dira de vous : « Elle traîne avec tout le monde. » Cela me contrarie pour votre père, qui est un de mes amis, et qui saura votre conduite, car n'espérez pas le tromper, lui.

Elle écoutait, humiliée, mais consolée, songeant à ce qu'elle aurait souffert de le trouver généreux.

Dans sa simplicité, il la méprisait sincèrement. Ce mépris le soulageait. Il s'en mettait plein la gorge.

— Comment la chose s'est-elle faite? Vous pouvez bien me le dire, à moi.

Elle haussa les épaules avec tant de pitié qu'il n'osa plus continuer sur ce ton. Il redevint haineux.

— Est-ce que vous vous imaginez que je vous aiderai à sauver les apparences, que je retournerai chez vous, que je continuerai à fréquenter votre mari, que je tiendrai le chandelier?

— Je pense que vous ferez ce qu'un galant homme doit faire. Je ne vous demande rien. J'aurais voulu conserver de vous le souvenir d'un excellent ami. Je croyais que vous seriez indulgent et bon pour moi. Ce n'est pas possible. Je vois qu'on ne se quitte jamais bien. Plus tard, plus tard vous me jugerez mieux. Adieu!

Il la regarda. Son visage maintenant exprimait plus de douleur que de colère. Elle ne lui avait jamais vu ces yeux secs et cernés, ces tempes arides sous des cheveux rares. Il semblait qu'il eût vieilli en une heure.

— J'aime mieux vous avertir. Il me sera impossible de vous revoir. Vous n'êtes pas une femme qu'on peut rencontrer dans le monde quand on l'a eue et qu'on ne l'a plus. Je vous l'ai dit. Vous n'êtes pas comme les autres. Vous avez un poison à vous, que vous m'avez donné, et que je sens en moi, dans mes veines, partout. Pourquoi vous ai-je connue?

Elle le regarda avec bonté.

— Adieu! et dites-vous que je ne vaux pas des regrets si cuisants.

Alors, quand il vit qu'elle posait la main sur la clef de la porte, quand il sentit, à ce geste, qu'il allait la perdre, qu'il ne l'aurait plus jamais, il poussa un cri et s'élança. Il ne se rappelait plus rien. Il lui restait l'étourdissement d'un grand malheur accompli, d'un deuil irréparable. Et du fond de sa stupeur un désir montait. Il voulait la reprendre une fois encore, celle qui s'en allait et ne reviendrait plus. Il la tira à lui. Il la voulait simplement, de toute la force de sa

volonté animale. Elle lui résista de toute sa volonté présente, libre et qui veillait. Elle se déga-
gea froissée, arrachée, déchirée, n'ayant pas même
eu peur.

Il comprit que tout serait inutile ; il retrouva la
suite oubliée des choses et qu'elle n'était plus à
lui parce qu'elle était à un autre. Sa souffrance
revenue, il lui cracha des injures, et la poussa
dehors.

Elle resta un moment dans le corridor, attendant par fierté un mot, un regard digne d'être
mis sur leur amour passé.

Mais il cria encore : « Va-t'en », et poussa
violemment la porte.

Via Alfieri, elle revit le pavillon au fond de la
cour où croissait l'herbe pâle. Elle le trouva tranquille et muet, fidèle, avec ses chèvres et ses
nymphes, aux amoureux du temps de la grande-
duchesse Élisa. Elle se sentit dès l'abord échappée
au monde douloureux et brutal et transportée à
des âges où elle n'avait pas connu la tristesse de
vivre. Au pied de l'escalier, dont les degrés étaient
jonchés de roses, Dechartre l'attendait. Elle se
jeta dans ses bras et s'y abandonna. Il la porta
inerte, comme la dépouille précieuse de celle
devant qui il avait pâli et tremblé. Elle goûtait,
les paupières mi-closes, l'humiliation superbe

d'être une belle proie. Sa fatigue, sa tristesse, ses dégoûts de la journée, le souvenir de la violence, sa liberté reprise, le besoin d'oublier, un reste de peur, tout avivait, irritait sa tendresse. Renversée sur le lit, elle noua ses bras autour du cou de son ami.

Quand ils revinrent à eux, ils eurent des gaietés d'enfant. Ils riaient, disaient des riens, jouaient, mordaient aux limons, aux oranges, aux pastèques amassés près d'eux sur des assiettes peintes. N'ayant gardé que la fine chemise rose, qui, glissant en écharpe sur l'épaule, découvrait un sein et voilait l'autre, dont la pointe rougissait à travers, elle jouissait de sa chair offerte. Ses lèvres s'entr'ouvraient sur l'éclair de ses dents humides. Elle demandait, avec une coquette inquiétude, s'il n'était pas déçu après le rêve savant qu'il avait fait d'elle.

Dans les lueurs caressantes du jour qu'il avait ménagées, il la contemplait avec une joie jeune. Il lui donnait des louanges et des baisers.

Ils s'oubliaient en caresses mignardes, en querelles amicales, en regards heureux. Puis, subitement graves, les yeux assombris, les lèvres serrées, en proie à cette colère sacrée, qui fait que l'amour ressemble à la haine, ils se reprenaient, se mêlaient et cherchaient l'abîme.

Et elle rouvrait ses yeux noyés et souriait, la

tête sur l'oreiller, les cheveux épars, avec une douceur de convalescente.

Il lui demanda d'où lui venait cette petite marque rouge sur la tempe. Elle répondit qu'elle ne savait plus et que ce n'était rien. Elle mentait à peine et d'un cœur ouvert. Vraiment, elle ne savait plus.

Ils se rappelaient leur belle et courte histoire, toute leur vie, qui datait du jour où ils s'étaient rencontrés.

— Vous savez, sur la terrasse, le lendemain de votre arrivée. Vous me disiez des paroles vagues et sans suite. J'ai deviné que vous m'aimiez.

— J'avais peur de vous paraître stupide.

— Vous l'étiez un peu. C'était mon triomphe. Je commençais à m'impatienter de vous voir si peu troublé près de moi. Je vous ai aimé avant que vous m'aimiez. Oh! je n'en rougis pas.

Il lui versa entre les dents une goutte d'asti mousseux. Mais il y avait sur le guéridon une bouteille de vin de Trasimène. Elle voulut y goûter, en souvenir de ce lac qu'elle avait vu désolé et beau, le soir, dans sa coupe ébréchée d'opale. C'était lors de son premier voyage en Italie. Il y avait de cela six ans.

Il la querella d'avoir découvert sans lui la beauté des choses.

Elle lui dit :

— Sans toi, je ne savais rien voir. Pourquoi n'es-tu pas venu plus tôt?

Il lui ferma la bouche d'un baiser pesant. Et quand elle revint à elle, brisée de joie, la chair heureuse et lasse, elle lui cria :

— Oui, je t'aime! Oui, je n'ai jamais aimé que toi!

XXII

Le Ménil lui avait écrit : « Je pars demain à sept heures du soir. Trouvez-vous à la gare. »

Elle y était venue. Elle le vit en long manteau gris à pèlerine, correct et calme, devant les omnibus des hôtels. Il lui dit seulement :

— Ah ! vous voilà !

— Mais, mon ami, vous m'avez appelée.

Il n'avoua pas qu'il avait écrit dans l'espoir absurde qu'elle reviendrait à l'aimer, et que le reste serait oublié, ou encore qu'elle lui dirait : « C'était une épreuve. »

Si elle lui avait parlé ainsi, sur le moment il l'aurait crue.

Déçu qu'elle n'ouvrît pas la bouche, il lui dit sèchement :

— Qu'est-ce que vous avez à me dire? c'est à vous à parler, ce n'est pas à moi. Je n'ai pas, moi, d'explications à vous donner. Je n'ai pas à me justifier d'une trahison.

— Mon ami, ne soyez pas cruel, ne soyez pas ingrat envers le passé. Voilà ce que j'avais à vous dire. Et j'ai encore à vous dire que je vous quitte avec la tristesse d'une véritable amie.

— C'est tout? Allez le répéter à l'autre, cela l'intéressera plus que moi.

— Vous m'avez appelée, je suis venue; ne me le faites pas regretter.

— Je suis fâché de vous avoir dérangée. Vous pouviez sans doute mieux occuper votre journée. Je ne vous retiens pas. Allez le rejoindre, vous en mourez d'envie.

A la pensée que ces pauvres et misérables paroles qu'elle entendait exprimaient un moment de l'éternelle douleur humaine, et que la tragédie en avait illustré de pareilles, elle eut une impression de tristesse mêlée d'ironie, que trahit un pli de ses lèvres. Il crut qu'elle riait.

— Ne riez pas, et écoutez-moi. Avant-hier, dans la chambre d'hôtel, j'ai voulu vous tuer. J'ai été si près de le faire que, maintenant, je sais ce que c'est. Aussi je ne le ferai pas. Vous pouvez être bien tranquille. D'ailleurs, à quoi bon? Comme je tiens, pour moi-même, à observer les convenances, j'irai vous voir à Paris. J'aurai le regret d'apprendre que vous ne pouvez pas me recevoir. Je verrai votre mari, je verrai aussi votre père. Ce sera pour prendre congé, devant faire un voyage un peu long. Adieu, madame !

Au moment où il lui tournait le dos, Thérèse vit miss Bell et le prince Albertinelli qui sortaient de la gare des marchandises et s'avançaient vers elle. Le prince était très beau. Vivian marchait à son côté avec l'allégresse des joies chastes.

— Oh ! darling, quelle bonne surprise de vous trouver ici. Nous venons, le prince et moi, de reconnaître à la douane la cloche qui est venue.

— Ah ! la cloche est venue ?

— Elle est ici, darling, la cloche de Ghiberti ! Je l'ai vue dans sa cage de bois. Elle ne sonnait pas parce qu'elle était prisonnière. Mais je veux lui donner dans ma maison de Fiesole un campanile pour logis. Quand elle sentira l'air de Florence, elle sera heureuse de faire entendre sa voix argentine. Visitée des colombes, elle sonnera à toutes nos joies et à toutes nos douleurs. Elle sonnera pour vous, pour moi, pour le prince, pour la bonne madame Marmet, pour M. Choulette, pour tous nos amis.

— Chérie, les cloches ne sonnent jamais aux vraies joies et aux vraies douleurs. Ce sont d'hon-

nêtes fonctionnaires qui ne connaissent que les
sentiments officiels.

— Oh! darling, vous vous trompez beaucoup.
Les cloches sont dans le secret des âmes; elles
savent tout. Mais je suis bien contente de vous
trouver. Oh! je sais, my love, pourquoi vous êtes
venue à la gare. Votre femme de chambre vous
a trahie. Elle m'a dit que vous attendiez une
robe rose qui ne venait pas, et que vous en
séchiez d'impatience. Mais ne vous mettez pas
en peine. Vous êtes toujours la toute belle, my
love.

Elle fit monter madame Martin dans la charrette.

— Venez vite, darling, M. Jacques Dechartre
dîne ce soir à la maison, et je ne voudrais pas le
faire attendre.

Et, tandis qu'ils allaient dans le silence du
soir, par les sentiers pleins de parfums sauvages:

— Voyez-vous là-bas, darling, les noires quenouilles des Parques, les cyprès du cimetière?
C'est là que je veux dormir.

Mais Thérèse songeait inquiète: « Ils l'ont vu.
L'a-t-elle reconnu? Je ne crois pas. La place était
déjà sombre et semée de petites lumières aveu-
glantes. Le connaissait-elle seulement? Je ne me
rappelle pas si elle l'a vu chez moi l'année dernière. »

Ce qui l'inquiétait, c'était la joie sournoise du prince.

— Darling, voulez-vous une place à côté de moi, dans ce cimetière rustique, et que nous reposions l'une près de l'autre sous un peu de terre et beaucoup de ciel? Mais j'ai tort de vous faire une invitation que vous ne pouvez pas accepter. Il ne vous est pas permis de dormir votre sommeil éternel au pied des coteaux de Fiesole, my love. Il faudra que vous reposiez à Paris, dans un beau monument, à côté du comte Martin-Bellème.

— Pourquoi? Vous croyez donc, chérie, que la femme doit être unie à son mari, même après la mort?

— Certainement, elle le doit, darling. Le mariage est pour le temps et pour l'éternité. Vous ne savez donc pas l'histoire des deux jeunes époux qui s'aimaient, dans la province d'Auvergne? Ils moururent presque en même temps et furent mis dans deux tombes séparées par une route. Mais chaque nuit un églantier jetait d'une tombe à l'autre sa tige fleurie. Il fallut réunir les deux cercueils.

Ayant un peu dépassé la Badia, ils virent une procession qui montait les pentes de la colline. Le vent du soir soufflait sur les dernières flammes des cierges portés dans des chandeliers de bois doré. Les filles blanches et bleues des confréries accompagnaient les bannières peintes. Puis venaient un petit Saint Jean, blond, frisé, tout nu sous la toison d'agneau qui lui découvrait les bras et les épaules, et une Sainte Marie-Madeleine de sept ans, dans la robe d'or de ses cheveux crépelés. Les gens de Fiesole suivaient en foule. La comtesse Martin reconnut Choulette au milieu d'eux. Un cierge d'une main, son livre de l'autre, des lunettes bleues au bout du nez, il chantait; des lueurs fauves tremblaient aux angles de sa face camuse et sur les bosses de son crâne tourmenté. Sa barbe sauvage se relevait et s'abaissait au rythme du cantique. Sous la dureté des ombres et des lumières qui lui travaillaient le visage, il avait l'air vieux et robuste comme ces solitaires capables d'accomplir un siècle de pénitence.

— Qu'il est beau! dit Thérèse. Il se donne en spectacle à lui-même. C'est un grand artiste.

— Oh! darling, pourquoi voulez-vous que M. Choulette ne soit pas un homme pieux? Pourquoi? Il y a beaucoup de joie et de beauté à croire. Cela, les poètes le savent. Si M. Choulette n'avait pas la foi, il ne ferait pas les admirables vers qu'il fait.

— Et vous, chérie, est-ce que vous avez la foi?

— Oh! oui, je crois en Dieu et à la parole de Christ.

Maintenant, le dais, les bannières, les voiles blancs avaient disparu dans les lacets du chemin montueux. Mais on voyait encore, sur le crâne nu de Choulette, la flamme du cierge rejaillir en rayons d'or.

Dechartre, cependant, attendait seul dans le jardin. Thérèse le trouva accoudé au balcon de la terrasse où il avait senti les premières souffrances d'aimer. Pendant que miss Bell cherchait avec le prince la place du campanile où elle suspendrait la cloche qui allait venir, il entraîna un moment son amie sous les cytises.

— Vous m'aviez pourtant promis de vous trouver dans le jardin quand je viendrais. Je vous attends depuis une heure qui m'a paru mortelle. Vous deviez ne pas sortir. Votre absence m'a surpris et désespéré.

Elle répondit vaguement qu'elle avait été obligée d'aller à la gare, et que miss Bell l'avait ramenée dans sa charrette.

Il s'excusa de lui montrer un visage inquiet. Mais tout l'effrayait. Son bonheur lui faisait peur.

Déjà on était à table quand parut Choulette, montrant le visage d'un antique satyre; une joie terrible luisait dans ses yeux de phosphore. Depuis son retour d'Assise, il ne vivait plus qu'avec des gens du menu peuple, buvait toute la journée du vin de Chianti avec des filles et des artisans, à qui il enseignait la joie et l'innocence, l'avènement de Jésus-Christ, et l'abolition prochaine de l'impôt et du service militaire. A l'issue de la procession, il avait réuni des vagabonds dans les ruines du théâtre romain, et leur avait fait en langage macaronique mêlé de français et de toscan, un sermon qu'il se plut à refaire :

— Les rois, les sénateurs et les juges ont dit : « La vie des peuples est en nous. » Or, ils mentent et ils sont le cercueil qui dit : « Je suis le berceau. »

» La vie des peuples est dans les moissons des campagnes qui jaunissent sous le regard du Seigneur. Elle est dans les vignes suspendues aux ormeaux, et dans le sourire et les larmes dont le ciel baigne les fruits des arbres, aux clos des vergers.

» Elle n'est pas dans les lois, qui sont faites par les riches et les puissants, pour la conservation de la puissance et de la richesse.

» Les chefs des royaumes et des républiques ont mis dans leurs livres que le droit des gens est le droit de guerre. Et ils ont glorifié la violence. Et ils rendent des honneurs aux conquérants, et ils élèvent sur les places publiques des statues à l'homme et au cheval victorieux. Mais le droit n'est pas de tuer : c'est pourquoi le juste ne tirera pas de l'urne son numéro à la conscription. Le droit n'est pas de nourrir la folie et les crimes du prince qui est élevé sur le royaume ou sur la république : et c'est pourquoi le juste ne paiera pas l'impôt ; et il ne donnera point d'argent aux publicains. Il jouira en paix du fruit de son travail, et il fera du pain avec le blé qu'il a semé, et il mangera les fruits des arbres qu'il a taillés.

— Ah ! monsieur Choulette, dit gravement le prince Albertinelli, vous avez bien raison de vous intéresser à l'état de nos malheureuses belles campagnes, que le fisc épuise. Quel fruit tirer d'un sol imposé à trente-trois pour cent du revenu net? Le maître et les serviteurs sont la proie des publicains.

Dechartre et madame Martin furent frappés de la sincérité inattendue de son accent.

Il ajouta :

— J'aime le roi. Je réponds de mon loyalisme. Mais les maux des paysans me sont sensibles.

La vérité est qu'il poursuivait avec une souple obstination un but unique : rétablir le domaine rural de Casentino, que son père le prince Carlo, officier d'ordonnance de Victor-Emmanuel, avait laissé, aux trois quarts dévoré par les usuriers. Sa mollesse affectée cachait son opiniâtreté. Il n'avait que des vices utiles et tendus vers l'intérêt de sa vie. C'est pour redevenir un grand propriétaire toscan qu'il avait brocanté des tableaux, vendu en contrebande les plafonds fameux de son palais, plu à de vieilles femmes et finalement recherché la main de miss Bell, qu'il savait très habile à gagner de l'argent et très entendue à tenir une maison. Il aimait vraiment la terre et les paysans. Les paroles ardentes de Choulette, qu'il comprenait vaguement, remuaient en lui cet amour. Il se laissait aller à dire sa pensée :

— Dans un pays où le maître et les serviteurs ne font qu'une seule famille, le sort de l'un dépend de celui des autres. Le fisc nous dépouille. Quels braves gens que nos fermiers ! Pour remuer la terre, ils sont les premiers hommes du monde.

Madame Martin avoua qu'elle ne l'eût pas cru. Les campagnes de la Lombardie seules lui avaient paru bien cultivées et coupées de canaux innombrables. Mais la Toscane lui semblait un beau verger sauvage.

Le prince répondit en souriant que peut-être ne parlerait-elle pas de cette manière si elle lui avait fait l'honneur de visiter ses fermes de Casentino, qui pourtant avaient enduré les souffrances de longs et ruineux procès. Elle aurait vu là ce que c'est que le paysan italien.

— Je m'occupe beaucoup de mon domaine.

J'en venais, ce soir, quand j'ai eu le double plaisir de trouver, à la gare, miss Bell qui reconnaissait sa cloche, et vous, madame, qui étiez en conversation avec un ami de Paris.

Il avait eu l'idée qu'il lui serait désagréable en parlant de cette rencontre. Regardant tout autour de la table, il vit le mouvement de surprise inquiète que Dechartre n'avait pu contenir. Il insista :

— Pardonnez, madame, à un rustique une certaine prétention à connaître le monde : en ce monsieur qui causait avec vous, j'ai reconnu un Parisien à ce qu'il avait l'air anglais, et qu'en affectant la raideur, il laissait voir une aisance parfaite et une vivacité toute particulière.

— Oh ! dit négligemment Thérèse, il y avait longtemps que je ne l'avais vu. Et j'ai été très surprise de le rencontrer à Florence, au moment de son départ.

Elle regarda Dechartre, qui affectait de ne pas écouter.

— Mais je le connais, ce monsieur, dit miss Bell. C'est M. Le Ménil. J'ai dîné près de lui deux fois, chez madame Martin, et il a causé avec moi, très bien. Il m'a dit qu'il aimait le football ; que c'est lui qui a introduit ce jeu en France, et que maintenant le football est très à la mode. Il m'a aussi conté ses aventures de chasse. Il aime les animaux. J'ai remarqué que les chasseurs aimaient beaucoup les animaux. Je vous assure, darling, que M. Le Ménil parle admirablement des lièvres. Il connaît leurs habitudes. Il m'a dit que c'était un plaisir de les voir, au clair de lune, danser dans les bruyères. Il m'a assuré qu'ils étaient très intelligents, et qu'il avait vu un vieux lièvre, poursuivi par les chiens, forcer à coups de pattes un autre lièvre à sortir du gîte, pour donner le change. Darling, est-ce que M. Le Ménil vous a parlé des lièvres?

Thérèse répondit qu'elle ne savait pas, qu'elle trouvait les chasseurs ennuyeux.

Miss Bell répliqua. Elle ne croyait pas que M. Le Ménil fût jamais ennuyeux en parlant des lièvres qui dansent au clair de lune, dans les bruyères et dans les vignes. Elle aurait voulu, comme Phanion, élever un petit lièvre.

— Darling, vous ne connaissez pas Phanion. Oh! je suis bien sûre que M. Dechartre la connaît. Elle était belle, et chère aux poètes. Elle habitait dans l'île de Cos une maison au penchant de la colline, qui, couverte de citronniers et de térébinthes, descendait vers la mer bleue. Et l'on dit qu'elle regardait le regard azuré des flots. J'ai conté l'histoire de Phanion à M. Le Ménil, et il a été bien content de l'apprendre. Elle avait reçu de quelque chasseur un petit lièvre aux longues oreilles, enlevé à sa mère quand il tétait encore. Elle l'éleva sur ses genoux, et le nourrit des fleurs du printemps. Il aimait Phanion et il oublia sa mère. Il mourut d'avoir mangé trop de fleurs. Phanion le pleura. Elle l'ensevelit dans le jardin de citronniers, sous un tombeau qu'elle pouvait voir de son lit. Et l'ombre du petit lièvre fut consolée par les chansons des poètes.

La bonne madame Marmet dit que M. Le Ménil plaisait par des façons élégantes et discrètes, que les jeunes gens n'ont plus guère. Elle aurait bien voulu le voir. Elle avait un service à lui demander.

— C'est pour mon neveu, dit-elle. Il est capitaine d'artillerie, très bien noté et très aimé de ses chefs. Son colonel a été longtemps sous les ordres d'un oncle de M. Le Ménil, le général de La Briche. Si M. Le Ménil voulait bien demander à son oncle d'écrire un mot en faveur de mon neveu au colonel Faure, je lui en serais bien reconnaissante. D'ailleurs, mon neveu n'est pas un étranger pour M. Le Ménil. Ils se sont trouvés ensemble l'année dernière au bal masqué que le capitaine de Lessay donna, à l'hôtel d'Angleterre, aux officiers de la garnison de Caen et aux jeunes gens de famille des environs.

Madame Marmet, baissant les yeux, ajouta :

— Les invitées, naturellement, n'étaient pas

des femmes du monde. Mais on dit qu'il y en
avait de très jolies. Ces messieurs en avaient fait
venir de Paris. Mon neveu, qui m'a donné ces
détails, était costumé en postillon; M. Le Ménil
en hussard de la Mort, et il a eu un très grand
succès.

Miss Bell dit qu'elle était bien fâchée de
n'avoir pas appris que M. Le Ménil était à Florence. Certainement, elle l'aurait invité à venir
se reposer à Fiesole.

Dechartre resta sombre et distrait pendant le
reste du dîner; et, quand, au moment de se
séparer, Thérèse lui tendit la main, elle sentit
qu'il évitait de la presser dans la sienne.

XXIII

Le lendemain, dans le pavillon caché de la via Alfieri. elle le trouva soucieux. Elle essaya d'abord de le distraire par une ardente gaieté, par les douceurs d'une intimité pressante, par l'humilité superbe d'une maîtresse qui s'offre. Mais il restait sombre. Il avait tout le long de la nuit médité, travaillé, formé sa tristesse et son ennui. Il avait trouvé des raisons de souffrir. Sa pensée avait rapproché la main qui glissait une lettre dans la boîte, devant le San Marco de bronze, et l'inconnu banal et redoutable qui avait été vu à la gare. Maintenant, Jacques Dechartre donnait un visage, un nom à sa souffrance. Dans le fauteuil d'aïeule où Thérèse s'était assise le

jour de sa bienvenue et qu'elle lui avait cette
fois offert, il demeurait assailli d'images pénibles,
tandis qu'elle, penchée sur l'un des bras, l'enveloppait de sa forme chaude et de son âme aimante.
Elle devinait trop bien ce dont il souffrait pour le
lui demander simplement.

Afin de le ramener aux douces idées, elle rappela les secrets de la chambre où ils étaient, et
le souvenir de leurs promenades à travers la ville.
Elle trouvait des familiarités gracieuses.

— La petite cuiller que vous m'avez donnée
sous les Lanzi, la petite cuiller au lys rouge, je
m'en sers pour prendre mon thé du matin. Et,
au plaisir que j'ai de la voir à mon réveil, je
sens combien je t'aime.

Puis, comme il ne répondait qu'en paroles
tristes et voilées, elle lui dit :

— Je suis là, près de vous, et vous ne vous
souciez pas de moi. Vous êtes occupé d'une idée
que je ne sais pas. Pourtant j'existe, et une idée,
ce n'est rien.

— Une idée, ce n'est rien. Croyez-vous? On
est heureux ou misérable d'une idée; on vit, on
meurt d'une idée. Eh bien, oui, je songe...

— A quoi songez-vous?

— Pourquoi me le demander? Vous le savez
bien, je songe à ce que j'ai appris hier soir, et
que vous m'aviez caché. Je songe à la rencontre

que vous avez faite hier à la gare et qui n'était pas due au hasard, mais qu'une lettre avait amenée, une lettre jetée — rappelez-vous — dans la boîte d'Or San Michele. Oh! je ne vous fais pas de reproches. Je n'en ai pas le droit. Mais pourquoi vous être donnée à moi, si vous n'étiez pas libre?

Elle pensa qu'il fallait mentir.

— Vous voulez parler de quelqu'un que j'ai vu hier à la gare? Je vous assure que ç'a été la rencontre la plus banale du monde.

Il fut frappé douloureusement de ce qu'elle n'osait pas nommer celui dont elle parlait. Il évita aussi de prononcer un nom.

— Thérèse, il n'était pas venu pour vous? Vous ne le saviez pas à Florence? Il n'est pas autre chose pour vous qu'un homme que vous voyez dans le monde et que vous recevez? Il n'est pas celui qui, absent, vous a fait me dire au bord de l'Arno : « Je ne peux pas! » Il ne vous est rien?

Elle répondit résolument :

— Il vient quelquefois chez moi. C'est le général Larivière qui me l'a présenté. Je n'ai pas autre chose à vous en dire. Je vous assure qu'il ne m'intéresse en aucune façon, et que je ne conçois pas ce que vous pouvez croire.

Elle éprouvait une sorte de contentement à

renier l'homme qui avait soutenu contre elle avec
tant de dureté et de violence ses droits de posses-
seur. Mais elle avait hâte de s'arrêter dans la
voie tortueuse. Elle se leva et regarda son ami
avec de beaux yeux tendres et graves.

— Écoutez-moi : du jour où je me suis donnée
à vous, ma vie vous appartient tout entière. S'il
vous vient un doute, une inquiétude, interrogez-
moi. Le présent est à vous, et vous savez bien
qu'il n'y a que vous, vous seul, toi dedans. Quant
à mon passé, si vous saviez quel néant c'était,
vous seriez content. Je ne crois pas qu'une autre
femme, faite comme moi pour aimer, vous eût
apporté une âme plus neuve d'amour que la
mienne. Cela, je vous le jure. Les années écoulées
sans vous, je ne les ai pas vécues. N'en parlons
pas. Il ne s'y trouve rien dont je puisse avoir
honte. Avoir regret, c'est autre chose : je regrette
de vous avoir connu si tard. Pourquoi, mon ami,
pourquoi n'êtes-vous pas venu plus tôt ? Je me
serais laissé prendre par vous il y a cinq ans,
aussi volontiers qu'aujourd'hui. Mais, croyez-moi,
ne nous fatiguons pas à creuser le temps qui
n'est plus. Rappelez-vous Lohengrin. Si vous
m'aimez, je suis pour vous le chevalier du cygne.
Moi, je ne vous ai rien demandé. Je n'ai rien
voulu savoir. Je ne vous ai pas fait de querelle
au sujet de mademoiselle Jeanne Tancrède. J'ai

vu que tu m'aimais, que tu souffrais, et cela m'a suffi!... parce que je t'aimais.

— Une femme ne peut pas être jalouse de la même manière qu'un homme, ni sentir ce qui nous fait le plus souffrir.

— Je n'en sais rien. Pourquoi?

— Pourquoi? Parce qu'il n'y a pas dans le sang, dans la chair d'une femme, cette fureur absurde et généreuse de possession, cet antique instinct dont l'homme s'est fait un droit. L'homme est le dieu qui veut sa créature tout entière. Depuis des siècles immémoriaux la femme est faite au partage. C'est le passé, l'obscur passé qui détermine nos passions. Nous étions déjà si vieux quand nous sommes nés! La jalousie n'est pour une femme que la blessure de l'amour-propre. Chez l'homme, c'est une torture profonde comme la souffrance morale, continue comme la souffrance physique... Tu demandes pourquoi? Parce que, malgré ma soumission et mes respects en dépit de la peur que tu me donnes, tu es la matière et moi l'idée. tu es la chose, et moi l'âme. tu es l'argile et moi l'artisan. Oh! ne t'en plains pas. Auprès de l'amphore arrondie et ceinte de guirlandes, qu'est-ce que l'humble et rude potier? Elle est tranquille et belle. Il est misérable. Il se tourmente, il veut, il souffre; car vouloir, c'est souffrir. Oui, je suis jaloux. Je sais bien ce qu'il y a dans ma jalousie. Quand je l'examine, j'y trouve des préjugés héréditaires, un orgueil de sauvage, une sensibilité maladive, un mélange de violence bête et de faiblesse cruelle, une révolte imbécile et méchante contre les lois de la vie et du monde. Mais j'ai beau la connaître pour ce qu'elle est : elle est et me tourmente. Je suis le chimiste qui, étudiant les propriétés de l'acide qu'il a bu, sait avec quelles bases il se combine et quels sels il forme. Cependant l'acide le brûle et le brûlera jusqu'aux os.

— Mon ami, vous êtes absurde.

— Oui, je suis absurde, je le sens mieux que vous ne le sentez vous-même. Vouloir une femme dans tout l'éclat de sa beauté et de son esprit, maîtresse d'elle-même, et qui sait, et qui ose, plus belle en cela et plus désirable, et dont le choix est libre, volontaire, instruit ; la désirer, l'aimer pour ce qu'elle est et souffrir de ce qu'elle n'a ni la candeur puérile, ni la pâle innocence qui choqueraient en elle, s'il était possible de les y rencontrer ; lui demander à la fois qu'elle soit elle et ne soit pas elle, l'adorer telle que la vie l'a faite et regretter amèrement que la vie, qui l'a tant embellie, l'ait seulement touchée, oh ! c'est absurde. Je t'aime, entends-tu, je t'aime avec tout ce que tu m'apportes de sensations, d'habitudes, avec tout ce qui vient de tes expé-

riences, avec tout ce qui vient de lui peut-être,
d'eux, que sais-je?... Ce sont là mes délices et
ce sont mes tortures. Il faut bien qu'il y ait un
sens profond à cette bêtise publique qui veut que
nos amours soient coupables. La joie est cou-
pable quand elle est immense. Voilà pourquoi
je souffre, ma bien-aimée.

Elle s'agenouilla devant lui, lui prit les mains,
l'attira à elle :

— Je ne veux pas que tu souffres, je ne le
veux pas. Mais ce serait une folie. Je t'aime et je
n'ai jamais aimé que toi. Tu peux me croire : je
ne mens pas.

Il lui mit un baiser sur le front.

— Si tu me trompais, ma chérie, je ne t'en
voudrais pas. Au contraire, je t'en serais recon-
naissant. Quoi de plus légitime, de plus humain
que de tromper la douleur? Que deviendrions-
nous, mon Dieu! si les femmes n'avaient plus
pour nous la pitié du mensonge? Mens, ma bien-
aimée, mens par charité. Donne-moi le songe
qui colore les noirs chagrins. Mens, n'aie pas de
scrupules. Tu n'ajouterais qu'une illusion à l'illusion de l'amour et de la beauté.

Il soupira :

— Oh! le bon sens! la commune sagesse!

Elle lui demanda ce qu'il voulait dire et quelle
était cette sagesse commune. Il répondit que c'était

un proverbe sensé, mais brutal, et qu'il valait mieux taire.

— Dites-le tout de même.

— Vous voulez que je vous le dise : « Bouche baisée ne perd pas sa fraîcheur. »

Et il ajouta :

— C'est vrai que l'amour conserve la beauté, et que la chair des femmes se nourrit de caresses comme l'abeille de fleurs.

Elle lui mit sur la bouche un serment dans un baiser.

— Je te jure que je n'ai jamais aimé que toi. Oh! non, ce ne sont pas les caresses qui ont conservé ce peu de charmes que je suis heureuse d'avoir pour te l'offrir. Je t'aime! je t'aime!

Mais il se souvenait de la lettre d'Or San Michele et de l'inconnu rencontré à la gare.

— Si vous m'aimiez vraiment, vous n'aimeriez que moi.

Elle se leva, indignée :

— Alors, vous croyez que j'en aime un autre? Mais c'est monstrueux ce que vous dites là. Voilà ce que vous pensez de moi? Et vous dites que vous m'aimez... Tenez! j'ai pitié de vous, parce que vous êtes fou.

— Vraiment, je suis fou? Dites-le-moi. Dites-le-moi encore.

Elle, agenouillée, du creux souple de ses mains, lui enveloppait les tempes et les joues. Elle lui dit encore qu'il était insensé de s'inquiéter d'une vulgaire et banale rencontre. Elle le força de croire, ou plutôt d'oublier. Il ne vit, ne sut, ne connut plus rien que ces mains légères, ces lèvres ardentes, ces dents avides, cette gorge pleine et toute cette chair offerte. Il n'eut plus d'autre idée que de s'anéantir en elle. Son amertume et sa colère évanouies ne lui laissaient plus que l'âcre désir de tout oublier, de lui faire tout oublier, et de tomber avec elle dans un évanouissement voluptueux. Elle-même, aiguillonnée d'inquiétude et de désir, éprouvant l'âcre passion qu'elle inspirait, sentant à la fois sa toute-puissance et sa faiblesse, rendit amour pour amour avec une fureur inconnue d'elle. Et, dans une rage instinctive, dans une sourde volonté de se donner mieux et plus que jamais, elle osa ce qu'elle n'eût pas cru possible d'oser. Une ombre chaude enveloppait la chambre. Des rayons d'or, dardés au bord des rideaux, éclairaient le panier de fraises posé sur la table près d'un flacon de vin d'Asti. Au chevet du lit, l'ombre claire de la dame vénitienne souriait de ses lèvres décolorées. Les masques de Bergame et de Vérone traînaient leur joie silencieuse au long des paravents. Dans un verre, une rose trop lourde tom-

bait feuille à feuille. Le silence était chargé
d'amour; ils goûtaient leur fatigue ardente.

Elle s'endormit sur la poitrine de son amant.
Son léger sommeil prolongea sa volupté. Quand
elle rouvrit les yeux, elle dit, heureuse :

— Je t'aime.

Accoudé à l'oreiller, il la regardait avec une
sourde angoisse.

Elle lui demanda pourquoi il était triste.

— Tu étais content tout à l'heure. Pourquoi
ne l'es-tu plus?

Et, comme il secouait la tête et se taisait :

— Parle. J'aime mieux tes plaintes que ton
silence.

Alors, il lui dit :

— Tu veux savoir? ne te fâche pas. Je souffre plus que jamais, parce que je sais maintenant
ce que tu donnes.

Elle se retira brusquement, et les yeux pleins
de douleur et de reproche :

— Vous pouvez croire que j'ai été avec un
autre ce que je suis avec vous! Vous me blessez
dans ce que j'ai de plus sensible, dans mon amour
pour vous. Je ne vous le pardonne pas. Je vous
aime. Je n'ai jamais aimé que vous. Je n'ai
jamais souffert que par vous. Soyez content.
Vous me faites beaucoup de mal... Seriez-vous
méchant?

— Thérèse, on n'est jamais bon quand on aime.

Assise sur le lit, laissant, comme une baigneuse, pendre ses jambes nues, elle resta longtemps immobile et songeuse. Son visage, que le plaisir avait pâli, se colora, et une larme vint mouiller ses cils.

— Thérèse, vous pleurez !

— Pardonnez-moi, mon ami. C'est la première fois que j'aime et qu'on m'aime vraiment. J'ai peur.

XXIV

Tandis que le roulement sourd des malles dans les escaliers emplissait la villa des Cloches, que Pauline, chargée de paquets, descendait légèrement les marches, que la bonne madame Marmet, avec une tranquille vigilance, surveillait le départ des colis et que miss Bell achevait de s'habiller dans sa chambre, Thérèse, vêtue de gris pour le voyage, s'accoudant au bord de la terrasse, regardait une fois encore la ville de la Fleur.

Elle s'était décidée à partir. Son mari la rappelait en chacune de ses lettres. Si, comme il l'en priait instamment, elle revenait à Paris dans les premiers jours de mai, ils pourraient, avant

le Grand Prix, donner deux ou trois dîners,
suivis de réceptions. Son groupe était porté par
l'opinion. Le flot le poussait ; et Garain estimait
que le salon de la comtesse Martin pouvait exercer
une influence excellente sur l'avenir du pays.
Ces raisons la touchaient peu, mais elle se sentait maintenant de la bienveillance pour son mari
et désirait plutôt lui être agréable. Elle avait reçu
l'avant-veille une lettre de son père. M. Montessuy,
sans entrer dans les vues politiques de son gendre
et sans donner de conseils à sa fille, faisait entendre qu'on commençait à parler dans le monde
du séjour mystérieux de la comtesse Martin à
Florence, parmi des poètes et des artistes, et que
la villa des Cloches prenait, de loin, un air de
fantaisie sentimentale. Elle-même se sentait obser-
vée de trop près, dans ce petit monde de Fiesole.
Madame Marmet la gênait, le prince Albertinelli
l'inquiétait dans sa nouvelle vie. Les rendez-vous
au pavillon de la via Alfieri devenaient difficiles
et dangereux. Le professeur Arrighi, que le prince
fréquentait, l'avait rencontrée, un soir, tandis
qu'elle allait par les rues désertes, blottie au côté
de Dechartre. Le professeur Arrighi, auteur d'un
traité d'agriculture, était le plus aimable des sages.
Il avait détourné son beau visage héroïque, à
moustache blanche, et dit seulement, le lendemain, à la jeune femme : « Autrefois, je devinais

de loin l'approche d'une belle personne. Maintenant que j'ai passé l'âge d'être regardé favorablement par les dames, le ciel a pitié de moi; il m'épargne leur vue. J'ai de très mauvais yeux. Le plus aimable visage, je ne le reconnais plus. » Elle avait compris et se tenait pour avertie. Elle aspirait maintenant à cacher sa joie dans l'immensité de Paris.

Vivian, à qui elle avait annoncé son prochain départ, l'avait pressée de rester quelques jours encore. Mais Thérèse soupçonnait que son amie restait choquée du conseil qu'elle était venue recevoir, une nuit, dans la chambre des citronniers; que, tout au moins, elle ne se plaisait plus entièrement dans la familiarité d'une confidente qui désapprouvait son choix, et que le prince lui avait représentée coquette, et peut-être légère. Le départ avait été fixé au 5 mai.

Le jour brillait pur et charmant sur la vallée de l'Arno. Thérèse, songeuse, voyait de la terrasse l'immense rose du matin posée sur la coupe bleue de Florence. Elle se pencha pour découvrir, au pied des pentes fleuries, le point imperceptible où elle avait connu les joies infinies. Là-bas, le jardin du cimetière faisait une petite tache sombre près de laquelle elle devinait la via Alfieri. Elle se revit dans la chambre si chère où, sans doute, elle n'entrerait plus jamais. Les

heures passées sans retour lui apparaissaient avec
la tristesse d'un songe. Elle sentit ses yeux se
voiler, ses genoux fléchir, et son âme défaillir.
Il lui semblait que sa vie n'était plus en elle, et
qu'elle l'avait laissée dans ce coin où l'on voyait
les pins noirs élever leurs cimes immobiles. Elle
se reprochait de se troubler ainsi sans raison,
quand, au contraire, elle devait se rassurer et se
réjouir. Elle savait qu'elle retrouverait Jacques
Dechartre à Paris. Ils auraient voulu, l'un et
l'autre, y arriver en même temps, ou plutôt, y aller
ensemble. S'ils avaient jugé nécessaire qu'il restât
trois ou quatre jours encore à Florence, du moins
leur réunion était prochaine, le rendez-vous pris,
et elle vivait déjà d'y penser. Elle portait son
amour mêlé à sa chair et coulant dans son sang.
Pourtant, une part d'elle-même restait dans le
pavillon aux chèvres et aux nymphes, une part
d'elle-même qui ne lui serait jamais rendue. En
pleine ardeur de la vie, elle mourait à des choses
infiniment délicates et précieuses. Elle se rappelait que Dechartre lui avait dit : « L'amour est
fétichiste. J'ai cueilli sur la terrasse les baies
noires et desséchées d'un troène, que vous aviez
regardé. » Pourquoi n'avait-elle pas songé à
emporter une petite pierre du pavillon où elle
avait oublié le monde?

Un cri de Pauline la tira de ses pensées.

Choulette, bondissant d'un buisson de cytises, avait soudainement embrassé la femme de chambre qui portait les manteaux et les sacs dans la voiture. Maintenant il fuyait par les allées, joyeux, hirsute, les oreilles dressées comme des cornes aux côtés de son crâne poli. Il salua la comtesse Martin.

— Il faut donc vous dire adieu, madame?

Il restait en Italie. Une Dame l'appelait, disait-il; c'était Rome. Il voulait voir les cardinaux. L'un d'eux, qu'on vantait comme un vieillard plein de sens, entrerait peut-être dans l'idée de l'Église socialiste et révolutionnaire. Choulette avait son but : planter sur les ruines de la civilisation injuste et cruelle la croix du Calvaire, non plus morte et nue, mais vive et de ses bras fleuris ombrageant le monde. Il fondait, dans ce dessein, un ordre et un journal. L'ordre, madame Martin le connaissait. Le journal serait à un sou, et rédigé en phrases rythmées et en vers de complainte. Il pourrait, devrait être chanté. Le vers, très simple, violent ou joyeux, était en définitive l'unique langage qui convînt au peuple. La prose ne plaisait qu'aux gens d'une intelligence très subtile. Il avait fréquenté les anarchistes chez les troquets de la rue Saint-Jacques. Ils passaient leur soirée à dire et à écouter des romances.

Et il ajouta :

— Un journal qui sera un cahier de chansons ira à l'âme du peuple. On m'accorde quelque génie. Je ne sais si l'on a raison. Mais il faut convenir que j'ai l'esprit pratique.

Miss Bell descendait les degrés du perron, en mettant ses gants.

— Oh ! darling, la ville et les montagnes et le ciel veulent être pleurés de vous. Ils se font beaux aujourd'hui pour vous donner le regret de les quitter et l'envie de les revoir.

Mais Choulette, que fatiguait l'élégante sécheresse de la nature toscane, regrettait la verte Ombrie, et son ciel humide. Il se rappelait Assise, debout et priant sur la plaine grasse, au milieu d'une terre plus amollie et plus humble.

— Il y a là, dit-il, des bois et des roches, des clairières qui découvrent un peu de ciel avec des nuages blancs. Je m'y suis promené sur la trace du bon saint François, et j'y ai mis son cantique du Soleil en vieilles rimes françaises, simples et pauvres.

Madame Martin dit qu'elle voulait l'entendre. Miss Bell écoutait déjà, et son visage prenait l'expression fervente d'un ange sculpté par Mino.

Choulette les avertit que c'était un ouvrage rustique et sans art. Les vers ne voulaient point être beaux. Ils étaient simples, toutefois impairs,

pour la légèreté. Puis, d'une voix lente et monotone, il récita le cantique :

Je vous louerai, mon Dieu, d'avoir fait aimable et clair
Ce monde où vous voulez que nous attendions de vivre.
Vous l'avez semé d'or, d'émeraude et d'outremer,
Comme un peintre qui met des peintures dans un livre.

Je vous louerai d'avoir créé le seigneur Soleil,
Qui luit à tout le monde, et de l'avo' voulu faire
Aussi beau qu'il est bon, très digne de vous, vermeil,
Splendide et rayonnant, en forme exacte de sphère.

Je vous louerai, mon Dieu, pour notre frère le Vent,
Pour notre sœur la Lune et pour nos sœurs les Étoiles,
Et d'avoir au ciel bleu mis le nuage mouvant
Et tendu les vapeurs du matin comme des toiles.

Je vous louerai, Seigneur, je vous bénirai, mon Dieu,
Pour le brin de l'hysope et la cime de l'yeuse,
Pour mon frère terrible et plein de bonté, le Feu,
Et pour l'Eau, notre sœur humble, chaste et précieuse.

Pour la Terre qui, forte, à son sein vêtu de fleurs,
Nourrit la mère avec l'enfant riant dans les langes,
Et l'homme qui vous aime, et le pauvre dont les pleurs
Au sortir de ses yeux vous sont portés par les anges ;

Pour notre sœur la Vie et pour notre sœur la Mort,
Je vous louerai, Seigneur, d'ores à mon ultime heure,
Afin d'être en mourant le nourrisson qui s'endort
Dans la belle vesprée et pour une aube meilleure.

— Oh ! monsieur Choulette, dit miss Bell,
ce cantique monte vers le ciel comme l'ermite

qu'on voit dans le Campo Santo de Pise, gravissant la montagne aimée des chèvres. Je vais vous dire : le vieil ermite monte, appuyé sur le bâton de la foi, et son pas est inégal, parce que la béquille étant d'un côté, elle met un des pieds en avance sur l'autre. C'est pour cela que vos vers sont inégaux. Oh! je l'ai bien compris.

Le poète accepta cette louange, persuadé de l'avoir inconsciemment méritée.

— Vous avez la foi, monsieur Choulette, dit Thérèse. A quoi vous sert-elle si ce n'est à faire de beaux vers?

— A pécher, madame.

— Oh! nous péchons bien sans cela.

Madame Marmet parut, équipée pour le voyage, dans la joie tranquille de retrouver enfin son petit appartement de la rue de la Chaise, son petit chien Toby, son vieil ami M. Lagrange, et de revoir, après les Étrusques de Fiesole, le guerrier domestique, qui, parmi les boîtes de bonbons, regardait à travers la fenêtre, le square du Bon-Marché.

Miss Bell conduisit dans la charrette ses amies à la gare.

XXV

Dechartre était venu saluer les deux voyageuses dans le wagon. Séparée de lui, Thérèse sentit ce qu'il était pour elle : il lui avait donné de la vie un goût nouveau, délicieux, et si vif, si réel, qu'elle le sentait sur ses lèvres. Elle vivait sous un charme, dans le rêve de le revoir ; étonnée et douce quand madame Marmet, le long du voyage, lui disait : « Je crois que nous passons la frontière », ou : « Les rosiers fleurissent au bord de la mer. » Elle gardait cette joie intérieure, lorsqu'après une nuit d'hôtel, à Marseille, elle vit les gris oliviers dans les champs pierreux, puis les mûriers et le profil lointain du mont Pilate, et le Rhône, et Lyon, et puis les paysages

familiers, les arbres élevant en bouquets leurs
cimes, naguère sombres et violettes, maintenant
revêtues de vert tendre, les petits tapis rayés des
cultures aux pentes des collines, et les lignes
de peupliers sur le bord des rivières. Le voyage
coulait égal pour elle; elle goûtait la plénitude
des heures vécues et l'étonnement des joies profondes. Et c'est avec un sourire de dormeuse
éveillée qu'à l'arrêt du train, sous le jour livide
de la gare, elle accueillit son mari heureux de
la retrouver. En embrassant la bonne madame
Marmet, elle lui dit qu'elle la remerciait de tout
son cœur. Et vraiment, elle rendait grâce à toutes
choses, comme le saint François de M. Choulette.

Au fond du coupé, qui suivait les quais dans
la poussière lumineuse du couchant, elle écouta
sans impatience son mari, lui confiant ses succès
de tribune, les intentions de son groupe parle-
mentaire, ses projets, ses espérances et la nécessité
de donner deux ou trois grands dîners politiques.
Elle ferma les yeux pour mieux songer. Elle se
dit : « J'aurai une lettre demain, et je le reverrai
dans huit jours. » Quand le coupé passa sur le
pont, elle regarda cette eau qui roulait des
flammes, ces arches enfumées, ces lignes de platanes, les têtes fleuries des marronniers sur les
quinconces du Cours-la-Reine; tous ces aspects

familiers se revêtaient pour elle d'une magnifique
nouveauté. Il lui semblait que son amour avait
recoloré l'univers. Et elle se demandait si les
arbres, les pierres la reconnaissaient. Elle songeait : « Comment se fait-il que mon silence, mes
yeux, toute ma chair, et le ciel et la terre ne crient
pas mon secret? » M. Martin-Bellème, pensant
qu'elle était un peu fatiguée, lui conseilla le
repos. Et la nuit, enfermée dans sa chambre, au
milieu du grand silence où elle entendait les
palpitations de son âme, elle écrivit à l'absent une
lettre pleine de ces paroles semblables aux fleurs
dans leur perpétuelle nouveauté : « Je t'aime,
je t'attends. Je suis heureuse. Je te sens près de
moi, il n'y a que toi et moi au monde. Je vois
de ma fenêtre une étoile un peu bleue, qui
tremble. Et je la regarde en pensant que tu la
vois de Florence. J'ai mis sur ma table la petite
cuiller au lys rouge. Viens. De loin tu me brûles.
Viens ! » Et elle trouvait ainsi, toutes fraîches
dans son âme, les sensations et les images éter-
nelles.

Pendant une semaine, elle vécut d'une vie tout
intérieure, sentant au dedans d'elle la douce
chaleur qui lui restait des jours de la via Alfieri,
respirant sur elle les baisers reçus, et s'aimant
d'être aimée. Elle mit un soin délicat, un goût
attentif à se faire faire des toilettes neuves. C'est

à elle aussi qu'elle plaisait, qu'elle voulait plaire. Follement inquiète, lorsqu'il n'y avait rien pour elle à la poste, tremblante et joyeuse lorsqu'elle recevait, à travers la grille, par le petit guichet, une lettre où elle reconnaissait la large écriture ornée de son ami, elle dévorait ses souvenirs, ses désirs et ses espérances. Ainsi les heures, déchirées, froissées, brûlées, s'anéantirent rapidement.

Seul, le matin du jour où il devait venir lui parut d'une longueur odieuse. Elle était à la gare avant l'arrivée du train. Un retard était signalé. Elle en fut accablée. Optimiste dans ses projets, et mettant de force, comme son père, le sort du parti de sa volonté, ce retard qu'elle n'avait pas prévu lui semblait une trahison. Le jour gris que, durant trois quarts d'heure, filtraient les vitres du hall, tombait sur elle comme les grains d'un sablier immense qui lui mesurait les minutes perdues pour le bonheur. Elle se désolait, quand, dans la lumière rouge du soleil déjà bas, elle vit la machine du rapide s'arrêter, monstrueuse et docile, sur le quai de l'arrivée, et, dans la foule des voyageurs s'échappant des voitures, Jacques, qui, grand et mince, venait à elle. Il la regardait avec cette sorte de joie sombre et violente qu'elle lui connaissait. Il dit :

— Enfin vous voilà ! Je craignais de mourir

avant de vous revoir. Vous ne savez pas, je ne
savais pas moi-même, quelle torture c'est que de
vivre une semaine loin de vous. Je suis retourné
au petit pavillon de la via Alfieri. Dans la chambre,
tu sais, devant le vieux pastel, j'ai crié d'amour
et de rage.

Elle le regarda, contente.

— Et moi, tu ne penses pas que je t'appelais,
que je te voulais, que, seule, je tendais les bras
vers toi? J'avais caché tes lettres dans le chiffonnier où sont mes bijoux. Je les relisais, la nuit :
c'était délicieux, mais c'était imprudent. Tes
lettres, c'était toi, trop et pas assez.

Ils traversèrent la cour où roulaient les fiacres
chargés de malles. Elle lui demanda s'ils ne
prenaient pas une voiture.

Il ne répondit pas. Il semblait ne pas entendre.
Elle reprit :

— Je suis allé voir votre maison, je n'ai pas
osé entrer. J'ai regardé par la grille, et j'ai aperçu
des fenêtres à meneaux, dans des rosiers, au fond
d'une cour, derrière un platane. Et j'ai dit :
« C'est là ! » Jamais je ne m'étais sentie si émue.

Il ne l'écoutait plus, ne la regardait plus. Il
traversa rapidement avec elle la chaussée pavée,
et gagna, par un étroit escalier, une rue déserte,
qui longeait en contre-bas la cour de la gare.
Là, s'élevait, entre des chantiers de bois et des

magasins de charbon, un hôtel avec restaurant au rez-de-chaussée et des tables dressées sur le trottoir. On voyait, sous l'enseigne peinte, des rideaux blancs aux fenêtres. Dechartre s'arrêta devant la petite porte et poussa Thérèse dans l'allée obscure.

Elle demanda :

— Où me menez-vous? Quelle heure est-il? Il faut que je sois rentrée à sept heures et demie. Nous sommes fous.

Et dans une chambre à carreaux rouges, meublée d'un lit de noyer, avec une carpette représentant un lion, ils goûtèrent un moment d'oubli divin.

Elle dit en descendant l'escalier :

— Jacques, mon ami, nous sommes trop heureux; nous volons la vie.

XXVI

Un fiacre la conduisit, le lendemain, jusqu'à une rue populeuse et pourtant déserte, à moitié triste, à moitié gaie, avec des murs de jardins dans l'intervalle des maisons neuves, et s'arrêta au point où la chaussée va passer sous l'arcade voûtée d'un hôtel Régence, couvert maintenant de poussière et d'oubli, qui, par fantaisie, se met en travers de la rue. Çà et là, des branches vertes, s'allongeant entre les pierres, égayent ce coin de ville. Thérèse, en sonnant à la petite porte, vit, dans la perspective bornée des maisons, une poulie sur une lucarne, et une grande clef dorée, enseigne d'un serrurier. Son regard s'emplissait de ces aspects nouveaux pour elle et déjà familiers.

17.

Des pigeons volaient au-dessus de sa tête; elle entendait glousser des poules. Un domestique à moustaches, d'aspect militaire et rural, ouvrit la porte. Elle se trouva dans une cour sablée qu'ombrageait un platane et sur laquelle, à gauche, au ras de la rue, était la loge, avec des cages de serins aux fenêtres. De ce côté se dressait, sous un treillis vert, le pignon de la maison voisine. Un atelier de sculpteur y adossait sa charpente vitrée qui laissait voir des figures de plâtre endormies dans la poussière. A droite, le mur peu élevé qui fermait la cour portait scellés des débris précieux de frises, des fûts rompus de colonnettes. Au fond, l'hôtel, pas bien grand, ouvrait les six fenêtres à meneaux de sa façade cachée à demi par le lierre et les rosiers.

Philippe Dechartre, épris de l'architecture française du xve siècle, avait reproduit là, très savamment, les caractères d'une habitation privée du temps de Louis XII. Cette maison, commencée au milieu du second Empire, n'avait point été terminée. Le bâtisseur de tant de châteaux était mort sans pouvoir achever sa bicoque. Il valait mieux qu'il en fût ainsi. Conçu dans une manière qui avait alors sa distinction et son prix, mais qui semble aujourd'hui banale et démodée, ayant perdu peu à peu son large cadre de jardins, resserré maintenant entre les murs

des hautes bâtisses, le petit hôtel de Philippe
Dechartre, par la rudesse de ses pierres brutes
qui s'effritaient dans l'attente du praticien mort
peut-être depuis vingt ans, par la lourdeur naïve
de ses trois lucarnes à peine dégrossies, par la
simplicité du toit que la veuve de l'architecte
avait fait couvrir à peu de frais, par tous les
bonheurs de l'inachevé et de l'involontaire, cor-
rigeait la disgrâce de son ancienneté trop neuve,
de son romantisme archéologique, et s'accordait
avec l'humilité d'un quartier enlaidi par le progrès de la population.

Enfin, sous son apparence de ruine et dans sa
draperie verte, ce petit hôtel avait son charme.
Soudainement, et d'instinct, Thérèse découvrait
d'autres harmonies. Dans cette négligence élégante, qui s'étendait des murailles recouvertes
de lierre aux vitres assombries de l'atelier et jusqu'au platane penché dont l'écorce jonchait de
ses écailles l'herbe folle de la cour, elle devinait
l'âme du maître, nonchalante, inhabile à conserver, traînant le long ennui des passionnés. Elle
eut dans sa joie un serrement de cœur à reconnaître cette indifférence où son ami laissait autour de lui les choses. Elle y trouvait une sorte
de grâce et de noblesse, mais aussi un esprit de
détachement contraire à sa propre nature, tout
opposé à l'âme intéressée et soigneuse des Mon-

tessuy. Tout de suite elle songea que, sans gâter la douceur pensive de ce coin sauvage, elle y porterait son activité ordonnée, ferait sabler l'allée et, dans l'angle où venait un peu de soleil, mettrait la gaieté des fleurs. Elle regarda avec sympathie une statue venue là de quelque parc dévasté, une Flore couchée à terre, toute rongée d'une mousse noire, et ses deux bras gisant à son côté. Elle rêva de la relever bientôt, d'en faire un motif pour la fontaine dont elle voyait l'eau s'égoutter tristement dans le seau qui lui tenait lieu de vasque.

Dechartre, qui depuis une heure épiait sa venue, joyeux, inquiet encore, tout tremblant de son bonheur agité, descendait les degrés du perron. Dans l'ombre fraîche du vestibule, où se devinait confusément la splendeur sévère des bronzes et des marbres, elle s'arrêta, étourdie par les battements de son cœur, qui sonnait à toute volée dans sa poitrine.

Il la pressa contre lui, et lui donna de longs baisers. Elle l'entendit, à travers le bourdonnement de ses tempes, qui lui rappelait les brusques délices de la veille. Elle revit le lion de l'Atlas sur la descente de lit, et elle rendit à Jacques ses baisers avec une lenteur délicieuse.

Il la conduisit par un anguleux escalier de bois dans la vaste salle qui servait autrefois de cabinet de travail à son père et où, lui-même, il dessinait, modelait et lisait surtout, aimant la lecture comme un opium et faisant des rêves sur la page inachevée.

Des tapisseries gothiques, très pâles, laissant deviner, dans une forêt merveilleuse, une dame coiffée du hennin, avec une licorne couchée à ses pieds sur l'herbe fleurie, montaient au-dessus des armoires jusqu'aux solives peintes du plafond.

Il la mena devant un divan large et bas, chargé de coussins que recouvraient de leurs lambeaux somptueux des chappes espagnoles et des dalmatiques byzantines; mais elle s'assit dans un fauteuil.

— Vous voilà, vous voilà ! Le monde peut finir.

Elle répondit :

— Je pensais à la fin du monde, autrefois, mais je ne la craignais pas. M. Lagrange me l'avait promise, par galanterie, et je l'attendais. Quand je ne vous connaissais pas, je m'ennuyais tant !

Elle regarda autour d'elle les tables chargées de vases et de statuettes, les tapisseries, la foule confuse et splendide des armes, des émaux, des marbres, des peintures, des livres anciens.

— Vous avez de belles choses.

— Pour la plupart elles viennent de mon père, qui vivait dans l'âge d'or des collections.

Ces histoires de la licorne, dont la suite complète est à Cluny, mon père les a trouvées en 1851, dans une auberge de Meung-sur-Yèvre.

Mais elle, curieuse et déçue :

— Je ne vois rien de vous, pas une statue, pas un bas-relief, pas une de ces cires si recherchées en Angleterre, pas une figurine, ni une plaque, ni une médaille.

— Si vous croyez que j'aurais plaisir à vivre au milieu de mes œuvres !... Je les connais trop, mes figures... Elles m'ennuient. Ce qui n'a pas de secrets n'a pas de charmes.

Elle le regarda avec un dépit affecté.

— Vous ne m'aviez pas dit qu'on n'avait plus de charmes pour vous quand on n'avait plus de secrets.

Il lui prit la taille.

— Ah ! ce qui vit n'est que trop mystérieux. Et tu restes pour moi, ma bien-aimée, une énigme dont le sens inconnu contient les délices de la vie et les affres de la mort. Ne crains pas de te donner. Je te désirerai toujours, et je t'ignorerai toujours. Est-ce qu'on possède jamais ce qu'on aime ? Est-ce que les baisers, les caresses sont autre chose que l'effort d'un désespoir délicieux ? Quand je te tiens embrassée, je te cherche encore ; et je ne t'ai jamais, puisque je te veux toujours, puisque, en toi, je veux l'impossible et l'infini. Ce que tu es, du diable si je le saurai jamais ! Vois-tu, pour avoir modelé quelques méchantes figures, je ne suis pas un sculpteur. Je suis plutôt une espèce de poète et de philosophe, qui cherche dans la nature des sujets d'inquiétude et de tourment. Le sentiment de la forme ne me suffit pas. Mes confrères se moquent de moi, parce que je ne les égale pas en simplicité. Ils ont raison. Et cet animal de Choulette a raison aussi, quand il veut que nous vivions sans penser ni désirer. Notre ami, le cordonnier de Santa Maria Novella, qui ne sait rien de tout ce qui le rendrait injuste et malheureux, est un maître dans l'art de vivre. Je devrais t'aimer naïvement, sans cette espèce de métaphysique passionnelle qui me rend absurde et méchant. Il n'y a de bon que d'ignorer et d'oublier. Viens, viens, j'ai trop cruellement pensé à toi dans les tortures de l'absence : viens, ma bien-aimée. Il faut que je t'oublie toi-même en toi. C'est en toi seulement que je peux t'oublier et me perdre.

Il la prit dans ses bras et, relevant la voilette, lui mit des baisers sur la bouche.

Un peu effarouchée dans cette vaste salle inconnue, comme gênée par le regard des choses étranges, elle tira le tulle noir jusqu'à son menton.

— Ici ! vous n'y pensez pas !

Il lui dit qu'ils étaient seuls.

— Seuls? Et l'homme aux terribles moustaches qui m'a ouvert la porte?

Il sourit :

— C'est Fusellier, l'ancien domestique de mon père. Sa femme et lui composent toute ma maison. Soyez tranquille. Ils se tiennent dans la loge, fidèles et hargneux. Vous verrez madame Fusellier; elle est familière, je vous avertis.

— Mon ami, pourquoi M. Fusellier, suisse et maître d'hôtel, a-t-il des moustaches de Tartare?

— Ma chérie, la nature les lui a données et je les lui laisse volontiers. Je lui sais gré d'avoir l'air d'un ancien sergent-major devenu pépiniériste, et de me donner ainsi l'illusion qu'il est mon voisin de campagne.

Assis au coin du divan, il l'attira sur ses genoux lui donna des baisers qu'elle lui rendit.

Elle se releva vivement.

— Montrez-moi les autres pièces. Je suis curieuse. Je veux tout voir.

Il la conduisit au second étage. Des aquarelles de Philippe Dechartre couvraient les murs du corridor. Il ouvrit une porte et la fit entrer dans une chambre meublée de palissandre.

C'était la chambre de sa mère. Il la gardait intacte, dans son passé d'hier, le seul passé qui nous touche vraiment et nous attriste. Inhabitée depuis neuf ans, la chambre n'avait pas l'air encore résigné à la solitude. L'armoire à glace épiait le regard de la vieille dame, et, sur la pendule d'onyx, une Sapho pensive s'ennuyait de ne plus entendre le bruit du balancier.

Il y avait deux portraits aux murs. L'un, de Ricard, représentait Philippe Dechartre, très pâle, la chevelure agitée, l'œil noyé dans un rêve romantique, la bouche pleine d'éloquence et de bonté. L'autre, peint d'une main moins inquiète, faisait voir une dame entre deux âges, presque belle dans sa maigreur ardente. C'était madame Philippe Dechartre.

— La chambre de ma pauvre maman est comme moi, dit Jacques : elle se souvient.

— Vous ressemblez à votre mère, dit Thérèse. Vous avez ses yeux. Paul Vence m'a dit qu'elle vous adorait.

— Oui, répondit-il en souriant, elle était excellente, maman ; intelligente, exquise, absurde merveilleusement. Elle avait la folie de l'amour maternel, et ne me laissait pas un moment de repos ; elle se tourmentait et me tourmentait.

Thérèse regardait un bronze de Carpeaux posé sur le chiffonnier.

— Vous reconnaissez, fit Dechartre, le Prince impérial, à ses oreilles en ailes de Zéphire qui

égayent un peu son froid visage. Ce bronze est
un cadeau de Napoléon III. Mes parents allaient
à Compiègne. Mon père, pendant le séjour de la
cour à Fontainebleau, prit le plan du château et
dessina la galerie. Le matin, l'Empereur venait en
redingote, avec une pipe d'écume, se poser près
de lui comme un pingouin sur un rocher. En
ce temps-là, j'étais externe à Bonaparte. J'écoutais
ces histoires à table, et elles me sont restées.
L'Empereur se tenait là tranquille et doux, interrompant son long silence par quelques paroles
étouffées sous ses grosses moustaches; puis il
s'animait un peu, expliquait ses idées de ma-
chines. Il était inventeur et mécanicien. Il tirait
un crayon de sa poche et faisait des figures dé-
monstratives sur les dessins de mon père désolé.
Il lui gâtait ainsi deux ou trois études par semaine... Il aimait beaucoup mon père et lui promettait des travaux et des honneurs qui ne venaient
jamais. L'Empereur était bon, mais il n'avait pas
d'influence, comme disait maman. En ce temps-
là, j'étais gamin. Il m'est resté depuis lors une
vague sympathie pour cet homme qui manquait
de génie, mais dont l'âme était affectueuse et
belle, qui portait dans les grandes aventures de
la vie un courage simple et un doux fatalisme...
Et puis, ce qui me le rend sympathique, c'est
qu'il fut combattu et injurié par des gens qui

voulaient prendre sa place et qui n'avaient pas
même, comme lui, au fond de l'âme, l'amour
du peuple. Nous les avons vus depuis, au pouvoir. Ciel! qu'ils sont vilains! Le sénateur Loyer,
par exemple, qui chez vous, au fumoir, fourrait
des cigares dans sa poche, et m'invitait à faire
de même. « Pour la route », disait-il. Ce Loyer,
c'est un méchant homme, dur aux malheureux,
aux faibles, aux humbles. Et Garain, est-ce que
vous ne lui trouvez pas une âme dégoûtante?
Vous vous rappelez: la première fois que j'ai dîné
chez vous, on a parlé de Napoléon. Vos cheveux,
noués au-dessus de la nuque et traversés d'une
flèche de diamant, se tordaient avec une violence
adorable. Paul Vence a dit des choses subtiles.
Garain ne comprenait pas. Vous m'avez demandé
mon avis.

— C'était pour vous faire briller. J'avais déjà
l'orgueil de vous.

— Oh! je n'aurais jamais pu trouver une seule
phrase devant des gens si sérieux. Pourtant,
j'avais envie de dire que Napoléon III me plaisait
mieux que le premier, que je le trouvais plus
touchant; mais peut-être que cette idée-là aurait
produit un mauvais effet. D'ailleurs, je ne suis
pas assez dépourvu de tout talent pour m'occuper
de politique.

Il tournait dans la chambre, regardait les

meubles avec une tendresse familière. Il ouvrit un tiroir du secrétaire :

— Tenez, les lunettes de maman. Ce qu'elle les a cherchées, ses lunettes ! Maintenant, je vais vous montrer ma chambre. Si elle n'est pas bien faite, vous excuserez madame Fusellier, que j'ai instruite à respecter mon désordre.

Les rideaux des fenêtres étaient baissés. Il ne les releva pas. Au bout d'une heure, elle-même écarta les pans du satin rouge ; des rais de lumière éblouirent ses yeux et se répandirent dans ses cheveux défaits. Elle chercha une glace, et ne trouva qu'un miroir de Venise, terne dans sa large bordure d'ébène. Se haussant sur la pointe des pieds pour s'y voir :

— Est-ce moi, demanda-t-elle, ce spectre sombre et lointain ? Celles qui se sont mirées dans cette glace n'ont pas dû vous en faire de grands compliments.

Comme elle prenait des épingles sur la table, elle remarqua un petit bronze qu'elle n'avait pas encore vu. C'était un vieil ouvrage italien, de goût flamand : une femme nue, les jambes courtes, le ventre lourd et plissé, qui avait l'air de courir, le bras étendu. Elle trouvait à cette figure un air canaille et drôle. Elle demanda ce qu'elle faisait.

— Elle fait ce que fait madame Mondanité sur le portail de la cathédrale de Bâle.

Mais Thérèse, qui était allée à Bâle, ne connaissait pas madame Mondanité. Elle examina de nouveau le petit bronze, ne comprit pas, et demanda :

— C'est donc bien inconvenant ? Comment une chose qui se fait sur le portail d'une église peut-elle être difficile à dire, ici ?

Tout à coup une inquiétude lui vint :

— Mon Dieu ! que penseront de moi M. et madame Fusellier ?

Puis, découvrant sur le mur un médaillon où Dechartre avait modelé un profil de gamine, amusante et vicieuse :

— Qu'est-ce que c'est que ça ?

— Ça, c'est Clara, une petite marchande de journaux de la rue Demours. Elle m'apportait le *Figaro* tous les matins. Elle avait des fossettes aux joues, des nids à baisers. Un jour, je lui ai dit : « Je vais te faire ton portrait. » Elle vint, un matin d'été, avec des boucles d'oreilles et des bagues achetées à la fête de Neuilly. Puis elle ne reparut plus. Je ne sais pas ce qu'elle est devenue. Elle était trop instinctive pour faire une grande cocotte. Voulez-vous que je l'ôte ?

— Non, elle fait très bien dans ce coin. Je ne suis pas jalouse de Clara.

Il était temps de rentrer chez elle, et elle ne se décidait pas à partir. Elle noua ses bras au cou de son ami.

— Oh! je t'aime! Et puis tu as été aujourd'hui riant et gai. La gaieté te va si bien! tu l'as fine et légère. Je voudrais te rendre toujours gai. J'ai besoin de joie, presque autant que d'amour; et qui me donnera de la joie, si tu ne m'en donnes pas?

XXVII

Depuis son retour à Paris, depuis six semaines, Thérèse vivait dans le demi-sommeil ardent du bonheur, et prolongeait délicieusement son rêve sans pensées. Elle retrouvait Jacques tous les jours, dans la petite maison qu'ombrageait un platane ; et quand ils s'étaient enfin arrachés l'un de l'autre, vers le soir, elle emportait dans son âme des souvenirs adorés. Sa lassitude délicieuse et ses désirs renaissants formaient le feston qui rattachait les unes aux autres les heures d'aimer. Ils avaient tous deux les mêmes goûts : ils cédaient ensemble aux mêmes fantaisies. Les mêmes caprices les emportaient l'un avec l'autre. Ils se faisaient des joies de courir la campagne équivoque et jolie qui borde la ville, les rues où les cabarets, couleur lie de vin, sont ombragés par des acacias, les chemins pierreux où les orties croissent au pied des murs, les petits bois et les champs sur lesquels s'étend un ciel fin que rayent les fumées des usines. Elle était contente de le sentir près d'elle, dans ces pays où elle ne se reconnaissait pas elle-même et où elle se donnait l'illusion de se perdre avec lui.

Ce jour-là, ils avaient pris par fantaisie le bateau qu'elle avait vu si souvent passer sous ses fenêtres. Elle ne craignait pas d'être reconnue. Le danger n'était pas très grand. Et, depuis qu'elle aimait, elle avait perdu la prudence. Ils virent des bords qui peu à peu riaient, échappant à l'aridité poudreuse des faubourgs ; ils côtoyèrent des îles avec des bouquets d'arbres ombragant des guinguettes et d'innombrables canots amarrés sous les saules. Ils débarquèrent au Bas-Meudon. Comme elle dit qu'elle avait trop chaud et qu'elle avait soif, il la fit entrer, par une porte de côté, dans un cabaret avec chambres meublées. C'était une bâtisse surchargée de galeries de bois, que la solitude faisait paraître plus grande, et qui sommeillait dans une paix rustique, en attendant que le dimanche la remplît des rires des filles, des cris des canotiers, de l'odeur des fritures et du fumet des matelotes.

Ils montèrent l'escalier, en façon d'échelle, qui craquait, et dans une chambre du premier étage, une servante leur apporta du vin et des biscuits. Des rideaux de laine recouvraient un lit d'acajou. Sur la cheminée, qui coupait un des angles, se penchait une glace ovale dans un cadre à fleurs. On voyait par la fenêtre ouverte la Seine, ses berges vertes, les collines au loin baignées d'air chaud et le soleil déjà près de toucher la cime des peupliers. Au bord de la rivière, les moucherons par essaims menaient leur danse. La paix frémissante d'un soir d'été remplissait le ciel, la terre et l'eau.

Thérèse regarda longtemps couler le fleuve. Le bateau passa sur l'eau que broyait son hélice ; et les remous du sillage atteignant la berge, il sembla que la maison penchée sur le fleuve se balançait comme un navire.

— J'aime l'eau, dit Thérèse, en se tournant vers son ami. Mon Dieu, que je suis heureuse !

Leurs lèvres se rencontrèrent.

Abîmés dans le désespoir enchanté de l'amour, le temps n'était plus marqué pour eux que par le frais clapotis de l'eau qui, de dix minutes en dix minutes, après le passage du bateau, venait briser sous la fenêtre entre-bâillée.

Elle se souleva sur les oreillers et, tandis que ses vêtements, impatiemment jetés, jonchaient le plancher, elle vit dans la glace sa nudité fleurie. Et aux louanges caressantes de son ami, elle répondit :

— C'est vrai, pourtant, que je suis faite pour l'amour.

Avec une délicate impudeur elle contemplait l'image de sa forme dans la lumière vermeille, qui avivait les roses pâles ou pourprées des joues, des lèvres et des seins.

— Je m'aime parce que tu m'aimes.

Certes, il l'aimait, et il ne lui était pas possible de s'expliquer à lui-même pourquoi il l'aimait avec une piété ardente, avec une sorte de fureur sacrée. Ce n'était pas à cause de sa beauté, pourtant si rare, infiniment précieuse. Elle avait la ligne, mais la ligne suit le mouvement et fuit sans cesse ; elle se perd et se retrouve, cause des joies et des désespoirs esthétiques. La belle ligne, c'est l'éclair qui blesse délicieusement les yeux. On l'admire et l'on s'étonne. Ce qui fait qu'on désire et qu'on aime, c'est une force douce et terrible, plus puissante que la beauté. On trouve une femme entre mille qu'on ne peut plus quitter, dès qu'on l'a possédée, et qu'on veut toujours, et qu'on veut encore. C'est la fleur de sa chair qui donne ce mal inguérissable d'aimer. Et c'est autre chose encore qu'on ne peut dire, c'est l'âme de son corps. Elle était cette femme qu'on ne peut ni quitter ni tromper.

Elle s'écria, joyeuse :

— On ne peut pas me quitter, dis ?

Elle lui demanda pourquoi il ne faisait pas son buste, puisqu'il la trouvait jolie.

— Pourquoi? Parce que je suis un sculpteur médiocre. Et je le sais; ce qui n'est pas d'un esprit médiocre. Mais, si tu veux à toute force me croire un grand artiste, je te donnerai d'autres raisons. Pour créer une figure qui vive, il faut prendre le modèle comme une matière vile, dont on extrait la beauté, qu'on presse, qu'on broie, pour en tirer l'essence. Toi, il n'y a rien dans ta forme, dans ta chair, dans tout toi, qui ne me soit précieux. Si je faisais ton buste, je m'attacherais servilement à ces riens, qui sont tout pour moi, parce qu'ils sont un rien de toi. Je m'y entêterais stupidement, et je ne parviendrais pas à composer un ensemble.

Elle le regardait, un peu surprise.

Il reprit :

— De mémoire, je ne dis pas. J'ai essayé un petit crayon, que je porte toujours sur moi.

Comme elle voulait absolument le voir, il le lui montra. C'était, sur un feuillet d'album, une esquisse très simple et très hardie. Elle ne s'y reconnut point, s'y trouva des duretés, une âme qu'elle ne se savait pas.

— Ah! c'est comme cela que tu me vois, c'est comme cela que je suis en toi?

Il ferma l'album.

— Non, c'est un renseignement, une note, voilà tout. Mais je crois la note juste. Il est probable que tu ne te vois pas tout à fait comme je te vois. Toute créature humaine est un être différent en chacun de ceux qui la regardent.

Il ajouta, avec une espèce de gaieté :

— En ce sens on peut dire qu'une même femme n'a jamais appartenu à deux hommes. C'est une idée de Paul Vence.

— Je la crois vraie, dit Thérèse.

Elle demanda :

— Quelle heure est-il?

Il était sept heures.

Elle le pressa de partir. Elle rentrait tous les jours plus tard chez elle. Son mari en avait fait la remarque. Il avait dit : « Nous arrivons les derniers à tous les dîners; c'est une fatalité! » Mais, attardé tous les jours au Palais-Bourbon où l'on discutait le budget, et absorbé par les travaux de la sous-commission qui l'avait nommé rapporteur, il se faisait lui-même beaucoup attendre, et la raison d'État couvrait les inexactitudes de Thérèse.

Elle rappela en souriant le soir où elle était arrivée chez madame Garain à huit heures et

demie. Elle craignait de faire scandale. Mais
c'était le jour de la grande interpellation. Son
mari ne vint de la Chambre qu'à neuf heures,
avec Garain. Ils dînèrent tous deux en veston.
Ils avaient sauvé le ministère.

Puis elle devint songeuse.

— Quand la Chambre sera en vacances, mon
ami, je n'aurai plus de prétexte pour rester à Paris.
Déjà mon père ne comprend pas du tout le
dévouement qui me retient ici. Dans huit jours,
il faudra que j'aille le rejoindre à Dinard. Qu'est-
ce que je deviendrai sans toi?

Elle joignit les mains et le regarda avec une
tristesse infiniment tendre. Mais lui, plus sombre :

— C'est moi, Thérèse, c'est moi qui dois
me demander avec inquiétude ce que je deviendrai sans toi. Quand tu me laisses seul, je suis
assailli de pensées douloureuses; les idées noires
viennent s'asseoir en cercle autour de moi.

Elle lui demanda quelles idées c'était.

Il répondit :

— Ma bien-aimée, je te l'ai déjà dit : il faut
que je t'oublie toi-même en toi. Quand tu seras
partie, ton souvenir viendra me tourmenter. Il
faut bien que je paie le bonheur que tu me
donnes.

XXVIII

La mer bleue, semée d'écueils roses, jetait
mollement sa frange argentée au sable fin de la
grève, le long de l'amphithéâtre que terminaient
deux cornes d'or. La beauté du jour mettait un
rayon du soleil de la Grèce sur la tombe de
Chateaubriand. Dans la chambre à ramages,
dont le balcon, par delà les myrtes et les tamaris
du jardin, dominait la plage, l'océan, les îles et
les promontoires, Thérèse lisait les lettres qu'elle
était allée chercher le matin au bureau de poste
de Saint-Malo, et qu'elle n'avait pu ouvrir dans
le bac chargé de passagers. Tout de suite après le
déjeuner, elle s'était enfermée dans sa chambre,
et là, ses lettres déployées sur ses genoux, elle

lisait avidement, goûtait en hâte sa joie furtive.
Elle devait faire, à deux heures, une promenade
en mail, avec son père, son mari, la princesse
Seniavine, madame Berthier d'Eyzelles, la femme
du député, et madame Raymond, la femme de
l'académicien. Elle avait deux lettres ce jour-là.
La première qu'elle lut exhalait une odeur fine
et gaie d'amour. Jacques ne s'était jamais montré
plus riant, plus simple, plus heureux, plus charmant.

Depuis qu'il l'aimait, disait-il, il allait si léger
et soulevé d'une telle allégresse que ses pieds ne
touchaient plus la terre. Il n'avait qu'une peur,
c'était qu'il ne rêvât, et qu'il ne vînt à s'éveiller
inconnu d'elle. Sans doute, il faisait un songe.
Et quel songe! le pavillon de la via Alfieri, le
cabaret de Meudon, les baisers et ces épaules
divines, et toute cette chair où riaient des fossettes, ce corps souple, frais et parfumé comme
un ruisseau coulant dans les fleurs. S'il n'était
pas le dormeur éveillé, il était l'homme ivre qui
chante. Il n'avait plus sa raison, par bonheur.
Absente, il la voyait sans cesse. « Oui, je te vois
près de moi, je vois tes cils sur tes prunelles
d'un gris plus délicieux que tout le bleu du ciel
et des fleurs, tes lèvres qui ont la chair et le goût
d'un fruit merveilleux, tes joues où le rire met
deux creux adorés, je te vois belle et désirée,

mais fuyante et qui glisse; et, quand j'ouvre les
bras, tu t'en es allée, et je te découvre loin, bien
loin, sur la longue plage blonde, pas plus grande,
dans ta robe rose et sous ton ombrelle, qu'un brin
fleuri de bruyère. Oh! toute petite, telle que je
t'ai vue, un jour, du haut du Campanile, sur
la place du Dôme, à Florence. Et je me dis comme
je me disais ce jour-là: « Un brin d'herbe suffirait pour me la cacher tout entière, et elle est
pour moi l'infini de la joie et de la douleur. »

Il se plaignait seulement des tourments de
l'absence. Et encore mêlait-il à ses plaintes les
sourires de l'amour heureux. Il la menaçait en
plaisantant de l'aller surprendre à Dinard. « Ne
crains rien. On ne me reconnaîtra pas. Je me
déguiserai en marchand de plâtres. Ce ne sera
pas mentir. Vêtu d'une blouse grise et d'un pan-
talon de coutil, la barbe et le visage couverts
d'une poussière blanche, je sonnerai à la grille
de la villa Montessuy. Tu me reconnaîtras, Thérèse, aux statuettes qui chargeront la planche
posée sur ma tête. Toutes seront des Amours. Il
y aura l'Amour fidèle, l'Amour jaloux, l'Amour
tendre, l'Amour vif; il y aura beaucoup d'Amours
vifs. Et je crierai dans la langue rude et sonore
des artisans de Pise ou de Florence: *Tutti gli
Amori per la signora Teresina!* »

La dernière page de cette lettre était tendre et

recueillie. Il s'en échappait des effusions pieuses qui rappelaient à Thérèse les livres de prières qu'elle lisait, enfant. « Je vous aime, et j'aime tout en vous : la terre qui vous porte, sur laquelle vous pesez si peu et que vous embellissez, la lumière qui fait que je vous vois, l'air que vous respirez. J'aime le platane penché de ma cour, parce que vous l'avez vu. Je me suis promené, cette nuit, sur l'avenue où je vous ai rencontrée un soir d'hiver. J'ai cueilli un rameau du buis que vous aviez regardé. Dans cette ville où vous n'êtes pas, je ne vois que vous. »

Il lui disait en finissant qu'il allait déjeuner dehors. En l'absence de madame Fuzellier, partie la veille pour Nevers, sa ville natale, la marmite était renversée; il irait dans un cabaret de la rue Royale auquel il était accoutumé. Et là, parmi la foule indistincte, il serait seul avec elle.

Thérèse, alanguie par la douceur des caresses invisibles, ferma les yeux et renversa la tête au dossier de son fauteuil. En entendant le bruit du mail qui venait se placer devant le perron, elle ouvrit la seconde lettre. Dès qu'elle en vit l'écriture altérée, les lignes précipitées et tombantes, l'aspect triste et violent, elle se troubla.

Le début obscur laissait paraître une angoisse soudaine et de noirs soupçons : « Thérèse, Thérèse, pourquoi vous être donnée, si vous ne vous donniez pas tout entière? Que me sert-il que vous m'ayez trompé, maintenant que je sais ce que je ne voulais pas savoir? »

Elle s'arrêta; ses yeux se voilaient. Elle songea : Nous étions si heureux tout à l'heure! Qu'est-il arrivé, mon Dieu? Et moi qui me réjouissais de sa joie, quand elle n'était déjà plus! Il vaudrait mieux ne pas écrire, puisque les lettres ne montrent que des sentiments évanouis, des idées effacées.

Elle lut plus avant. Et, voyant qu'il était déchiré de jalousie, elle se découragea :

— Si je ne lui ai pas prouvé que je l'aime de toutes mes forces, que je l'aime de tout moi, comment le lui persuader jamais?

Et elle avait hâte de découvrir la cause de cette brusque folie. Jacques la disait :

Déjeunant dans un cabaret de la rue Royale, il y avait rencontré un ancien camarade qui, venant de prendre les eaux et allant à la mer, traversait Paris. Ils s'étaient mis à causer ensemble; le hasard voulut que cet homme, très répandu dans le monde, parlât de la comtesse Martin, qu'il connaissait. Et tout de suite, interrompant le récit, Jacques s'écriait :

« Thérèse, Thérèse, à quoi bon m'avoir menti, puisque je devais apprendre un jour ce que j'étais seul à ignorer? Mais l'erreur vient de moi plus

encore que de vous. Votre lettre, jetée dans la
boîte d'Or San Michele, vos rendez-vous à la
gare de Florence m'auraient assez instruit, si je
ne m'étais pas obstiné à garder mes illusions,
au mépris de l'évidence. Je ne voulais pas, non,
je ne voulais pas savoir que vous étiez à un autre
au moment où vous vous donniez à moi, avec
cette grâce hardie, cette volupté charmante dont
je mourrai. J'ignorais, je voulais ignorer. Je ne
vous demandais plus rien, de peur que vous ne
pussiez plus mentir; j'étais prudent; et il a fallu
qu'un imbécile, tout d'un coup, brutalement,
devant une table de restaurant, m'ouvrît les
yeux, me forçât à savoir. Oh! maintenant que
je sais, maintenant que je ne peux plus douter,
il me semble que douter, c'était délicieux! Il a
dit le nom, le nom que j'avais déjà entendu à
Fiesole, dans la bouche de miss Bell, et il a
ajouté : « C'est connu, cette histoire-là. »

» Ainsi, vous l'aimiez, vous l'aimez encore!
Et quand, seul dans ma chambre, je mords
l'oreiller où tu as mis ta tête, peut-être est-il
près de toi. Il y est sans doute. Il va tous les
ans aux courses de Dinard. On me l'a dit. Je le
vois. Je vois tout. Si tu savais les images qui
m'obsèdent, tu dirais : « Il est fou! » et tu aurais
pitié de moi. Oh! que je voudrais t'oublier, toi,
et tout. Mais je ne peux pas. Tu le sais bien.

que je ne peux t'oublier qu'en toi. Je te vois
sans cesse avec lui. C'est une torture. Je me
croyais malheureux, la nuit, tu sais, sur la
berge de l'Arno. Mais à ce moment je ne savais
pas même ce que c'est que de souffrir. Aujour-
d'hui, je le sais. »

En achevant de lire cette lettre, Thérèse songea : « Une parole lancée au hasard l'a mis dans
cet état. Un mot l'a jeté dans le désespoir et dans
la folie. » Elle chercha quel pouvait être le misérable qui avait parlé d'elle de la sorte. Elle soupçonna deux ou trois jeunes gens que Le Ménil lui
avait présentés autrefois en l'avertissant de se
méfier d'eux. Et, avec une de ces colères blanches et froides qu'elle avait héritées de son père,
elle se dit : « Je le saurai. » En attendant, que
faire ? Son ami désespéré, fou, malade, elle ne
pouvait courir à lui, l'embrasser, se jeter sur lui
avec un tel abandon de la chair et de l'âme
qu'il sentit qu'elle était à lui tout entière et qu'il
fût forcé de croire en elle. Écrire ! Comme il
eût mieux valu l'aller trouver, tomber muette sur
son cœur, et, après, lui dire : « Ose croire encore
que je ne suis pas toute à toi seul ! » Mais elle ne
pouvait que lui écrire. Elle avait à peine commencé sa lettre quand elle entendit des voix et
des rires dans le jardin. Déjà la princesse Seniavine se suspendait à l'échelle du mail.

Thérèse descendit et se montra sur le perron, tranquille, souriante ; son large chapeau de paille, couronné de coquelicots, jetait sur son visage une ombre transparente où brillaient ses yeux gris.

— Mon Dieu, qu'elle est jolie ! s'écria la princesse Seniavine. Et quel dommage qu'on ne la voie jamais ! Dès le matin, elle passe le bac et trotte dans les ruelles de Saint-Malo ; l'après-midi, elle s'enferme dans sa chambre. Elle nous fuit.

Le mail contournait le large cercle de la grève, au pied des villas et des jardins étagés sur le flanc de la colline. Et l'on voyait à gauche les remparts et le clocher de Saint-Malo sortir de la mer bleue. Puis il s'engagea dans une route bordée de haies vives, le long desquelles passaient des femmes de Dinard, droites sous leur large coiffe de batiste aux ailes flottantes.

— Malheureusement, dit madame Raymond, assise sur le siège à côté de Montessuy, les vieux costumes se perdent. C'est la faute des chemins de fer.

— Il est vrai, dit Montessuy, sans les chemins de fer, les paysans porteraient encore leurs costumes pittoresques d'autrefois. Mais nous ne les verrions pas.

— Qu'importe ! répliqua madame Raymond, nous les imaginerions.

— Mais, demanda la princesse Seniavine, est-ce que vous voyez quelquefois des choses intéressantes? Moi, jamais.

Madame Raymond, qui avait pris dans les livres de son mari une vague teinte de philosophie, déclara que les choses n'étaient rien, et que l'idée était tout.

Sans regarder madame Berthier d'Eyzelles, assise à sa droite sur la deuxième banquette, la comtesse Martin murmura :

— Oh! oui, les gens ne voient que leur idée; ils ne suivent que leur idée. Ils vont, aveugles, sourds. On ne peut pas les arrêter.

— Mais, ma chère, dit le comte Martin placé devant elle, à côté de la princesse, sans idées conductrices, on irait au hasard... A propos, avez-vous lu, Montessuy, le discours prononcé par Loyer à l'inauguration de la statue de Cadet-Gassicourt? Le début est remarquable. Loyer ne manque pas de sens politique.

La voiture, ayant traversé les prés bordés de saules, gravit une côte et s'avança sur un vaste plateau boisé. Longtemps elle longea le mur d'un parc. La route cheminait à perte de vue sous son ombre humide.

— C'est le Guerric? demanda la princesse Seniavine.

Tout à coup, entre deux piliers de pierre sur-

montés de lions, se dressa, sous sa couronne de
fer à quatre fleurons, la grille, fermée. A travers
les barreaux, on découvrait au bout d'une profonde allée de tilleuls les pierres grises du château.

— Oui, dit Montessuy, c'est le Guerric.

Et, s'adressant à Thérèse :

— Tu as bien connu le marquis de Ré...
A soixante-cinq ans, il avait gardé sa force, sa jeunesse. Il faisait la mode, décidait des élégances
et était aimé. Les jeunes gens copiaient sa redingote, son monocle, ses gestes, son insolence exquise, ses manies amusantes. Tout à coup, il
abandonna le monde, ferma son hôtel, vendit son
écurie, ne se montra plus. Tu te rappelles, Thérèse, sa brusque disparition? Tu étais mariée
depuis peu de temps. Il allait te voir assez souvent. Un jour, on apprit qu'il avait quitté Paris.
C'est ici, au Guerric, qu'il était allé en plein
hiver. On chercha les raisons de cette retraite
subite, on pensa qu'il avait fui sous le coup de
quelque chagrin, dans l'humiliation d'un premier échec et de peur qu'on ne le vît vieillir.
La vieillesse, voilà ce qu'il redoutait le plus. Le
fait est que depuis six ans qu'il s'est retiré, il
n'est pas sorti une seule fois de son château et de
son parc. Il reçoit au Guerric deux ou trois vieillards qui furent les compagnons de sa jeunesse.
Cette grille ne s'ouvre que pour eux. Depuis sa

retraite, on ne l'a jamais vu ; on ne le verra jamais. Il met à se cacher l'énergie qu'il mit à paraître. Il n'a pas souffert qu'on épiât son déclin. Il est mort vivant. Je ne trouve pas cela méprisable.

Et Thérèse, se rappelant l'aimable vieillard qui avait voulu finir glorieusement par elle sa vie galante, tourna la tête et regarda le Guerric, dressant sur les cimes grises des chênes ses quatre tours en poivrières.

Au retour de la promenade, elle dit qu'elle avait la migraine et qu'elle ne pourrait pas dîner. Elle s'enferma dans sa chambre et tira de son coffre à bijoux la lettre désolante. Elle relut la dernière page.

« La pensée que tu es à un autre me brûle et me déchire. Et puis, je ne voulais pas que ce fût celui-là ! »

C'était une idée fixe. Il avait mis trois fois sur le même feuillet ces mots :

« Je ne voulais pas que ce fût celui-là ! »

Elle aussi n'avait qu'une idée : ne pas le perdre. Pour ne pas le perdre, elle eût tout dit, tout fait. Elle se mit à sa table, écrivit, dans l'élan d'une tendre et plaintive violence, une lettre où elle répétait comme un gémissement : « Je t'aime, je t'aime, je n'ai jamais aimé que toi. Tu es seul, seul, seul, entends-tu ? dans mon âme, dans tout moi. N'écoute pas un misérable. Écoute-moi.

Je n'ai jamais aimé personne, je te jure, personne avant toi. »

Tandis qu'elle écrivait, le soupir immense et léger de la mer accompagnait le soupir de sa poitrine. Elle voulait, croyait dire des paroles véritables; et tout ce qu'elle disait était vrai de la vérité de son amour. Elle entendit le pas pesant et sûr de son père dans l'escalier. Elle cacha sa lettre, et ouvrit la porte. Montessuy, très câlin, lui demanda si elle n'allait pas mieux:

— Je venais, lui dit-il, te souhaiter le bonsoir et te demander une chose. Il est probable que je trouverai demain Le Ménil aux courses. Il y va tous les ans. C'est un homme d'habitudes. Si je le rencontre, vois-tu, mignonne, un inconvénient à ce que je l'invite à passer quelques jours ici? Ton mari pense qu'il sera pour toi une distraction agréable. Nous pourrions lui donner la chambre bleue.

— Comme tu voudras. Mais j'aimerais mieux que tu gardes la chambre bleue pour Paul Vence, qui a très envie de venir. Il est possible aussi que Choulette arrive sans avertir. C'est assez son habitude. On le verra un matin sonnant comme un pauvre à la grille. Tu sais, mon mari se trompe, quand il croit que Le Ménil m'est agréable. Et puis il faut, la semaine prochaine, que j'aille passer deux ou trois jours à Paris.

XXIX

Vingt-quatre heures après sa lettre, Thérèse venait de Dinard à la petite maison des Ternes. Il ne lui avait pas été difficile de trouver un prétexte pour aller à Paris. Elle avait fait le voyage avec son mari, qui voulait revoir, dans l'Aisne, ses électeurs travaillés par les socialistes. Elle surprit Jacques, le matin, à l'atelier, tandis qu'il ébauchait une grande figure de Florence, pleurant, au bord de l'Arno, sa gloire antique.

Le modèle, assis sur un tabouret très haut, gardait la pose. C'était une longue fille brune. La lumière crue, qui tombait du vitrage, précisant les lignes pures de la hanche et des cuisses, accusait le visage dur, le cou noir, la poitrine

marbrée, le ventre jaune, les genoux grimaçants
et les pieds dont les doigts chevauchaient. Thérèse
la regardait, curieuse, démêlant la forme exquise
sous les misères de la chair mal nourrie et mal
soignée.

Dechartre, aux mains l'ébauchoir et la bou-
lette de glaise, vint au-devant de Thérèse, avec
un air de tendresse douloureuse dont elle fut
émue. Puis, posant la terre et l'outil au bord du
chevalet, et recouvrant la figure d'un drap mouillé,
il dit au modèle :

— Ma fille, c'est assez pour aujourd'hui.

Alors elle se leva, ramassa gauchement ses
habits, une poignée de lainages sombres et de
linges sales, et alla se rhabiller derrière le paravent.

Cependant le sculpteur, ayant trempé dans l'eau
d'une terrine verte ses mains où blanchissait la
glaise tenace, sortit de l'atelier avec Thérèse.

Ils passèrent sous le platane, qui des écailles
de son tronc écorcé jonchait le sable de la cour.

Elle dit :

— Vous ne croyez plus, n'est-ce pas?

Il la conduisit à sa chambre.

La lettre écrite de Dinard avait déjà adouci
les impressions pénibles. Elle était venue au
moment où, las de souffrir, il avait besoin de
calme et de tendresse. Quelques lignes d'écriture

avaient apaisé son âme, nourrie d'images, moins sensible aux choses qu'aux signes des choses. Mais il lui restait au cœur une courbature.

Dans la chambre, où tout parlait pour elle, où les meubles, les rideaux, les tapis disaient leur amour, elle murmura des paroles très douces :

— Vous avez pu croire... Vous ne savez donc pas ce que vous êtes?... C'était une folie!... Comment une femme qui vous a connu pourrait-elle supporter un autre après vous?

— Mais avant?

— Avant, je vous attendais.

— Et il n'était pas aux courses de Dinard?

Elle ne croyait pas; et, ce qui était bien sûr, c'est qu'elle n'y était pas, elle. Les chevaux et les hommes de cheval l'ennuyaient.

— Jacques, ne craignez personne, puisque vous n'êtes comparable à personne.

Il savait, au contraire, le peu qu'il était, et le peu qu'on est dans ce monde, où les êtres, agités comme, dans le van, les grains et la balle, sont mêlés et séparés par la secousse du rustre ou du dieu. Encore cette idée du van agricole ou mystique représentait trop bien la mesure et l'ordre pour qu'elle pût s'appliquer exactement à la vie. Il lui semblait que les hommes étaient des grains dans la cuvette d'un moulin à café. Il en avait eu la sensation très vive, l'avant-veille, en voyant madame Fusellier moudre le café dans son moulin.

Thérèse lui dit :

— Pourquoi n'avez-vous pas d'orgueil?

Elle ajouta peu de mots, mais elle parlait avec ses yeux, ses bras, avec le souffle qui élevait et abaissait sa poitrine.

Dans l'étonnement heureux de la voir et de l'entendre, il se laissa convaincre.

Elle lui demanda qui avait dit cette parole odieuse.

Il n'avait aucune raison de le lui cacher. C'était Daniel Salomon.

Elle n'était pas surprise. Daniel Salomon, qui passait pour ne pouvoir être l'amant d'aucune femme, voulait du moins se mettre dans l'intimité de toutes, et savoir leurs secrets. Elle devinait pourquoi il avait parlé :

— Jacques, ne soyez pas fâché de ce que je vais vous dire. Vous n'êtes pas très adroit pour cacher vos sentiments. Il a soupçonné que vous m'aimiez, et il a voulu s'en assurer. Je suis sûre que maintenant il n'a plus de doutes sur nos relations, mais cela m'est bien indifférent. Au contraire, si vous saviez mieux dissimuler, je serais moins tranquille. Je croirais que vous ne m'aimez pas assez.

De peur de l'inquiéter, elle passa vite à d'autres idées :

— Je ne vous ai pas dit combien votre ébauche m'a plu. C'est Florence, au bord de l'Arno. Alors, c'est nous?

— Oui, j'ai mis dans cette figure l'émotion de mon amour. Elle est triste, et je voudrais qu'elle fût belle. Voyez-vous, Thérèse, la beauté est douloureuse. C'est pourquoi, depuis que ma vie est belle, je souffre.

Il fouilla la poche de sa veste de flanelle et en tira son étui à cigarettes. Mais elle le pressa de s'habiller. Elle l'emmenait déjeuner chez elle. Ils ne se quitteraient pas de la journée. Ce serait délicieux.

Elle le regarda avec une joie enfantine. Puis elle s'attrista, songeant qu'il lui faudrait, à la fin de la semaine, retourner à Dinard, ensuite aller à Joinville, et que, pendant ce temps, ils seraient séparés.

A Joinville, chez son père, elle le ferait inviter pour quelques jours. Mais ils n'y seraient pas libres et seuls comme à Paris.

— C'est vrai, dit-il, que Paris nous est bon, dans son immensité confuse.

Et il ajouta :

— Même en ton absence, je ne peux plus quitter Paris. Il me serait odieux de vivre dans des pays qui ne te connaissent pas. Un ciel, des montagnes, des arbres, des fontaines, des statues qui ne sauraient pas me parler de toi n'auraient rien à me dire.

Pendant qu'il s'habillait, elle feuilletait un livre qu'elle avait trouvé sur la table. C'était les *Mille et une Nuits*. Des gravures romantiques étalaient çà et là, dans le texte, des vizirs, des sultanes, des eunuques noirs, des bazars, des caravanes.

Elle demanda :

— *Les Mille et une Nuits*, cela vous amuse?

— Beaucoup, répondit-il en nouant sa cravate. Je crois, quand je veux, à ces princes arabes dont les jambes sont devenues de marbre noir et à ces femmes de harem qui errent la nuit dans les cimetières. Ces contes me donnent des rêves faciles, qui font oublier la vie. Hier soir, je me suis couché tout triste, et j'ai lu dans mon lit l'histoire des trois Calenders borgnes.

Elle dit, avec un peu d'amertume :

— Tu cherches à oublier! Moi, je ne consentirais pour rien au monde à perdre le souvenir d'une peine qui me vient de toi.

Ils descendirent ensemble dans la rue. Elle devait prendre une voiture un peu plus loin et le précéder chez elle de quelques minutes.

— Mon mari vous attend à déjeuner.

Ils parlaient en chemin de choses petites, que leur amour faisait grandes et charmantes. Ils arrangeaient leur après-midi pour y mettre l'infini de la joie profonde et du plaisir ingénieux. Elle le consultait sur ses toilettes. Elle ne se décidait pas à le quitter, heureuse d'aller avec lui par les rues qu'emplissaient le soleil et la gaieté de midi. Arrivés à l'avenue des Ternes, ils découvrirent devant eux, sur l'avenue, des boutiques étalant côte à côte, à l'envi, une abondance magnifique de vivres. C'étaient des chapelets de volailles à la porte du rôtisseur et, chez le fruitier, des caisses d'abricots et de pêches, des paniers de raisin, des tas de poires. Des voitures de fruits et de fleurs bordaient la chaussée. Sous l'auvent vitré d'un restaurant, des hommes et des femmes déjeunaient. Thérèse reconnut parmi eux, seul à une petite table, contre un laurier en caisse, Choulette qui allumait sa pipe.

L'ayant vue, il jeta superbement une pièce de cent sous sur la table, se leva, salua. Il était très grave; sa longue redingote lui donnait un air de décence et d'austérité.

Il dit qu'il aurait bien voulu aller voir madame Martin à Dinard. Mais il avait été retenu en Vendée, auprès de la marquise de Rieu. Cependant, il avait donné une nouvelle édition du *Jardin clos*, augmentée du *Verger de Sainte-Claire*. Il avait touché des âmes qu'on eût cru insensibles, fait jaillir des sources dans les rochers.

— De la sorte, dit-il, j'ai été une manière de Moïse.

Il fouilla dans sa poche et tira de son portefeuille une lettre usée et tachée.

— Voici ce que m'écrit madame Raymond, l'académicienne. Je publie ses paroles parce qu'elles sont à sa louange.

Et, déployant les minces feuillets, il lut :

— « J'ai fait connaître votre livre à mon mari qui s'est écrié : « C'est du plus pur spiritualisme ! » Voilà un jardin clos qui, du côté des lys et des » roses blanches, a bien, j'imagine, une petite » porte qui s'ouvre sur le chemin de l'Académie. »

Choulette goûta ces paroles mêlées dans sa bouche aux parfums de l'eau-de-vie, et remit soigneusement la lettre en son portefeuille.

Madame Martin félicita le poète d'être le candidat de madame Raymond.

— Vous seriez le mien, monsieur Choulette, si je m'occupais d'élections académiques. Mais est-ce que l'Institut vous fait envie?

Il garda quelques instants un silence solennel, puis :

— Je vais de ce pas, madame, conférer avec diverses notabilités du monde politique et religieux, qui habitent Neuilly. La marquise de Rieu me presse de poser ma candidature, dans son pays,

à un siège sénatorial devenu vacant par la mort
d'un vieillard qui fut, dit-on, général durant sa
vie illusoire. Je vais consulter à cet égard des
prêtres, des femmes, des enfants, — ô sagesse
éternelle! — boulevard Bineau. Le collège dont
je briguerai les suffrages se trouve dans une terre
ondulée et boisée, où des saules étêtés bordent les
champs. Et il n'est pas rare de trouver au creux
d'un de ces vieux saules le squelette d'un chouan,
pressant encore son fusil et son chapelet entre
ses doigts décharnés. Je ferai coller ma profession de foi sur l'écorce des chênes; on y lira :
« Paix aux presbytères! Vienne le jour où les
évêques, ayant aux mains la crosse de bois, se
feront semblables au plus pauvre desservant de
la plus pauvre paroisse! Ce sont les évêques qui
ont crucifié Jésus-Christ. Ils se nommaient Anne
et Caïphe. Et ils gardent encore ces noms devant
le Fils de Dieu. Or, tandis qu'ils l'attachaient à
la croix, j'étais le bon larron pendu à son
côté ».

Il leva son bâton vers Neuilly :

— Dechartre, mon ami, ne pensez-vous pas
que le boulevard Bineau poudroie là-bas, à
droite?

— Adieu, monsieur Choulette, dit Thérèse.
Ne m'oubliez pas quand vous serez sénateur.

— Madame, je ne vous oublie en aucune de

mes oraisons, tant matinales que vespérales. Et je dis à Dieu : « Puisque, dans votre colère, vous lui avez donné la richesse et la beauté, regardez-la, Seigneur, avec mansuétude, et traitez-la selon votre grande miséricorde. »

Et il s'en alla, raide et traînant la jambe, par l'avenue populeuse.

XXX

Enveloppée d'une mante de drap rose, Thérèse descendit avec Dechartre les degrés du perron. Il était arrivé le matin à Joinville. Elle l'avait fait venir dans le petit cercle des intimes, avant les chasses à courre, où elle craignait que Le Ménil, dont elle n'avait pas de nouvelles, fût invité cette année comme à l'ordinaire. L'air léger de septembre agitait les boucles de ses cheveux, et le soleil penchant faisait briller des points d'or dans le gris profond de ses prunelles. Derrière eux, la façade du château étalait, au-dessus des trois arcades du rez-de-chaussée, dans les intervalles des fenêtres, sur de longues consoles, des bustes d'empereurs romains. Le corps principal de la maison était resserré entre deux hauts pavillons, que haussait encore, sous leurs grands toits d'ardoises, un ordre démesuré de piliers ioniques. Et à cette disposition se reconnaissait l'art de l'architecte Leveau, qui avait construit en 1650 le château de Joinville-sur-Oise pour ce riche Mareuilles, créature de Mazarin et complice heureux du surintendant Fouquet.

Thérèse et Jacques voyaient devant eux les parterres dont les fleurs formaient de grands rinceaux dessinés par Le Nôtre, le tapis vert, le bassin; puis la grotte avec ses cinq arcades rustiques et ses termes géants, couronnée par les grands arbres sur lesquels l'automne avait déjà commencé de mettre sa pourpre et son or.

— C'est beau, tout de même, dit Dechartre, cette géométrie verdoyante.

— Oui, dit Thérèse. Mais je songe au platane penché dans la petite cour où l'herbe pousse entre les pierres. Nous y construirons une belle fontaine, n'est-ce pas? et nous y mettrons des fleurs.

Appuyée contre l'un des lions de pierre, au visage presque humain, qui veillaient sur les fossés comblés au bas des marches, elle se retourna vers le château et, regardant une des lucarnes en gueule de dragon ouverte au-dessus de la corniche:

— C'est là qu'est votre chambre; j'y suis

montée hier soir. Au même étage, de l'autre côté, tout au bout, est le bureau de papa. Une table de bois blanc, un cartonnier en acajou, une carafe sur la cheminée : son cabinet de jeune homme. Toute notre fortune en est sortie.

Par les chemins sablés des parterres, ils gagnèrent le mur de buis taillés qui bordait le parc du côté du midi. Ils passèrent devant l'orangerie, dont la porte monumentale était surmontée de la croix lorraine de Mareuilles, et s'engagèrent ensuite dans l'allée de tilleuls, au long du tapis vert. Sous les arbres à demi défeuillés, des statues de nymphes frissonnaient dans l'ombre humide, semée de pâles lumières. Un pigeon, posé sur l'épaule d'une des femmes blanches, s'envola. De temps à autre, un souffle de vent détachait une feuille séchée, qui tombait, coquille d'or rouge où restait une goutte de pluie. Thérèse montra la nymphe et dit :

— Elle m'a vue, lorsqu'enfant j'avais envie de mourir. Je souffrais de désirs et de peur. Je vous attendais. Mais vous étiez si loin !

L'allée des tilleuls s'interrompait, au niveau du rond-point occupé par le grand bassin au milieu duquel s'élevait un groupe de tritons et de néréides soufflant dans leurs conques pour former, lorsque jouaient les eaux, un diadème liquide, aux fleurons d'écume.

— C'est la Couronne de Joinville, dit-elle.

Elle montra un sentier qui, partant du bassin, allait se perdre dans la campagne, du côté du levant.

— Voici mon chemin. Que de fois je m'y suis promenée tristement! J'étais triste, quand je ne vous connaissais pas.

Ils retrouvèrent l'allée qui, avec d'autres tilleuls et d'autres nymphes, cheminait au delà du rond-point. Et ils la suivirent jusqu'aux grottes. C'était, dans le fond du parc, un hémicycle de cinq grandes niches de rocailles surmontées de balustres et séparées par des termes géants. L'un de ces termes, à l'angle du monument, les dominait de sa nudité monstrueuse, et abaissait sur eux son regard de pierre farouche et doux.

— Quand mon père acheta Joinville, dit-elle, les grottes n'étaient qu'un monceau de décombres plein d'herbes et de vipères. Des milliers de lapins y avaient fait leurs trous. Il a rétabli les termes et les arcades d'après les estampes de Perrelle, conservées à la Bibliothèque. Il a été lui-même son architecte.

Un désir d'ombre et de mystère les conduisit vers la charmille qui couvre le flanc des grottes. Mais un bruit de pas qu'ils entendirent, venant de l'allée couverte, les fit s'arrêter un moment. Et ils virent, à travers le feuillage, Montessuy

qui tenait par la taille la princesse Seniavine.
Très tranquilles, ils allaient vers le château.
Jacques et Thérèse, rencoignés sous l'énorme
terme, attendirent qu'ils fussent passés. Puis
elle dit à Dechartre, qui la regardait en silence :

—C'est tout de même fort ! Je comprends maintenant pourquoi, cet hiver, la princesse Seniavine
demandait conseil à papa pour acheter des chevaux.

Cependant Thérèse admirait son père d'avoir
conquis cette belle femme, qui passait pour difficile
et qu'on savait riche, malgré les embarras où
la mettait son désordre fou. Elle demanda à
Jacques s'il ne trouvait pas la princesse très belle.
Il lui reconnaissait de l'allure, avec une saveur
de chair trop forte à son gré. Elle était belle, sans
doute. Mais il devinait sur ces formes de brune
la médaille noire et les coulées de safran. Thérèse
reprit que c'était possible et que, pourtant, le
soir, la princesse Seniavine effaçait les autres
femmes.

Elle mena Jacques aux escaliers moussus qui,
montant derrière les grottes, conduisaient à la
Gerbe-de-l'Oise, formée d'une touffe de roseaux
de plomb, au milieu d'une vasque de marbre rose.
Là s'élevaient les grands arbres qui fermaient
la perspective du parc et commençaient les bois.
Ils allèrent sous les hautes futaies. Ils se taisaient,

dans le gémissement faible des feuilles. Au delà
du rideau magnifique des ormes, s'étendaient les
halliers coupés de bouquets de trembles et de
bouleaux, dont l'écorce pâle s'allumait d'un dernier rayon de soleil.

Il la pressa dans ses bras et lui mit des baisers
sur les paupières. La nuit descendait du ciel, les
premières étoiles tremblaient entre les branches.
Dans l'herbe mouillée soupirait la flûte des cra-
pauds. Ils n'allèrent pas plus avant.

Quand elle reprit avec lui, dans la nuit, le
chemin du château, il lui restait aux lèvres un
goût de baisers et de menthe, et dans les yeux
l'image de son ami qui, debout au tronc d'un
bouleau, semblait un faune, tandis que, soulevée
dans ses bras, les mains nouées à la nuque, elle
se mourait de volupté. Elle sourit sous les tilleuls
aux nymphes qui avaient vu les larmes de son
enfance. Le Cygne élevait dans le ciel sa croix
d'étoiles et la lune mirait sa corne fine au bassin
de la Couronne. Les insectes dans l'herbe jetaient
des appels d'amour. Au dernier détour de la
muraille de buis, Thérèse et Jacques découvrirent
la triple masse effrayante et noire du château, et
par les grandes baies du rez-de-chaussée, ils devi-
naient, dans la rouge lumière, des formes qui
se mouvaient. La cloche sonnait.

Thérèse s'écria :

— Je n'ai que le temps de m'habiller pour le dîner.

Et elle s'échappa devant les lions de pierre, laissant à son ami comme une vision de conte de fées.

Dans le salon, après le dîner, M. Berthier d'Eyzelles lisait le journal, et la princesse Seniavine, devant la table de jeu, faisait une réussite. Thérèse, les yeux mi-clos sur un livre et sentant aux chevilles la piqûre des épines enjambées dans les taillis, derrière la Gerbe-de-l'Oise, se rappelait en frissonnant l'ami qui l'avait prise dans les feuilles comme un faune jouant avec une nymphe.

La princesse lui demanda si c'était amusant ce qu'elle lisait là.

— Je ne sais pas. Je lisais et je songeais. Paul Vence a raison : « Nous ne trouvons que nous dans les livres. »

A travers les tentures venaient de la salle de billard les voix brèves des joueurs et le bruit sec des billes.

— Réussite! s'écria la princesse en jetant les cartes.

Elle avait mis une grosse somme sur un cheval qui courait ce jour-là aux courses de Chantilly.

Thérèse dit qu'elle avait reçu une lettre de Fiesole : Miss Bell lui annonçait son prochain mariage avec le prince Eusebio Albertinelli della Spina.

La princesse se mit à rire :

— Voilà un homme qui lui rendra un fameux service.

— Lequel? demanda Thérèse.

— Celui de la dégoûter des hommes, pardi !

Montessuy entra dans le salon, très gai. Il avait gagné la partie.

Il s'assit à côté de Berthier d'Eyzelles et, prenant un journal déployé sur le canapé :

— Le ministre des finances annonce qu'il déposera à la rentrée son projet de loi sur les caisses d'épargne.

Il s'agissait d'autoriser les caisses d'épargne à prêter de l'argent aux communes, ce qui eût retiré aux établissements que dirigeait Montessuy leur meilleure clientèle.

— Berthier, demanda le financier, êtes-vous résolument hostile à ce projet?

Berthier inclina la tête.

Montessuy, se levant, posa la main sur l'épaule du député :

— Mon cher Berthier, j'ai l'idée que le ministère tombera au début de la session.

Il s'approcha de sa fille :

— J'ai reçu une lettre bizarre de Le Ménil.

Thérèse alla fermer la porte qui séparait le salon du billard.

Elle craignait, disait-elle, les courants d'air.

— Une lettre singulière, reprit Montessuy. Le Ménil ne viendra pas chasser à Joinville. Il a acheté un yacht de quatre-vingts tonneaux, *Rosebud*. Il navigue dans la Méditerranée et ne veut plus vivre que sur l'eau. C'est dommage. Il n'y a que lui qui sache mener la chasse.

A ce moment, Dechartre entra dans le salon avec le comte Martin qui, après l'avoir battu au billard, l'ayant pris en amitié, lui exposait les dangers d'un impôt basé sur le train de maison et le nombre des domestiques.

XXXI

Un pâle soleil d'hiver, perçant les brumes de la Seine, éclairait sur les portes de la salle à manger les chiens d'Oudry.

Madame Martin avait à sa droite le député Garain, ancien garde des sceaux, ancien président du Conseil, à sa gauche M. le sénateur Loyer. A la droite du comte Martin-Bellème, M. Berthier d'Eyzelles. Intime et sobre déjeuner d'affaires. Conformément aux prévisions de Montessuy, le ministère était tombé quatre jours auparavant. Appelé le matin même à l'Elysée, Garain avait accepté la tâche de former un cabinet. Il préparait en déjeunant la combinaison qui devait être soumise dans la soirée au Président.

Et, tandis qu'ils agitaient des noms, Thérèse revoyait en elle-même les images de sa vie intime.

Elle était revenue à Paris avec le comte Martin dès la rentrée des Chambres, et depuis ce moment elle menait une vie enchantée.

Jacques l'aimait; il l'aimait avec un mélange délicieux de passion et de tendresse, d'expérience savante et d'ingénuité curieuse. Il était nerveux, irritable, inquiet. Mais l'inégalité de son humeur donnait plus de prix à sa gaieté. Cette gaieté artiste, éclatant soudain comme une flamme, caressait l'amour sans l'offenser. Et c'était l'émerveillement de Thérèse que ce rire spirituel de son ami. Elle n'aurait jamais imaginé ce goût sûr qu'il mettait naturellement dans le caprice joyeux et dans la fantaisie familière. Aux premiers temps, il ne lui avait montré qu'une ardeur monotone et sombre. Et cela seul l'avait prise. Mais, depuis, elle avait découvert en lui une âme gaie, abondante et diverse, une grâce unique dans la sensualité, le don de flatter, de contenter toute l'âme avec la chair.

— Un ministère homogène, s'écria Garain, c'est bientôt dit. Il n'en faut pas moins s'inspirer des tendances propres aux différentes fractions de la chambre.

Il était inquiet. Il se voyait entouré d'autant

d'embûches qu'il en avait dressées. Ses colla-
borateurs eux-mêmes lui devenaient hostiles.

Le comte Martin voulait que le nouveau ministère répondît aux aspirations de l'esprit nouveau.

— Votre liste est formée de personnalités qui
diffèrent essentiellement d'origine et de tendances, dit-il. Or c'est peut-être le fait le plus
considérable de l'histoire politique de ces dernières années que la possibilité, je dirai la nécessité, d'introduire l'unité de vues dans le gouvernement de la République. Ce sont des idées,
mon cher Garain, que vous avez exprimées vous-
même avec une rare éloquence.

M. Berthier d'Eyzelles se taisait.

Le sénateur Loyer roulait dans ses doigts des
boulettes de mie de pain. Antique habitué des
brasseries, c'est en pétrissant des miettes ou en
taillant des bouchons qu'il trouvait des idées.
Il leva sa face couperosée d'où pendait une barbe
sale. Et, regardant Garain avec des yeux bridés
où pétillait un petit feu rouge :

— Je l'ai dit, et l'on n'a pas voulu me croire.
L'anéantissement de la Droite monarchique a été
pour les chefs du parti républicain un malheur
irréparable. On gouvernait contre elle. Le véritable appui d'un gouvernement, c'est l'opposition. L'empire a gouverné contre les orléanistes
et contre nous ; le Seize-Mai a gouverné contre

les républicains. Plus heureux, nous avons gouverné contre la Droite. La Droite, quelle bonne opposition c'était, menaçante, candide, impuissante, vaste, honnête, impopulaire ! Il fallait la garder. On n'a pas su. Et puis, disons-le, tout s'use. Cependant, il faut toujours gouverner contre quelque chose. Il n'y a plus aujourd'hui que les socialistes pour nous donner l'appui que la Droite nous a prêté quinze ans, avec une si constante générosité. Mais ils sont trop faibles. Il faudrait les renforcer, les grandir, en faire un parti politique. C'est, à l'heure qu'il est, le premier devoir d'un ministre de l'intérieur.

Garain, qui n'était pas cynique, ne répondit rien.

— Garain, vous ne savez pas encore, demanda le comte Martin, si, avec la présidence, vous prenez les Sceaux ou l'Intérieur ?

Garain répondit que sa décision dépendait du choix que ferait N***, dont la présence était nécessaire dans le cabinet et qui hésitait encore entre les deux portefeuilles. Lui, Garain, sacrifiait ses convenances personnelles aux intérêts supérieurs.

Le sénateur Loyer grimaça dans sa barbe. Il convoitait les Sceaux. Ce désir venait de loin. Répétiteur de droit sous l'Empire, il donnait, devant les tables des cafés, des leçons appré-

ciées. Il avait le sens de la chicane. Ayant
commencé sa fortune politique par des articles
adroitement faits pour lui valoir des poursuites,
des procès et quelques semaines de prison, il
avait considéré, depuis lors, la presse comme
une arme d'opposition, que tout bon gouvernement devait briser. Depuis le 4 septembre 1870,
il rêvait de devenir garde des sceaux pour qu'on
vît comment le vieux bohème, l'habitué de
Pélagie au temps de Badinguet, le répétiteur
de droit qui, jadis, expliquait le code en sou-
pant d'une choucroute garnie, saurait se montrer chef suprême de la magistrature.

Des sots, par douzaines, lui avaient grimpé
sur le dos. Vieilli dans les médiocres honneurs
du Sénat, mal décrassé, acoquiné à une fille de
brasserie, pauvre, paresseux, désabusé, son vieil
esprit jacobin et son mépris sincère du peuple,
survivant à ses ambitions, faisaient de lui encore
un homme de gouvernement. Cette fois, entré
dans la combinaison Garain, il croyait tenir la
Justice. Et son protecteur, qui ne la lui donnait
pas, devenait un rival importun. Il ricana, occupé
à modeler dans la mie de pain un petit caniche.

M. Berthier d'Eyzelles, très calme, très grave,
très morne, caressa ses beaux favoris blancs :

— Ne pensez-vous pas aussi, monsieur Garain,
qu'il conviendrait de faire une place dans le

cabinet aux hommes qui ont suivi, dès la première heure, la politique vers laquelle nous nous orientons aujourd'hui?

— Ils s'y sont perdus, répliqua Garain, impatienté. Un homme politique ne doit pas devancer les circonstances. C'est un tort que d'avoir raison trop tôt. On ne fait pas les affaires avec des penseurs. Et puis, parlons franc : si vous voulez un ministère centre gauche, dites-le : je me retire. Mais je vous avertis que ni la Chambre ni le pays ne seront avec vous.

— Il est évident, dit le comte Martin, qu'il faut s'assurer une majorité.

— Avec ma liste, elle est faite, notre majorité, dit Garain. C'est la minorité qui a soutenu le ministère contre nous, plus les voix que nous en avons détachées. Messieurs, je fais appel à votre dévouement.

Et la distribution laborieuse des portefeuilles recommença. Le comte Martin reçut d'abord les Travaux publics, qu'il refusa, faute de compétence, et ensuite les Affaires étrangères, qu'il accepta sans objection.

Mais M. Berthier d'Eyzelles, à qui Garain offrait le Commerce et l'Agriculture, se réserva.

Loyer fut mis aux Colonies. Il semblait très occupé à faire tenir sur la nappe son caniche de mie de pain. Cependant, il regardait du coin de son petit œil ridé la comtesse Martin, et il la trouvait désirable. Il entrevit vaguement le plaisir de la revoir, à l'avenir, avec un peu d'intimité.

Laissant Garain se débattre, il s'occupait de cette jolie femme, cherchait à deviner ses goûts et ses habitudes, lui demandait si elle aimait le théâtre, si elle allait quelquefois, le soir, au café avec son mari. Et Thérèse commençait à le trouver plus intéressant que les autres, sous sa crasse épaisse, avec son ignorance du monde, dans son cynisme superbe.

Garain se leva. Il fallait qu'il vît encore N***, N*** et N***, avant de porter sa liste au Président de la République. Le comte Martin offrit sa voiture, mais Garain avait la sienne.

— Ne pensez-vous pas, demanda le comte Martin, que le Président puisse faire des objections sur quelques noms ?

— Le Président, répondit Garain, s'inspirera des nécessités de la situation.

Il avait déjà passé la porte quand il revint, se frappant le front :

— Nous avons oublié le ministre de la guerre !

— Vous trouverez facilement parmi les généraux, dit le comte Martin.

— Ah ! s'écria Garain, vous croyez que le choix d'un ministre de la guerre est facile. On voit bien que vous n'avez pas, comme moi, fait

partie de trois cabinets et présidé le conseil.
Dans mes ministères, et durant ma présidence,
les difficultés les plus épineuses sont toujours venues du ministre de la guerre. Les généraux sont
tous les mêmes. Celui que j'avais choisi dans le
cabinet que j'ai formé, vous le connaissez. Nous
l'avions pris étranger aux affaires. Il savait à
peine qu'il y eût deux Chambres. Il a fallu lui
expliquer tous les rouages du mécanisme parle-
mentaire ; lui apprendre qu'il y avait une commission de l'armée, une commission des finances,
des sous-commissions, des rapporteurs, une dis-
cussion du budget. Il a demandé qu'on lui mît
tous ces renseignements sur un petit morceau de
papier. Son ignorance des hommes et des choses
nous effrayait… Au bout de quinze jours, il savait
les tours les plus fins du métier, il connaissait
personnellement tous les sénateurs et tous les
députés, et il intriguait avec eux contre nous.
Sans le secours du président Grévy, qui se
méfiait des militaires, il nous culbutait. Et c'était
un général très ordinaire, un général comme les
autres. Ah ! non ne croyez pas que le portefeuille
de la Guerre puisse être donné à la hâte, sans
réflexion…

Et Garain, se rappelant son ancien collègue du
boulevard Saint-Germain, frissonnait encore. Il
sortit.

Thérèse se leva. Le sénateur Loyer lui offrit le bras avec les belles attitudes arrondies qu'il avait apprises quarante ans auparavant à Bullier. Elle laissa les hommes politiques au salon. Elle avait hâte de retrouver Dechartre.

Des brumes rousses couvraient la Seine, les quais de pierre et les platanes dorés. Le soleil rouge jetait dans le ciel nuageux les dernières gloires de l'année. Thérèse, en sortant de chez elle, goûta délicieusement la savoureuse âpreté de l'air et la splendeur mourante du jour. Depuis son retour à Paris, heureuse, elle s'égayait chaque matin de la nouveauté du temps. Il lui semblait, dans son égoïsme généreux, que c'était pour elle que le vent soufflait dans les arbres déchevelés ou que le gris fin de la pluie trempait l'horizon des avenues, ou que le soleil traînait dans le ciel frileux son bloc refroidi; pour elle, et afin qu'elle pût dire en entrant dans la petite maison des Ternes : « Il fait du vent, il pleut, le temps est agréable », mettant ainsi l'océan des choses dans l'intimité de son amour. Et tous les jours se levaient beaux pour elle, puisqu'ils la ramenaient tous dans les bras de son ami.

Tandis qu'elle allait, ce jour-là comme les autres jours, à la petite maison des Ternes, elle songeait à son bonheur inattendu, si plein et dont elle se sentait enfin assurée. Elle marchait dans cette dernière gloire du soleil déjà touché par l'hiver, et elle se disait :

« Il m'aime, je crois qu'il m'aime tout à fait. Aimer lui est plus facile et plus naturel qu'aux autres hommes. Ils ont dans la vie des idées supérieures à eux, une foi, des habitudes, des intérêts. Ils croient en Dieu ou à des devoirs, ou à eux-mêmes. Lui, il ne croit qu'à moi. Je suis son dieu, son devoir et sa vie. »

Puis elle songea :

« C'est vrai aussi qu'il n'a besoin de personne, pas même de moi. Sa pensée est un monde magnifique où il pourrait vivre aisément. Mais moi, je ne peux pas vivre sans lui. Qu'est-ce que je deviendrais, si je ne l'avais plus ? »

Elle se rassurait sur ce goût violent, sur cette habitude charmée, qu'il avait pris d'elle. Elle se rappelait qu'elle lui avait dit un jour : « Tu n'as pour moi qu'un amour sensuel. Je ne m'en plains pas, c'est peut-être le seul vrai. » Et il lui avait répondu : « C'est aussi le seul grand et le seul fort. Il a sa mesure et ses armes. Il est plein de sens et d'images. Il est violent et mystérieux. Il s'attache à la chair et à l'âme de la chair. Le reste n'est qu'illusion et mensonge. » Elle était presque tranquille dans sa joie. Les soupçons, les inquiétudes s'en étaient allés comme les nuées d'un orage d'été. Le plus mauvais temps de leur amour, ç'avait été lorsqu'ils étaient loin l'un de l'autre. Il ne faut jamais se quitter quand on s'aime.

A l'angle de l'avenue Marceau et de la rue Galilée, elle devina, plutôt qu'elle ne la reconnut, une ombre qui l'avait effleurée, une forme oubliée. Elle crut, elle voulut s'être trompée. Celui qu'elle avait pensé voir n'existait plus, n'avait jamais existé. C'était un fantôme vu dans les limbes d'un monde antérieur, dans les ténèbres d'une demi-vie. Et elle allait, gardant de cette rencontre indécise une impression de froid, de gêne vague, un serrement de cœur.

Comme elle montait l'avenue, elle vit dévaler vers elle les porteurs de journaux qui tenaient à bras tendus les feuilles du soir annonçant en grosses lettres le nouveau ministère.

Elle traversa la place de l'Étoile; ses pas suivaient l'impatience heureuse de son désir. Elle voyait Jacques l'attendant au pied de l'escalier parmi les figures nues et violentes de marbre et de bronze, la prenant dans ses bras et la portant, déjà amortie et frémissante de baisers, jusqu'à cette chambre pleine d'ombre et de délices, où la douceur de vivre lui faisait oublier la vie.

Mais, dans la solitude de l'avenue Mac-Mahon, l'ombre déjà entrevue à l'angle de la rue Galilée

s'approcha, se dressa près d'elle avec une précision banale et pénible.

Elle reconnut Robert Le Ménil, qui, l'ayant
suivie depuis le quai de Billy, la joignait à l'endroit le plus tranquille et le plus sûr.

Son air, son attitude laissaient voir cette limpi-
dité d'âme qui avait plu à Thérèse autrefois. Son
visage naturellement dur, assombri par le hâle
et l'embrun, un peu creusé, très calme, cachait
et laissait voir une souffrance profonde.

— J'ai à vous parler.

Elle ralentit le pas. Il marcha à son côté.

— J'ai cherché à vous oublier. Après ce qui
s'était passé, c'était bien naturel, n'est-ce pas?
J'ai tout fait pour cela. Il valait mieux vous
oublier, bien sûr. Mais je n'ai pas pu. Alors, j'ai
acheté un bateau. Et j'ai navigué pendant six
mois. Vous savez, peut-être?

Elle fit signe qu'elle savait.

Il reprit :

— *Rosebud*, un joli yacht de quatre-vingts
tonneaux. J'avais six hommes d'équipage. Je
manœuvrais avec eux. C'était une distraction.

Il se tut. Elle allait lentement, attristée, surtout ennuyée. C'était pour elle une chose absurde
et pénible au delà de tout d'écouter ces paroles
étrangères.

Il reprit :

— Ce que j'ai souffert sur ce bateau, j'aurais honte de vous le dire.

Elle sentit qu'il disait vrai et détourna la tête.

— Oh! je vous pardonne. J'ai beaucoup réfléchi, seul. J'ai passé des jours et des nuits étendu sur le divan du deck-house; et je retournais sans cesse les mêmes idées dans ma tête. J'ai réfléchi pendant ces six mois plus que je n'avais fait dans toute ma vie. Ne riez pas. La douleur, il n'y a rien de tel pour élargir l'esprit. J'ai compris que, si je vous avais perdue, c'était de ma faute. Il fallait savoir vous garder. Et, couché à plat ventre, tandis que *Rosebud* filait sur la mer, je me disais : « Je n'ai pas su. Oh! si c'était à recommencer! » A force de penser et de souffrir, j'ai compris; j'ai compris que je n'étais pas entré suffisamment dans vos goûts et dans vos idées. Vous êtes une femme supérieure. Je ne m'en étais pas aperçu, parce que ce n'était pas pour cela que je vous aimais. Sans m'en douter, je vous agaçais, je vous froissais.

Elle secoua la tête. Il insista.

— Si! si! Je vous ai souvent froissée. Je ne ménageais pas assez votre délicatesse. Il y a eu des malentendus entre nous. Cela tient à ce que nous n'avons pas la même nature. Et puis je n'ai pas su vous distraire. Je n'ai pas trouvé les amusements qu'il vous faut; je ne vous ai pas procuré le genre de plaisirs qui convient à une femme intelligente comme vous.

Si simple et si vrai dans ses regrets et dans sa douleur, elle le trouvait tout de même sympathique. Elle lui dit doucement :

— Mon ami, je n'ai pas eu à me plaindre de vous.

Il reprit :

— Tout ce que je vous dis là est vrai. Je l'ai compris, tout seul, au large, dans mon bateau. J'y ai passé des heures que je ne souhaiterais pas à l'homme qui m'a causé le plus de mal. Bien des fois j'ai eu envie de me jeter à l'eau. Je ne l'ai pas fait. Est-ce à cause de mes principes religieux et de mes sentiments de famille, ou parce que je n'ai pas eu le courage? Je ne sais. C'était peut-être que, de loin, vous me reteniez dans la vie. J'étais attiré vers vous, puisque me voilà. Depuis deux jours, je vous guette. Je n'ai pas voulu reparaître chez vous. Je ne vous aurais pas trouvée seule, je n'aurais pas pu vous parler. Et puis vous étiez forcée de me recevoir. J'ai trouvé mieux de vous parler dans la rue. C'est encore une idée que j'ai eue en bateau. Je me suis dit : « Dans la rue, elle ne m'écoutera que si elle veut, comme il y a quatre ans, dans le parc de Joinville, vous savez, sous les statues, près de la Couronne.

Et il reprit avec un soupir rude :

— Oui, comme à Joinville, puisque tout est à recommencer. Il y a deux jours que je vous guette. Hier il pleuvait : vous êtes sortie en voiture. J'aurais pu vous suivre, savoir où vous alliez. J'en avais bien envie. Je ne l'ai pas fait. Je ne veux pas faire ce qui vous déplairait.

Elle lui tendit la main.

— Je vous remercie. Je savais bien que je n'aurais pas à regretter la confiance que j'avais mise en vous.

Alarmée, impatiente, énervée, ayant peur de ce qu'il allait dire, elle essaya de rompre et de s'échapper.

— Adieu ! vous avez toute la vie devant vous. Vous êtes heureux. Sachez-le donc, et ne vous tourmentez plus pour ce qui n'en vaut pas la peine.

Mais il l'arrêta d'un regard. Son visage avait pris cette expression violente et résolue qu'elle connaissait.

— Je vous ai dit que j'avais à vous parler. Écoutez-moi une minute.

Elle songeait à Jacques, qui déjà l'attendait.

De rares passants la regardaient et suivaient leur chemin. Elle s'arrêta sous les branches noires d'un arbre de Judée, et attendit avec de la pitié et de la peur dans l'âme.

Il lui dit :

— Voici : je vous pardonne et j'oublie tout. Reprenez-moi. Je vous promets de ne jamais vous dire un mot du passé.

Elle tressaillit et laissa paraître un mouvement si naturel de surprise et de désolation qu'il s'arrêta.

Puis, après un moment de réflexion :

— Ce que je vous propose n'est pas ordinaire, je le sais bien. Mais j'ai réfléchi, j'ai pensé à tout. C'est la seule chose possible. Pensez-y, Thérèse, et ne me répondez pas tout de suite.

— Ce serait mal de vous tromper. Je ne peux pas, je ne veux pas faire ce que vous dites; et vous savez pourquoi.

Un fiacre passait lentement près d'eux. Elle fit signe au cocher, qui s'arrêta. Il la retint un moment encore.

— J'ai prévu que vous me diriez cela. Et c'est pourquoi je vous dis : Ne me répondez pas tout de suite.

La main sur la poignée de la portière, elle tourna sur lui le regard de ses prunelles grises.

Ce fut pour lui le moment douloureux. Il se rappela le temps où il voyait ces prunelles d'un gris charmant couler sous les paupières mi-closes. Il retint un sanglot dans sa poitrine et murmura d'une voix étranglée :

— Écoutez, je ne peux pas vivre sans vous, je vous aime. C'est maintenant que je vous aime. Avant, je ne savais pas.

Et, pendant qu'elle jetait au hasard l'adresse d'une modiste, il s'éloigna de son allure souple et vive, un peu saccadée, cette fois.

Elle gardait de cette rencontre un malaise et une inquiétude. Puisqu'elle devait le revoir, elle aurait mieux aimé le retrouver violent et brutal comme à Florence.

A l'angle de l'avenue, elle cria vivement au cocher :

— Rue Demours, aux Ternes.

XXXII

C'était un vendredi, à l'Opéra. Le rideau venait
de descendre sur le laboratoire de Faust. Des profondeurs agitées de l'orchestre, les lorgnettes se
dressaient, et les regards, sous les lumières perdues dans le vide immense, fouillaient la salle
de pourpre et d'or. Les écrins sombres des loges
renfermaient les têtes étincelantes et les épaules
nues des femmes. L'amphithéâtre courbait longuement au-dessus du parterre sa guirlande de
diamants, de fleurs, de chevelures, de chairs,
de gaze et de satin. On reconnaissait aux avant-
scènes l'ambassadrice d'Autriche et la duchesse
de Gladwin; à l'amphithéâtre, Berthe d'Isigny et
Jane Tulle, illustrée, la veille, par le suicide d'un

amant; dans les loges, madame Bérard de La
Malle, les yeux baissés, ses longs cils ombrageant ses joues pures; la princesse Seniavine,
qui, superbe, cachait sous son éventail des bâil-
lements de panthère; madame de Morlaine, entre
deux jeunes femmes qu'elle formait aux élégances
de l'esprit; madame Meillan, assurée sur trente
ans de beauté souveraine; madame Berthier
d'Eyzelles, raide sous ses bandeaux gris de fer
chargés de diamants. La couperose de son visage
rehaussait la dignité austère de son attitude. Elle
était très regardée. On avait appris, dans la
matinée, qu'après l'échec de la combinaison Garain, M. Berthier d'Eyzelles avait accepté la mission de former un ministère. Les démarches
étaient près d'aboutir. Les journaux publiaient
des listes avec le nom de Martin-Bellème pour les
finances. Et les lorgnettes se tournaient inutile-
ment vers la loge encore vide de la comtesse
Martin.

Un murmure immense de voix emplissait la
salle. Au troisième rang de l'orchestre, le général
Larivière, debout, à sa place accoutumée, causait
avec le général de La Briche.

— Je ferai bientôt comme toi, mon vieux
camarade, j'irai planter des choux en Touraine.

Il était dans une de ses heures de mélancolie,
où le néant lui apparaissait au bout prochain de

la vie. Il avait flatté Garain, et Garain, le trouvant trop fin, lui avait préféré, pour ministre de
la guerre, un général d'artillerie myope et chimé-
rique. Du moins, Larivière goûtait-il le plaisir de
voir Garain abandonné, trahi par ses amis Berthier d'Eyzelles et Martin-Bellème. Il en riait par
les rides de ses petits yeux. Sa patte d'oie s'égayait
seule sur son visage bourru. Il riait de profil. Lassé
d'une longue vie de dissimulation, il se donna tout
à coup la joie et la beauté d'exprimer sa pensée :

— Vois-tu, mon bon La Briche, ils nous embê-
tent avec leur armée civile, qui coûte cher et
qui ne vaut rien. Les petites armées sont les seules
bonnes. C'était l'avis de Napoléon, qui s'y entendait.

— C'est vrai, c'est bien vrai, soupira le général
de La Briche, ému, les larmes aux yeux.

Montessuy, gagnant son fauteuil, passa devant
eux; Larivière lui tendit la main.

— On dit que c'est vous, Montessuy, qui avez
fait échec à Garain. Tous mes compliments.

Montessuy se défendit d'exercer aucune action
politique. Il n'était ni sénateur, ni député, pas
même conseiller général dans l'Oise. Et, lorgnant
la salle :

— Regardez, Larivière, il y a dans cette bai-
gnoire, à droite, une bien jolie femme, brune,
avec des bandeaux plats sur les joues.

Et il prit sa place, tranquille, goûtant les réalités de la puissance.

Cependant, au foyer, dans les couloirs, dans la salle, les noms des nouveaux ministres passaient de bouche en bouche, au milieu d'une molle indifférence : Présidence du Conseil et Intérieur, Berthier d'Eyzelles ; Justice et Cultes, Loyer ; Finances, Martin-Bellème. On les connaissait tous, hors les titulaires du Commerce, de la Guerre et de la Marine, qui n'étaient pas encore désignés.

Le rideau s'était levé sur le cabaret du *dieu Bacchus*. Les étudiants chantaient leur deuxième chœur, quand madame Martin parut dans sa loge, les cheveux tordus sur le haut de la tête ; sa robe blanche avait des manches comme des ailes, et, sur la draperie du corsage, au sein gauche, brillait un grand lys de rubis.

Miss Bell s'assit près d'elle, en robe *Queen Ann* de velours vert. Fiancée au prince Eusebio Albertinelli della Spina, elle était venue à Paris commander son trousseau.

Dans le mouvement et le bruit de la kermesse :

— Darling, dit miss Bell, vous avez laissé à Florence un ami qui garde précieusement le charme de votre souvenir. C'est le professeur Arrighi. Il vous réserve la louange qui est pour

21.

lui la plus belle : il dit que vous êtes une musicale créature. Mais comment le professeur Arrighi ne se souviendrait-il pas de vous, darling, quand les cytises du jardin ne vous ont pas oubliée? Leurs rameaux défleuris se lamentent de votre absence. Oh! ils vous regrettent, darling.

— Dites-leur, répondit Thérèse, que j'ai emporté de Fiesole un souvenir délicieux, dont je veux vivre.

Dans le fond de la loge, M. Martin-Bellème exprimait à voix basse ses idées à Joseph Springer et à Duvicquet. Il disait : « La signature de la France est la première du monde. » Il disait encore : « Amortir avec des excédents, non avec des impôts. » Et il inclinait à la prudence en matière financière.

Et miss Bell :

— Oh! darling, je dirai aux cytises de Fiesole que vous les regrettez, et que vous reviendrez bientôt les visiter sur leur colline. Mais, je vous demande : voyez-vous à Paris M. Dechartre? Moi, je voudrais le voir beaucoup. Je l'aime parce qu'il a une âme élégante. Oh! darling, l'âme de M. Dechartre est pleine de grâce et d'élégance.

Thérèse répondit que M. Dechartre était sans doute dans la salle et qu'il ne manquerait pas de venir saluer miss Bell.

La toile tomba sur le tourbillon coloré de la

valse. Les visiteurs se pressaient dans le couloir : financiers, artistes, députés, en un moment s'amassèrent dans le petit salon attenant à la loge. Ils entouraient M. Martin-Bellème, murmuraient des félicitations, lui jetaient par-dessus les têtes des gestes gracieux, et s'entre-étouffaient pour lui serrer la main. Joseph Schmoll, toussant et geignant, aveugle et sourd, s'ouvrit un chemin dans leur masse méprisée et arriva jusqu'à madame Martin. Il lui prit la main, la couvrit de souffles et de baisers sonores.

— On dit que votre mari est nommé ministre. Est-ce que c'est vrai?

Elle savait qu'on le disait, mais elle ne croyait pas que rien fût fait encore. D'ailleurs, son mari était là. On pouvait le lui demander.

Sensible aux vérités littérales :

— Ah! votre mari, dit-il, n'est pas encore ministre? Quand il sera nommé, je vous demanderai un moment d'entretien. Il s'agit d'une affaire de la plus haute importance.

Puis il se tut, promenant sous ses lunettes d'or ces regards d'aveugle et de visionnaire qui l'entretenaient, malgré l'exactitude brutale de sa nature, dans une sorte des mysticisme. Il demanda brusquement :

— Vous êtes allée en Italie, cette année, madame?

Et, sans lui laisser le temps de répondre :

— Je sais, je sais. Vous êtes allée à Rome. Vous avez regardé l'arc de l'infâme Titus, ce marbre exécrable où l'on voit le chandelier à sept branches parmi les dépouilles des Juifs. Eh bien ! je vous le dis, madame, c'est à la honte de l'univers que ce monument reste encore debout, dans la ville de Rome, où les papes n'ont subsisté que par l'art des Juifs, argentiers et changeurs. Les Juifs ont apporté en Italie la science de la Grèce et de l'Orient. La Renaissance, madame, est l'œuvre d'Israël. Voilà la vérité méconnue et certaine.

Et il sortit à travers la foule des visiteurs, dans le craquement sourd des chapeaux qu'il écrasait.

Cependant, la princesse Seniavine, au bord de sa loge, lorgnait son amie avec cette curiosité que lui donnait par éclairs la beauté des femmes. Elle fit signe à Paul Vence, qui était près d'elle :

— Ne trouvez-vous pas que madame Martin est extraordinairement jolie, cette année?

Dans le foyer vibrant de lumière et d'or, le général de La Briche demandait à Larivière :

— Avez-vous vu mon neveu?

— Votre neveu? Le Ménil?

— Oui, Robert. Il était dans la salle, tout à l'heure.

La Briche resta un moment pensif. Puis :

— Il est venu cet été à Sémanville. Je l'ai trouvé bizarre, absorbé. Un garçon sympathique, franc comme l'or et intelligent. Mais il lui faudrait une occupation, un but dans la vie.

La sonnerie qui annonçait la fin de l'entr'acte s'était tue depuis un moment. Dans le foyer déserté, les deux vieillards allaient.

— Un but dans la vie, répétait La Briche, grand, maigre et voûté, tandis que son camarade, allégé, rajeuni, s'échappant, gagnait l'entrée de la scène.

Marguerite, dans le bosquet, filait et chantait. Quand elle eut fini, Miss Bell dit à madame Martin :

— Oh! darling, M. Choulette m'a écrit une lettre parfaitement belle. Il m'a dit qu'il était très célèbre. Et j'ai été bien contente de le savoir. Et il m'a dit aussi : « La gloire des autres poètes repose dans la myrrhe et les aromates. La mienne saigne et gémit sous une pluie de pierres et d'écailles d'huîtres. » Est-ce que véritablement, my love, les Français lapident le bon M. Choulette?

Tandis que Thérèse rassurait miss Bell, Loyer, impérieux et un peu tapageur, se fit ouvrir la loge.

Il apparut mouillé, crotté.

— Je viens de l'Élysée, dit-il.

Il eut la galanterie d'annoncer d'abord à madame Martin la bonne nouvelle.

— Les décrets sont signés. Votre mari a les Finances. C'est un joli portefeuille.

— Le Président de la République, demanda M. Martin-Bellème, n'a pas fait d'objection quand mon nom a été prononcé devant lui?

— Non. Berthier a fait valoir au Président la probité héréditaire des Martin, votre situation de fortune, et surtout les liens qui vous attachent à certaines personnalités du monde financier, dont le concours peut être utile au gouvernement. Et le Président, selon l'heureuse expression de Garain, s'est inspiré des nécessités de la situation. Il a signé.

Sur la face jaunie du comte Martin passèrent deux ou trois rides. Il souriait.

— Le décret, reprit Loyer, paraîtra demain à l'*Officiel*. J'ai accompagné moi-même dans un sapin l'attaché de cabinet qui le portait à la composition. C'était plus sûr. Du temps de Grévy, qui pourtant n'était pas une bête, on interceptait les décrets dans le trajet de l'Élysée au quai Voltaire.

Et Loyer se jeta sur une chaise. Là, goûtant des yeux et des narines les épaules de madame Martin :

— On ne dira plus, comme du temps de mon pauvre ami Gambetta, que la République manque de femmes. Vous nous donnerez de belles fêtes, madame, dans les salons du ministère.

Marguerite, se regardant au miroir, avec son collier et ses boucles d'oreilles, chantait l'air des bijoux.

— Il faudra, dit le comte Martin, rédiger la déclaration. J'y ai songé. En ce qui concerne m département, j'ai trouvé, je crois, la formule : « Amortir avec des excédents, non avec des impôts. »

Loyer haussa les épaules.

— Mon cher Martin, nous n'avons rien d'essentiel à changer dans la déclaration du précédent cabinet; la situation est restée sensiblement la même.

Il se frappa le front.

— Bigre! j'oubliais. Nous avons mis à la Guerre votre ami, le vieux Larivière, sans le consulter. Je suis chargé de l'avertir.

Il pensait le trouver dans le café du boulevard où vont les militaires. Mais le comte Martin savait que le général était dans la salle.

— Il faut mettre la main dessus, dit Loyer.

Saluant :

— Vous permettez, comtesse, que j'emmène votre mari ?

Ils venaient de sortir quand Jacques Dechartre et Paul Vence entrèrent dans la loge.

— Je vous félicite, madame, dit Paul Vence.

Mais elle se tourna vers Dechartre :

— J'espère que vous ne venez pas me féliciter, vous...

Paul Vence lui demanda si elle allait s'installer dans les appartements du ministère.

Elle se récria :

— Ah! non, par exemple!

— Du moins, madame, reprit Paul Vence, vous irez aux bals de l'Élysée et des ministères; et nous admirerons par quel art vous y garderez votre charme mystérieux, comment vous y serez encore celle dont on rêve.

— Les changements de ministères, dit madame Martin, vous inspirent, monsieur Vence, des réflexions bien frivoles.

— Madame, reprit Paul Vence, je ne dirai pas, comme Renan, mon maître bien-aimé : «Qu'est-ce que cela fait à Sirius?» parce qu'on me répondrait raisonnablement : « Que fait le gros Sirius à la petite Terre? » Mais je suis toujours un peu surpris de voir des personnes adultes et même vieilles se laisser abuser par l'illusion du pouvoir, comme si la faim, l'amour et la mort, toutes les nécessités ignobles ou sublimes de la vie, n'exerçaient pas sur la foule des hommes un empire trop souverain pour laisser aux maîtres de chair autre chose qu'une puissance de papier et un empire de paroles. Et, ce qui est plus merveilleux encore, c'est que les peuples croient aussi qu'ils ont d'autres chefs d'État et d'autres ministres que leurs misères, leurs désirs et leur imbécillité. Il était sage, celui qui a dit : « Donnons aux hommes pour témoins et pour juges l'Ironie et la Pitié. »

— Mais, monsieur Vence, dit madame Martin en riant, c'est vous même qui avez écrit cela. Je vous lis.

Cependant les deux ministres cherchaient vainement le général dans la salle et dans les couloirs. Sur le conseil des ouvreuses, ils passèrent dans les coulisses, et, à travers les décors qui s'élevaient et s'abaissaient, dans la foule des jeunes Allemandes en jupe rouge, des sorcières, des démons, des courtisanes de l'antiquité, ils gagnèrent le foyer de la danse. La vaste salle, ornée de peintures allégoriques, presque déserte, avait cet air de gravité que donnent à leurs institutions l'État et la fortune.

Deux danseuses se tenaient mornes, un pied sur la barre qui règne le long des murs. Çà et là des hommes en habit noir et des femmes en jupe courte et bouffante formaient des groupes presque silencieux.

Loyer et Martin–Bellème, en entrant, ôtèrent leur chapeau. Ils aperçurent, au fond de la salle, Larivière avec une jolie fille, dont la tunique rose, retenue par une ceinture d'or, était fendue aux hanches sur le maillot.

Elle tenait à la main une coupe de carton doré. En s'approchant, ils entendirent qu'elle disait au général :

— Vous êtes vieux, vous, mais je suis sûre que vous en faites au moins autant que lui.

Et elle montrait dédaigneusement de son bras nu un jeune homme qui, près d'eux, une fleur de gardenia à la boutonnière, ricanait.

Loyer fit signe au général qu'il voulait lui parler ; et, le poussant contre la barre :

— J'ai le plaisir de vous annoncer que vous êtes nommé ministre de la Guerre.

Larivière, méfiant, ne répondit rien. Cet homme mal mis, à cheveux longs, qui, sous son habit flottant et poussiéreux, ressemblait à un presti-digitateur de beuglant, lui inspirait si peu de confiance, qu'il soupçonnait un piège, peut-être même une mauvaise plaisanterie.

— Monsieur Loyer, garde des Sceaux, dit le comte Martin.

Loyer fut pressant :

— Général, vous ne pouvez vous dérober. J'ai répondu de votre acceptation. En hésitant, vous favorisez un retour offensif de Garain. Il est traître.

— Mon cher collègue, vous exagérez, dit le comte Martin. Mais Garain manque peut-être un peu de franchise. Et l'adhésion du général est urgente.

— La patrie avant tout, répondit Larivière en bredouillant d'émotion.

— Vous savez, mon général, reprit Loyer : les lois existantes appliquées avec une inflexible modération. Ne sortez pas de là.

Il suivait des yeux les deux danseuses qui tendaient sur la barre leur jambe courte et musclée.

Larivière murmurait :

— Le moral de l'armée excellent... La bonne volonté des chefs à la hauteur des circonstances les plus critiques...

Loyer lui tapa sur l'épaule :

— Mon cher collègue, les grandes armées ont du bon.

— Je suis de votre avis, répondit Larivière, l'armée actuelle répond aux nécessités supérieures de la défense nationale.

— Les grandes armées ont cela de bon, reprit Loyer, qu'elles rendent la guerre impossible. Il faudrait être fou pour engager dans une guerre ces forces démesurées dont le maniement passe toute faculté humaine. C'est bien votre avis, n'est-ce pas, général?

Le général Larivière cligna de l'œil.

— La situation, dit-il, exige une grande circonspection. Nous sommes en face d'un inconnu redoutable.

Alors Loyer, regardant son collègue de la Guerre avec un mépris cynique et doux:

— Dans le cas très improbable d'une guerre, ne pensez-vous pas, mon cher collègue, que les vrais généraux, ce seraient les chefs de gare?

Les trois ministres sortirent par l'escalier de l'administration. Le Président du Conseil les attendait chez lui.

Le dernier acte commençait; madame Martin n'avait plus dans sa loge que Dechartre avec miss Bell.

Miss Bell disait:

— Je suis réjouie, darling, — comment dites-vous en français? — je suis exaltée en pensant que vous portez sur le cœur le lys rouge de Florence. Et M. Dechartre, qui a une âme artiste, doit être bien content aussi de voir à votre corsage ce gentil joyau. Oh! je voudrais connaître le joaillier qui l'a fait, darling. Ce lys est svelte et souple comme la fleur d'iris. Oh! il est élégant, magnifique et cruel. Avez-vous remarqué, my love, que les beaux joyaux ont un air de magnifique cruauté?

— Mon joaillier, dit Thérèse, il est ici, et vous l'avez nommé : c'est M. Dechartre qui a bien voulu dessiner ce bijou.

La loge s'ouvrit. Thérèse tourna à demi la tête et vit dans l'ombre Le Ménil, qui la saluait avec sa brusque souplesse.

— Transmettez, je vous prie, madame, mes félicitations à votre mari.

Il la complimenta un peu sèchement sur sa bonne mine. Il eut pour miss Bell quelques paroles obligeantes et correctes.

Thérèse l'entendait, anxieuse, la bouche entr'ouverte, dans l'effort douloureux de répondre des choses insignifiantes. Il lui demanda si elle avait passé une bonne saison à Joinville. Il aurait bien voulu y aller au moment des chasses. Mais il n'avait pas pu. Il avait navigué sur la Méditerranée; ensuite, il avait chassé à Sémanville.

— Oh! monsieur Le Ménil, dit miss Bell, vous avez erré sur la mer bleue. Avez-vous vu des sirènes?

Non, il n'avait pas rencontré de sirènes; mais, pendant trois jours, un dauphin avait nagé dans les eaux du yacht.

Miss Bell lui demanda si ce dauphin aimait la musique.

Il ne croyait pas.

— Les dauphins, dit-il, sont tout bonnement

de petits cachalots que les marins appellent des oies de mer, à cause d'une certaine ressemblance dans la forme de la tête.

Mais miss Bell ne voulait pas croire que le monstre qui porta le poète Arion au promontoire de Ténare eût une tête d'oie.

— Monsieur Le Ménil, si, l'année prochaine, un dauphin vient encore nager autour de votre bateau, je vous prie, jouez pour lui, sur la flûte, l'hymne à Apollon delphique. Aimez-vous la mer, monsieur Le Ménil?

— Je préfère les bois.

Maître de lui, très simple, il parlait avec tranquillité.

— Oh! monsieur Le Ménil, je sais que vous aimez beaucoup les bois et les clairières où les petits lièvres dansent au clair de la lune.

Dechartre, pâle, se leva et sortit.

C'était la scène de l'église. Marguerite, agenouillée, se tordait les mains, la tête entraînée au poids des longues nattes blondes. Et les voix de l'orgue et du chœur firent retentir la prose des morts :

Quand du Seigneur le jour luira,
Sa croix au ciel resplendira,
Et l'univers s'écroulera.

— Oh! darling, savez-vous que cette prose

des morts que l'on chante dans les églises catho-
liques vient d'un ermitage franciscain? Elle garde
le bruit du vent qui souffle, l'hiver, dans les
mélèses, sur la cime de l'Alverne.

Thérèse n'entendait pas. Son âme s'était écoulée
par la petite porte de la loge.

Il se fit dans le salon un bruit de fauteuils cul-
butés. Schmoll revenait. Il avait appris que
M. Martin-Bellème était nommé ministre. Tout
de suite il réclamait la croix de commandeur et
un appartement plus vaste à l'Institut. Le sien était
sombre, exigu, insuffisant pour sa femme et ses
cinq filles. Il avait dû établir son cabinet de travail
dans une soupente. Il traîna de longues plaintes,
et ne consentit à partir qu'après avoir reçu
l'assurance que madame Martin parlerait pour
lui.

— Monsieur Le Ménil, demanda miss Bell,
est-ce que vous naviguerez l'année prochaine?

Le Ménil pensait que non. Il n'avait pas l'in-
tention de garder *Rosebud*. La mer était triste.

Et calme, énergique, têtu, il regarda Thérèse.

Sur la scène, dans la prison de Marguerite,
Méphistophélès chantait : « Le jour est levé », et
l'orchestre imitait le galop effrayant des chevaux.
Thérèse murmura :

— J'ai mal à la tête, on étouffe ici.

Le Ménil alla entr'ouvrir la porte.

La phrase claire de Marguerite, appelant les anges, monta en blanches étincelles dans l'air.

— Darling, je vais vous dire : cette pauvre Marguerite ne veut pas être sauvée selon la chair, et, pour cela, elle est sauvée en esprit et en vérité. Je crois une chose, darling, je crois fermement que nous serons tous sauvés. Oh! oui, je crois à la purification finale des pécheurs.

Thérèse se leva, longue et blanche, au côté la fleur sanglante. Miss Bell, immobile, écoutait la musique. Le Ménil, dans le salon, prit le manteau de madame Martin. Et, tandis qu'il le tenait déployé, elle traversa la loge, le salon, et s'arrêta devant la glace près de la porte entr'ouverte. Il posa sur les épaules nues, en les effleurant des doigts, la grande chappe de velours rouge brodé d'or et doublé d'hermine, et dit tout bas d'une voix brève, très nette :

— Thérèse, je vous aime. Rappelez-vous ce que je vous ai demandé avant–hier. Je serai tous les jours, tous les jours à partir de trois heures, chez nous, rue Spontini.

A ce moment, comme elle fit un mouvement de la tête pour recevoir son manteau, elle vit Dechartre, la main sur le bouton de la porte. Il avait entendu. Il la regarda avec tout ce que des yeux humains peuvent contenir de reproches et

de douleur. Puis il s'enfonça dans le vague
du couloir. Elle sentit des marteaux de fou
battre dans sa poitrine et resta immobile sur le
seuil.

—Tu m'attendais? lui dit Montessuy qui venait
la prendre. Tu es très abandonnée, aujourd'hui;
je vais vous reconduire, toi et miss Bell.

XXXIII

Dans la voiture, dans sa chambre, elle revoyait ce regard de son ami, ce regard cruel et douloureux. Elle lui connaissait cette facilité au désespoir, cette prompte volonté de ne plus vouloir. Elle l'avait vu fuir ainsi sur la berge de l'Arno. Heureuse alors, dans sa tristesse et son angoisse, elle avait pu courir à lui, lui crier: « Venez! » Cette fois encore, entourée, surveillée, elle aurait dû trouver, dire quelque chose, ne pas le laisser partir muet et désolé. Elle était restée surprise, accablée. L'accident avait été si absurde et si rapide! Elle avait contre Le Ménil cette colère simple que donnent les choses malfaisantes, la pierre contre laquelle on s'est fendu la tête. C'est à elle-même qu'elle faisait des reproches amers d'avoir laissé partir son ami, sans un mot, sans un regard, où elle eût mis son âme.

Tandis que Pauline attendait pour la déshabiller, elle allait et venait d'impatience. Puis elle s'arrêtait brusquement. Dans les glaces obscures où se noyaient les reflets des bougies, elle voyait le couloir du théâtre et son ami la fuyant sans retour.

Où était-il maintenant? Que se disait-il, seul? C'était pour elle un supplice de ne pouvoir le rejoindre, le revoir, tout de suite.

Elle appuya longtemps ses mains sur son cœur, elle étouffait.

Pauline poussa un petit cri. Elle voyait sur le corsage blanc de sa maîtresse des gouttes de sang. Thérèse, sans le savoir, s'était déchiré la main aux étamines du lys rouge.

Elle détacha le joyau emblématique, qu'elle avait porté devant tous comme le secret éclatant de son cœur, et, le tenant entre ses doigts, elle le contempla longtemps. Alors elle revit les jours de Florence, la cellule de San-Marco où le baiser de son ami vint peser doucement sur sa bouche, tandis qu'à travers ses cils abaissés elle apercevait vaguement encore les anges et le ciel bleu peints sur la muraille, les Lanzi, et la fontaine éclatante du glacier sur la nappe de cotonnade rouge; le pavillon de la via Alfieri, ses nymphes, ses chèvres, et la chambre où les bergers et les masques des paravents entendaient ses cris et ses longs silences.

Non, tout cela, ce n'était pas les ombres du passé, les fantômes des heures anciennes. C'était la réalité présente de son amour. Et un mot jeté stupidement par un étranger détruirait ces belles choses! Heureusement, ce n'était pas possible. Son amour, son amant ne dépendaient pas d'une telle misère. Si seulement elle pouvait courir chez lui, comme elle était là, à demi dévêtue, dans la nuit, entrer dans sa chambre... Elle le trouverait devant le feu, les coudes aux genoux, la tête entre les mains, triste. Alors, les doigts dans les cheveux de son ami, elle le forcerait à relever la tête, à voir qu'elle l'aimait, qu'elle était sa chose, son trésor vivant de joie et d'amour.

Elle avait renvoyé sa femme de chambre. Dans son lit, la lampe allumée, elle remuait une seule idée en son esprit.

C'était un accident, un accident absurde. Il le comprendrait bien, que leur amour n'avait rien à voir à cette chose bête. Quelle folie! lui, s'inquiéter d'un autre! Comme s'il y avait d'autres hommes au monde!

M. Martin-Bellème entr'ouvrit la porte de la chambre. Voyant de la lumière, il entra.

— Vous ne dormez pas, Thérèse?

Il venait de conférer chez Berthier d'Eyzelles avec ses collègues. Il voulait demander conseil sur certains points à sa femme, qu'il savait intelligente. Surtout il avait besoin d'entendre des paroles sincères.

— C'est fait, dit-il. Vous m'aiderez, chère amie, j'en suis sûr, dans une situation très enviée, mais aussi très difficile et même périlleuse, que je vous dois en partie, puisque j'y ai été porté surtout par l'influence puissante de votre père.

Il la consulta sur le choix d'un chef de cabinet.

Elle le conseilla de son mieux. Elle le trouvait sensé, calme, et pas plus sot que les autres.

Il s'enfonça dans des réflexions :

— Il faut que je défende devant le Sénat le budget tel qu'il a été voté par la Chambre. Ce budget renferme des innovations que je n'approuvais pas. Député, je les ai combattues. Ministre, je les soutiendrai. Je regardais les choses par le dehors. Vues du dedans, elles changent d'aspect. Et puis je ne suis plus libre.

Il soupira :

— Ah! si l'on savait le peu que nous pouvons quand nous sommes au pouvoir!

Il lui fit part de ses impressions. Berthier se réservait. Les autres restaient impénétrables. Loyer seul se montrait excessivement autoritaire.

Elle l'écoutait sans attention et sans impatience. Ce visage et cette voix pâles marquaient pour elle, comme une horloge, les minutes qui passaient une à une, lentement.

— Il a eu des saillies bizarres, Loyer. Au moment où il se déclarait strictement concordataire : « Les évêques, a-t-il dit, sont des préfets spirituels. Je les protégerai, puisqu'ils m'appartiennent. Et par eux je tiendrai les gardes champêtres des âmes : les curés. »

Il lui rappela qu'elle devrait aller dans un monde qui n'était pas le sien et qui la choquerait sans doute par sa vulgarité. Mais leur situation exigeait qu'ils ne méprisassent personne. D'ailleurs, il comptait sur son tact et sur son dévouement.

Elle le regarda, un peu effarée.

— Rien ne presse, mon ami. Nous verrons plus tard...

Il était fatigué, accablé. Il lui souhaita le bonsoir, lui conseilla de dormir. Elle se perdrait la santé à lire ainsi toute la nuit. Il la laissa.

Elle entendit le bruit de ses pas, un peu plus lourds que de coutume, tandis qu'il traversait le cabinet de travail encombré de livres bleus et de journaux, pour gagner sa chambre où il dormirait, peut-être. Puis elle sentit peser sur elle le silence de la nuit. Elle regarda sa montre. Il était une heure et demie.

Elle se dit: « Il souffre aussi, lui... Il m'a regardée avec tant de désespoir et de colère! »

Elle avait tout son courage et toute son ardeur. Ce qui l'impatientait, c'était d'être là, prisonnière, et comme au secret. Libre quand viendrait le jour, elle irait, elle le verrait, elle lui expliquerait tout. C'était si clair! Dans la monotonie douloureuse de sa pensée, elle écoutait le roulement des charrettes qui, à longs intervalles, passaient sur le quai. Ce bruit, qui lui coupait les heures, l'occupait, l'intéressait presque. Elle tendait l'oreille à la rumeur d'abord faible et lointaine, puis grossie et dans laquelle se distinguaient le frottement des roues, le grincement des essieux, le choc des sabots ferrés, et qui, s'affaiblissant peu à peu, finissait en un murmure imperceptible.

Et, quand revenait le silence, elle retombait dans son idée.

Il comprendrait qu'elle l'aimait, qu'elle n'avait jamais aimé que lui. Le malheur, c'est que la nuit fût si lente à couler. Elle n'osait pas regarder sa montre, de peur d'y voir l'accablante immobilité du temps.

Elle se leva, alla à la fenêtre et souleva les rideaux. Une lueur pâle était répandue dans le ciel nuageux. Elle crut que c'était le jour qui commençait à poindre. Elle regarda sa montre. Il était trois heures et demie.

Elle retourna à la fenêtre. L'infini sombre du dehors l'attirait. Elle regarda. Le trottoir luisait sous les becs de gaz. Une pluie invisible et muette tombait du ciel blafard. Tout à coup, une voix monta dans le silence : aiguë et puis grave, saccadée, elle semblait faite de plusieurs voix qui se répondaient. C'était un ivrogne qui, battant le trottoir et se heurtant aux arbres, menait une longue dispute avec les êtres de son rêve auxquels il donnait généreusement la parole, et qu'il accablait ensuite sous de grands gestes et des mots impérieux. Thérèse voyait le long du parapet, le pauvre homme flotter, dans sa blouse blanche, comme une loque au vent de la nuit, et elle entendait çà et là des mots qui revenaient sans cesse : « Voilà ce que je lui dis, au gouvernement ! »

Saisie par le froid, elle se remit au lit. Une angoisse lui vint. Elle pensa : « Il est jaloux, il l'est follement. C'est une affaire de nerfs et de sang. Mais son amour aussi est une affaire de sang et de nerfs. Son amour et sa jalousie, c'est une même chose. Un autre comprendrait. Il suffirait de contenter son amour-propre. » Mais lui, il était jaloux en dedans et du fond de sa chair. Elle le savait, qu'en lui la jalousie était une torture physique, une plaie avivée, élargie par toutes les tenailles de l'imagination. Elle savait combien le mal était profond. Elle l'avait vu pâlir devant le Saint Marc de bronze, quand elle avait jeté une lettre dans la boîte, au mur de la vieille maison florentine, alors qu'il ne la possédait qu'en désir et qu'en rêve.

Elle se rappelait ses plaintes étouffées, ses brusques tristesses, plus tard, après les longs baisers, et le mystère douloureux des paroles qu'il répétait sans cesse : « Il faut que je t'oublie en toi. » Elle revoyait la lettre de Dinard, et ce désespoir furieux pour un mot entendu à la table d'un cabaret. Elle sentait que le coup avait été porté par hasard à l'endroit sensible, à la plaie saignante. Mais elle ne perdait pas courage. Elle dirait tout, elle avouerait tout, et tous ses aveux crieraient : « Je t'aime, je n'ai jamais aimé que toi ! » Elle ne l'avait pas trahi. Elle ne lui apprendrait rien qu'il n'eût déjà deviné. Elle avait menti si peu, le moins possible, et seulement pour ne pas lui faire de la peine. Comment ne comprendrait-il pas? Il valait mieux qu'il sût tout, puisque ce tout n'était rien. Elle se représentait sans cesse les mêmes idées, se répétait les mêmes paroles.

Sa lampe ne jetait plus qu'une lueur fumeuse. Elle alluma des bougies. Il était six heures et demie. Elle s'aperçut qu'elle avait sommeillé. Elle courut à la fenêtre. Le ciel était noir et mêlé à la terre dans un chaos de ténèbres épaisses. Alors, il lui vint la curiosité de savoir exactement à quelle heure le soleil se lèverait. Elle n'en avait aucune idée. Elle pensait seulement que les nuits étaient très longues en décembre. Elle chercha à se rappeler, mais elle ne trouva pas. Elle ne songea point à regarder le calendrier oublié sur la table. Les pas lourds des ouvriers qui passaient par escouades, le bruit des voitures de laitiers et de maraîchers frappèrent son oreille comme des sons de bon augure. Elle tressaillit à ce premier réveil de la ville.

XXXIV

A neuf heures, dans la cour de la petite maison, elle trouva M. Fusellier qui balayait sous la pluie, en fumant sa pipe. Madame Fusellier sortit de sa loge. Ils avaient tous deux l'air embarrassé. C'est madame Fusellier qui parla la première :

— M. Jacques n'est pas chez lui.

Et, comme Thérèse restait silencieuse, immobile, Fusellier s'approcha, avec son balai, cachant de la main gauche sa pipe derrière son dos :

— M. Jacques n'est pas encore rentré.

— Je l'attendrai, dit Thérèse.

Madame Fusellier la conduisit dans le salon où elle alluma le feu. Et, comme le bois fumait et ne flambait pas, elle restait penchée, les deux mains sur les cuisses.

— C'est la pluie, dit-elle, qui rabat la fumée.

Madame Martin murmura que ce n'était pas la peine de faire du feu, qu'elle n'avait pas froid.

Elle se vit dans une glace.

Elle était blême, avec des plaques ardentes aux joues. Alors seulement elle sentit qu'elle avait les pieds glacés. Elle s'approcha du feu. Madame Fusellier, la voyant inquiète, chercha une bonne parole :

— M. Jacques ne tardera pas à rentrer. Que Madame se chauffe en attendant.

Un jour triste tombait avec la pluie sur le plafond vitré. Le long des murs, la Dame à la licorne, le geste roide et la chair amortie, n'était plus belle parmi les cavaliers, dans la forêt pleine de fleurs et d'oiseaux. Thérèse se répétait ces mots : « Il n'est pas rentré. » Et, à force de les redire, elle en perdait le sens. Les yeux brûlants, elle regardait la porte.

Elle resta ainsi, sans mouvement, sans pensée, un temps dont elle ne savait pas la durée : peut-être une demi-heure. Un bruit de pas vint, la porte s'ouvrit. Il entra. Elle vit qu'il était trempé de pluie et de boue, brûlé de fièvre.

Elle arrêta sur lui un regard si sincère et si

franc qu'il en fut frappé. Mais, presque aussitôt,
il rappela du dedans de lui-même toute sa souffrance.

Il lui dit :

— Que me voulez-vous encore? Vous m'avez
fait tout le mal que vous pouviez me faire.

La fatigue lui donnait un air de douceur. Elle
en fut effrayée.

— Jacques, écoutez-moi...

Il lui fit signe qu'il n'avait rien à entendre
d'elle.

— Jacques, écoutez-moi. Je ne vous ai pas
trompé. Oh! non, je ne vous ai pas trompé.
Est-ce que c'était possible? Est-ce que...

Il l'interrompit :

— Ayez pitié de moi. Ne me faites plus de
mal. Laissez-moi, je vous en supplie. Si vous
saviez la nuit que j'ai passée, vous n'auriez pas
le courage de me tourmenter encore.

Il se laissa tomber sur le divan où, six mois
auparavant, il lui avait donné des baisers sous sa
voilette.

Il avait marché toute la nuit, au hasard,
remonté la Seine, jusqu'à la trouver bordée de
saules et de peupliers. Pour ne pas trop souffrir, il avait imaginé des distractions. Sur le quai
de Bercy, il avait regardé la lune courir dans les
nuages. Pendant une heure il l'avait vue se voiler

et reparaître. Puis il s'était mis à compter les
fenêtres des maisons, avec un soin minutieux. La
pluie avait commencé de tomber. Il était allé
aux Halles, avait bu de l'eau-de-vie dans un cabaret. Une fille très grosse, qui louchait, lui avait
dit : « T'as pas l'air heureux. » Il s'était assoupi
sur la banquette de cuir. Ç'avait été un bon moment.

Les images de cette nuit douloureuse passaient
dans ses yeux. Il dit :

— Je me suis rappelé la nuit de l'Arno. Vous
m'avez gâté toute la joie et toute la beauté du
monde.

Il la supplia de le laisser seul. Dans sa lassitude il avait une grande pitié de lui-même. Il
aurait voulu dormir; non pas mourir : la mort
lui faisait horreur. Mais dormir et ne plus jamais
se réveiller. Cependant il la voyait devant lui,
tant désirée et aussi désirable qu'autrefois dans
le trouble de son teint et malgré la fixité pénible
de ses yeux secs. Et douteuse maintenant, plus
mystérieuse que jamais. Il la voyait. Sa haine se
ranimait avec sa souffrance. D'un regard mauvais, il cherchait sur elle le souvenir des caresses
qu'il ne lui avait pas données.

Elle tendit vers lui les bras:

— Écoutez-moi, Jacques.

Il lui fit signe qu'il était inutile qu'elle parlât.

Pourtant, il avait envie de l'entendre et déjà il écoutait avidement. Ce qu'elle allait dire, il le détestait et le rejetait d'avance, mais c'était tout ce qui l'intéressait au monde. Elle dit :

— Vous avez pu croire que je vous trahissais, que je ne vivais pas en vous seul et de vous seul. Mais vous ne comprenez donc rien? Vous ne voyez donc pas que, si cet homme était mon amant, il n'aurait pas eu besoin de me parler au théâtre, dans cette loge; il aurait eu mille autres moyens de me donner un rendez-vous. Oh! non, mon ami, je vous assure bien que depuis que j'ai le bonheur, — aujourd'hui encore, désolée, torturée, je dis le bonheur — de vous connaître, j'ai été toute à vous. Est-ce que j'aurais pu être à un autre? C'est monstrueux, ce que vous imaginez. Mais je t'aime, je t'aime! Je n'aime que toi. Je n'ai jamais aimé que toi.

Il répondit lentement, avec une pesanteur cruelle :

— « Je serai tous les jours, à partir de trois heures, chez nous, rue Spontini. » Ce n'est pas un amant, votre amant qui vous disait cela? Non! C'était un étranger, un inconnu.

Elle se dressa debout, et, avec une gravité douloureuse :

— Oui, j'ai été à lui. Vous le saviez bien.

Je l'avais nié, j'avais menti, pour ne pas vous affliger, pour ne pas vous irriter. Je vous voyais inquiet, ombrageux. Mais j'avais menti si peu et si mal! Tu le savais. Ne me le reproche pas. Tu le savais, tu m'as parlé souvent du passé, et puis on t'a dit un jour au restaurant... Et tu en imaginais plus qu'il n'y en avait jamais eu. En mentant, je ne t'ai pas trompé. Si tu savais le peu que c'était dans ma vie! Voilà! je ne te connaissais pas. Je ne savais pas que tu devais venir. Je m'ennuyais.

Elle se jeta à genoux :

— J'ai eu tort. Il fallait t'attendre. Mais, si tu savais à quel point cela n'existe plus, n'a jamais existé.

Et sa voix, modulant une plainte douce et chantante, dit :

— Pourquoi n'es-tu pas venu plus tôt? Pourquoi?

Elle se traîna jusqu'à lui, voulut lui prendre les mains, les genoux. Il la repoussa.

— J'étais stupide. Je ne croyais pas, je ne savais pas. Je ne voulais pas savoir.

Il se leva et, dans un éclat de haine :

— Je ne voulais pas, je ne voulais pas que ce fût celui-là.

Elle s'assit à la place qu'il avait quittée, et là, plaintive, à voix basse, elle expliqua le passé.

Dans ce temps-là, elle était jetée, seule, dans un monde horriblement banal. Cela s'était fait, elle avait cédé. Mais tout de suite elle avait regretté. Oh! s'il savait la tristesse morne de sa vie, il ne serait pas jaloux, il la plaindrait.

Elle secoua la tête, et, le regardant à travers les mèches défaites de ses cheveux :

— Mais je te parle d'une autre femme. Je n'ai rien de commun avec cette femme-là. Moi, je n'existe que depuis que je t'ai connu, depuis que j'ai été à toi.

Il s'était mis à marcher dans la chambre, d'un pas fou, comme tout à l'heure sur la berge de la Seine. Il éclata d'un rire douloureux :

— Oui, mais, pendant que tu m'aimais, l'autre femme, celle qui n'était pas toi?

Elle le regarda, indignée :

— Tu peux croire...

— Vous ne l'avez pas revu à Florence, vous ne l'avez pas reconduit à la gare?

Elle lui dit comment il était venu la retrouver en Italie, qu'elle l'avait vu, qu'elle avait rompu, qu'il était parti irrité et que, depuis, il cherchait à la reprendre, mais qu'elle n'y avait pas même fait attention.

— Mon ami, je ne vois, je ne sais que toi au monde.

Il secoua la tête.

— Je ne te crois pas.

Elle se révolta :

— Je vous ai tout dit. Accusez-moi, condamnez-moi, mais ne m'offensez pas dans mon amour pour vous. Cela, je vous le défends.

Il secoua la tête :

— Laissez-moi. Vous m'avez fait trop de mal. Je vous ai tant aimée que toutes les douleurs que vous auriez pu me donner, je les prendrais je les garderais, je les aimerais ; mais celle-là est hideuse. Je la hais. Laissez-moi, je souffre trop. Adieu.

Droite, ses petits pieds fixés au tapis :

— Je suis venue. C'est mon bonheur, c'est ma vie que je dispute. Je suis âpre, vous le savez. Je ne m'en irai pas.

Et elle redit tout ce qu'elle avait dit. Violente et sincère, sûre d'elle, elle expliqua comment elle avait rompu le lien déjà si lâche et qui l'impatientait ; comment, du jour où elle s'était donnée dans le pavillon de la via Alfieri, elle n'avait été qu'à lui, sans regrets, certes, sans un regard, sans une pensée égarés. Mais, en lui parlant d'un autre, elle l'irritait. Et il lui criait :

— Je ne vous crois pas !

Alors elle recommença de dire ce qu'elle avait dit.

Et tout à coup, d'instinct, elle regarda sa montre :

— Mon Dieu ! il est midi.

Elle avait jeté bien des fois le même cri d'alarme, quand l'heure des adieux venait les surprendre. Et Jacques tressaillit en entendant cette parole familière, si douloureuse, cette fois, et désespérée. Quelques minutes encore elle répandit des paroles ardentes et mouillées de larmes. Puis il fallut bien qu'elle s'en allât ; elle n'avait rien gagné.

Chez elle, elle trouva dans l'antichambre les Dames de la halle qui l'attendaient pour lui offrir un bouquet. Elle se rappela que son mari était ministre. Il y avait pour elle des paquets de télégrammes, de cartes et de lettres, des félicitations, des demandes. Madame Marmet lui écrivait pour la prier de recommander son neveu au général Larivière.

Elle entra dans la salle à manger, et tomba accablée sur une chaise. M. Martin-Bellème achevait de déjeuner. Il était attendu en même temps au conseil de cabinet et chez le ministre démissionnaire des finances à qui il devait une visite. Déjà l'obséquiosité prudente du personnel l'avait flatté, inquiété, lassé.

— N'oubliez pas, chère amie, dit-il, d'aller voir madame Berthier d'Eyzelles. Vous savez qu'elle est susceptible.

Elle ne répondit pas. Tandis qu'il trempait dans le bol de verre ses doigts jaunes, il leva la tête et la vit si lasse et si défaite qu'il n'osa plus rien dire.

Il se trouvait devant un secret qu'il ne voulait pas connaître, devant une douleur intime qu'un seul mot pouvait faire éclater. Il en ressentit de l'inquiétude, de la peur et comme une sorte de respect.

Il jeta sa serviette :

— Excusez-moi, chère amie.

Et il sortit.

Elle essaya de manger. Elle ne put rien avaler. Tout lui donnait un dégoût insurmontable.

Vers deux heures elle revint à la petite maison des Tornes. Elle trouva Jacques dans sa chambre. Il fumait une pipe de bois. Une tasse de café, presque vide, était sur la table. Il la regarda avec une dureté dont elle fut glacée. Elle n'osait pas parler, sentant que tout ce qu'elle pourrait dire l'offenserait et l'irriterait, et que, discrète et muette, seulement en se montrant, elle ranimait sa colère. Il savait qu'elle reviendrait ; il l'avait attendue avec l'impatience de la haine, d'un cœur aussi anxieux qu'il l'attendait naguère dans le pavillon de la via Alfieri. Elle eut une lueur soudaine et elle vit qu'elle avait eu tort de venir ; qu'absente, il l'aurait désirée, voulue, appelée, peut-

être. Mais il était trop tard; et, d'ailleurs, elle
ne cherchait pas à être habile.

Elle lui dit :

— Vous voyez. Je suis revenue, je n'ai pas pu
faire autrement. Et puis, c'était tout naturel,
puisque je t'aime. Et tu le sais.

Elle l'avait bien senti, que tout ce qu'elle
pourrait dire ne ferait que l'irriter. Il lui demanda si elle en disait autant rue Spontini.

Elle le regarda avec une tristesse profonde :

— Jacques, vous me l'avez dit plusieurs fois,
que vous me gardiez un fond de haine et de
colère. Vous aimez à me faire souffrir. Je le
vois bien.

Avec une ardente patience, longuement, elle
lui redit sa vie entière, le peu qu'elle y avait
mis, les tristesses du passé, et comment, depuis
qu'il l'avait prise, elle ne vivait que par lui, en
lui.

Les paroles coulaient limpides comme son
regard. Elle s'était assise près de lui. Elle l'effleu-
rait par moment de ses doigts devenus timides
et de son souffle trop chaud. Il l'écoutait avec
une avidité mauvaise. Cruel envers lui-même, il
voulut tout savoir : les derniers rendez-vous
avec l'autre, la rupture. Elle lui rapporta fidèlement ce qui s'était passé à l'hôtel d'Angleterre;
mais elle transporta la scène dehors, dans une

allée des Casinos, de peur que l'image de leur triste entretien dans une chambre close n'irritât encore son ami. Puis elle expliqua le rendez-vous à la gare. Elle n'avait pas voulu désespérer un homme violent et qui souffrait. Depuis, elle n'avait pas eu de nouvelles de lui, jusqu'au jour où il lui avait parlé avenue Mac-Mahon. Elle répéta ce qu'il avait dit sous l'arbre de Judée. Le surlendemain, elle l'avait vu à l'Opéra, dans sa loge. Certes, elle ne l'avait pas encouragé à venir. C'était la vérité.

C'était la vérité. Mais le poison ancien, lentement amassé en lui, le brûlait. Le passé, l'irréparable passé, elle le lui rendait présent par ses aveux. Il en voyait des images qui le torturaient. Il lui dit :

— Je ne vous crois pas.

Et il ajouta :

— Et si je vous croyais, je ne pourrais plus vous revoir, à la seule idée que vous avez été à cet homme. Je vous l'ai dit, je vous l'ai écrit, — vous vous rappelez, à Dinard. — Je ne voulais pas que ce fût celui-là. Et depuis...

Il s'arrêta. Elle dit :

— Vous savez bien que, depuis, il n'y a rien eu.

Il reprit avec une sourde violence :

— Depuis, je l'ai vu.

Ils restèrent longtemps silencieux. Enfin elle dit, étonnée et plaintive :

— Mais, mon ami, vous deviez pourtant bien penser que telle que je suis, mariée comme je l'étais... On voit tous les jours des femmes apporter à leur amant un passé plus lourd que le mien et se faire aimer, pourtant. Ah ! mon passé, si vous pouviez savoir le peu que c'était !

— Je sais ce que vous donnez. On ne peut pas vous pardonner, à vous, ce qu'on pardonnerait à une autre.

— Mais, mon ami, je suis comme les autres.

— Non, vous n'êtes pas comme les autres. A vous, on ne peut rien pardonner.

Il parlait la bouche serrée, les dents haineuses. Ses yeux, ces yeux qu'elle avait vus si grands, chargés de flammes douces, maintenant secs, durs, rétrécis entre les paupières plissées, lui jetaient un regard nouveau. Il lui fit peur.

Elle alla se mettre au fond de la chambre, sur une chaise, et là, le cœur gros, les prunelles étonnées, comme un enfant, elle resta longtemps tremblante, étouffée de sanglots. Puis elle se mit à pleurer.

Il soupira :

— Pourquoi vous ai-je connue ?

Elle répondit dans ses larmes :

— Moi, je ne regrette pas de vous avoir connu. J'en meurs, et je ne regrette pas. J'ai aimé.

Il s'entêta méchamment à la faire souffrir. Il se sentait odieux et ne pouvait s'arrêter.

— C'est possible, après tout, que, moi aussi, vous m'ayez aimé.

Elle, avec une douce amertume :

— Mais je n'ai aimé que vous. Je vous ai trop aimé. Et c'est de cela que vous me punissez... Oh ! vous pouvez penser que j'étais avec un autre ce que j'ai été avec vous !

— Pourquoi pas ?

Elle le regarda sans force, sans courage :

— C'est vrai, que vous ne me croyez pas, dites ?

Elle ajouta très doucement :

— Si je me tuais, me croiriez-vous ?

— Non, je ne vous croirais pas.

Elle s'essuya les joues avec son mouchoir ; puis, levant ses yeux qui brillaient à travers ses larmes :

— Alors, c'est fini !

Elle se leva, revit dans la chambre les mille choses avec lesquelles elle avait vécu dans une intimité riante et voluptueuse, qu'elle faisait siennes, et qui tout à coup ne lui étaient plus de rien, et qui la regardaient comme une étrangère et comme une ennemie : elle revit la femme nue, qui faisait en courant le geste qu'on ne lui avait pas expliqué ; les médailles florentines, qui

lui rappelaient Fiesole et les heures enchantées
de l'Italie; le profil ébauché par Dechartre,
cette tête de gamine, qui riait dans sa jolie maigreur souffrante. Elle s'arrêta un moment, avec
sympathie, devant cette petite marchande de journaux qui, elle aussi, était venue là et qui avait
disparu, emportée dans l'immensité effrayante de
la vie et des choses.

Elle répéta :

— Alors, c'est fini ?

Il se tut.

Le crépuscule effaçait déjà les formes.

Elle dit :

— Qu'est-ce que je vais devenir ?

Il répondit :

— Et moi, que deviendrai-je ?

Ils se regardèrent avec pitié, parce que chacun
avait pitié de soi-même.

Thérèse dit encore :

— Et moi qui craignais de vieillir, pour vous,
pour moi, pour que notre bel amour ne finît
pas ! Il valait mieux ne pas naître. Oui, ce serait
meilleur que je ne fusse pas née. Quel pressentiment avais-je donc quand, toute petite, sous
les tilleuls de Joinville, près de la Couronne,
devant les nymphes de marbre, je voulais
mourir ?

Les bras tombants et les mains jointes, elle

leva les yeux; son regard mouillé jeta dans l'ombre une lueur.

— Et il n'y a pas moyen de vous faire sentir que ce que je vous dis est vrai, que jamais, depuis que je suis à vous, jamais... Mais comment aurais-je pu? L'idée seule m'en paraît horrible, absurde. Vous me connaissez donc si peu?

Il secoua la tête tristement :

— Non! je ne vous connais pas.

Elle interrogea encore une fois d'un regard toutes les choses qui, dans la chambre, les avaient vus s'aimer.

— Mais alors, ce que nous avons été l'un pour l'autre... c'était vain, c'était inutile. On se brise l'un contre l'autre, on ne se mêle pas!

Elle se révolta. Ce n'était pas possible qu'il ne sentît pas ce qu'il était pour elle.

Et, dans l'ardeur de son amour déchiré, elle se jeta sur lui, l'enveloppa de baisers, de larmes, de cris, de morsures.

Il oublia tout, la prit endolorie, brisée, heureuse, la pressa dans ses bras avec la rage morne du désir. Déjà, la tête renversée au bord de l'oreiller, elle souriait dans les larmes. Brusquement il s'arracha d'elle.

— Je ne vous vois plus seule. Je vois l'autre avec vous, toujours.

Elle le regarda, muette, indignée, désespérée. Elle se leva, rajusta sa robe et ses cheveux, avec un sentiment inconnu de honte. Puis, sentant que tout était fini, elle promena autour d'elle le regard étonné de ses yeux qui ne voyaient plus, et sortit lentement.

FIN

PARIS. — IMPRIMERIE CHAIX. — 16200-8-94. — (Encre Lorilleux).